KB048694

공무원 글쓰기

공무원 글쓰기

최보기 지음

더봄

공무원 글쓰기

제1판 1쇄 발행 2021년 11월 25일
제1판 4쇄 발행 2023년 04월 25일

지은이 최보기
펴낸이 김덕문

책임편집 손미정
디자인 블랙페퍼디자인
마케팅 이종률
제작 백상종

펴낸곳 더봄
등록일 2015년 4월 20일
주소 서울시 노원구 화랑로51길 78, 507동 1208호
대표전화 02-975-8007 || **팩스** 02-975-8006
전자우편 thebom21@naver.com
블로그 blog.naver.com/thebom21

ISBN 979-11-88522-95-8 03800

머리말

공무원은 오직 문서로만 말한다. 문서의 기본은 글쓰기다. 공무원이 작성하는 보고서·방침서·사업계획서 등 모든 문서에는 수십 년 동안 정제된 '고유의 언어와 틀'이 있다. 젊은 7·8·9급 주무관들이 이런 틀과 언어에 갇히는 것은 줄곧 이어 내려온 선배들의 관행을 벗어나기 어렵기 때문이다. 글쓰기 책과 선생은 많지만 공무원에게 특화된 책과 선생이 없는 이유다.

자, 여기에 오랫동안 정제된 언어와 틀을 굳이 깨뜨리지 않으면서도 과거보다 훨씬 일목요연한 문서 작성 글쓰기를 할 수 있는 비법을 공개한다. 물론 글쓰기 실력은 하루아침에 늘지 않는다. 저자 역시 25년 동안 줄기차게 써온 보도자료와 북칼럼(서평) 덕분에 내공이 붙었다. 그러나 공무원 문장은 대단히 반복적인 데다 매우 정형화되어 있기 때문에 충분히 개선이 가능하다. 조금만 관심을 기울이면 지금보다 훨씬 간결하고 명료한 문서작성과 글쓰기를 할 수 있다. 팀장, 과장, 국장으로서 주무관이 가져온 보고서를 보며 문장의 문제점을 지적해줄 수도 있다.

지금까지 공무원에게 글쓰기를 말하면 귀신도 헷갈릴 정도로 복잡한 맞춤법과 띄어쓰기 때문에 지레 손사래를 치는 반응이 나왔다. 하지만 이제 그럴 필요가 없다. 공무원은 소설가도, 기자도 아니다. 맞춤법·띄어쓰기 법칙은 기본만 알아두면 충분하다. 오랫동안 같이 일한 공무원들에게 나는 이것부터 말하고 싶었다. 한글 맞춤법이나 띄어쓰기는 공무원에게만 어려운 것이 아니라 우리 국민 모두에게 어려운 것이고, 완전정복은 불가능하다고.

그런 이유로 '**삼도**三道·**사기**四基·**육법**六法'의 글쓰기 비법을 터득해 글쓰기를 잘하자는 《공무원 글쓰기》에도 법칙에 어긋난 단어와 문장이 있을 수 있다. 글쓰기 방법론이 워낙 복잡다단하기 때문일 수도 있고, 글자에 귀신이 붙어 끝내 눈에 띄지 않았을 수도 있다. 다행스러운 것은 글쓰기에는 정답이 없고 세상에는 완벽한 글도 없다는 사실이다. 여기 유명 언론사의 유명 기자가 틀리게 쓴 기사 제목을 보면서 자신감을 갖자!

'시골에서 도시적 직선문화에 벗어날때 느껴지는 맛' (X)
'시골에서 도시의 직선문화를 벗어날 때 느끼는 맛' (○)

《공무원 글쓰기》에서 다루는 주요 내용은 다음과 같다.

〈**개론**〉 저자 나름대로 30년 글쓰기 경험으로 우려낸 법칙과 방법을 정리했다. '삼도三道·사기四基·육법六法'을 중심으로 16개 법칙을 제시한다.

〈단문 교정〉 공무원이 작성한 보고서, 기획안, 방침서, 제안서 등 다양한 문서에 쓰인 2~4줄짜리 단문을 뽑아서 고친 후 하나하나 구체적으로 설명했다.

〈장문 교정〉 공무원이 작성한 언론기고문, 산문, 연설문, 인사말과 SNS 게시문 등 비교적 장문을 뽑아서 고친 후 하나하나 구체적으로 설명했다.

〈보도자료〉 민간기업에서 PR전문가로 활동한 경력을 바탕으로 '역삼각형 원칙'을 비롯한 '보도자료 작성법'을 정리한 후 공무원이 작성한 보도자료를 뽑아와 원칙에 맞춰 고친 후 하나하나 구체적으로 설명했다.

〈얼개 짜기〉 저자가 언론·잡지 등 외부 매체에 실었던 북칼럼(서평) 중에서 일부를 뽑아 글쓰기 전에 작성했던 실제 '얼개'와 함께 제시한 후 취지, 의도 등 필요한 설명을 덧붙였다.

〈북칼럼〉 저자가 언론·잡지 등 외부 매체에 실었던 북칼럼(서평) 중에서 골라 제목, 특정 단어와 문구, 문장에 깃든 글쓰기 배경, 취지, 의도, 기법, 효과 등을 사례별로 자세하게 설명했다. 또 '글쓰기 개론'대로 새롭게 고친 후 각각 그 이유를 설명했다.

〈산문〉 저자가 언론·잡지 등 외부 매체에 실었던 산문을 골라서 제목, 특정 단어와 문구, 문장에 깃든 글쓰기 배경, 취지, 의도, 기법, 효과 등을 사례별로 자세하게 설명했다. 또 '글쓰기 개론'대로 새롭게 고친 후 각각 그 이유를 설명했다.

〈부록〉 (사)한글문화연대에서 선정한 〈어려운 외국어 대체 쉬운 우리말〉, 〈서울특별시 행정용어 순화어〉를 수록했다.

차례

제3장

단문 쓰기

제4장

장문 쓰기

제5장

보도자료 쓰기

제6장

SNS 글쓰기

제7장

칼럼 쓰기

제8장

산문 쓰기

부록

제1장

공무원 글쓰기 16가지 비결

흔히 글쓰기에 대해 말할 때 '글쓰기 원칙'들을 나열한다. '글쓰기에는 정답이 없다'지만 글쓰기 고수들이 독자가 읽기 편한 글을 쓰는 노하우를 정리한 것이므로 알아서 손해될 것은 없다. 그러나 현직 공무원들이 주로 쓰는 문서와 문장은 종류와 유형이 그리 많지 않고, 미리 정해져 선배들로부터 전해 내려오는 문서 틀에 반복적으로 작성하는 경우가 많다. 산문이나 논설문을 쓰는 것이 아니므로 그런 원칙들을 모두 숙지하지 않더라도 다음 사항들만 유의하면 충분히 간단명료한 문서 작성이 가능하다.

01

짧게 써라

한 문장, 한 메시지one sentence, one message

긴 문장이 왜 문제가 되는가? 긴 문장은 읽는 사람이 이해를 빨리 하기 어렵다. 중간쯤 읽다 보면 앞에 읽었던 내용을 잊어버리면서 보고서 개념 파악이 안 돼 처음부터 다시 읽기 일쑤다. 더구나 문장이 뒤죽박죽, 중언부언이면 더욱 그렇다.

'문장을 짧게 쓰라'는 말은 '간단명료하게 쓰라'는 말이다. 막히거나 어렵지 않으면서도 자연스럽게 흐르는 긴 문장이 진짜 잘 쓴 글이지만 그것은 전업 글쟁이의 영역이다. 문장이 길어지면 의미가 매끄럽게 전달되기 어려우므로 차라리 짧게 쓰라는 것이다.

공무원들의 문장이 길어지는 이유는 한 문장 안에 많은 말(메시지)을 담으려 하는 반면 어디서 문장을 끊을지 고민하지 않기 때문이다. 이럴 때는 '한 문장에 한 가지 말'만 하려는 노력을 반복하면 어디서 문장을 끊어야 할지 금방 알게 된다.

'짧음'의 기준은 법전에 없다. '고수'들은 '한 줄 반 내외, 두 줄을 넘지 말 것'을 권고한다.

02

결론부터 제시하라

두괄식, 연역법

공무원들이 작성하는 대부분의 문서는 상부 보고용이다. 모든 보고의 기본 원칙은 '결론부터'다. 공무원 보고서의 결론은 필시 '어떤 정책이나 사업의 검토·실행·보류·기각' 등에 관한 것이다. 문서 제목과 서두에 그에 관한 결론을 먼저 제시한 후 배경을 설명해 나가야 한다. 결론을 모른 채 보고서를 읽으면 이해하는 속도가 늦어져 시간이 오래 걸린다. 결재권자가 문서를 처음부터 끝까지 꼼꼼하게 다 읽을 것을 전제로 작성된 문서는 결재권자의 입장을 헤아리지 않은 것이다. 과업의 핵심을 첫 문장에 쉽고 간결하게 제시하려면 주무관이 그 업무를 꿰뚫고 있어야 가능하다.

'청년들이 취업 준비 과정에서 가장 필요로 하는 직무경험을 제공하는 체험형 직무교육 프로그램을 통해 구직 청년들의 직무탐색 기회를 제공하고, 나아가 취업에 대한 자신감 및 취업 후 적응력을 향상시키고자 함.'이란 문장은 결론이자 핵심어(키워드)인 '체험형 직무교육 프로그램' 앞에 수식 어구가 너무 길어 전체 문장이 산만

하고 혼란스럽다. '체험형 직무교육 프로그램으로 구직 청년들에게 가장 필요한 직무탐색, 직무경험 기회를 제공함으로써 취업 전후 자신감과 적응력 향상을 지원함.' 식으로 핵심어 중심인 문장을 쓰는 것이 두괄식이다.

03

동의어 중복을 피하라

공무원 보고서에서 동의어 중복만 피해도 문장이 한층 간결해진다. 어떤 단어가 특정 의미를 추가로 포함하고 있을 때 동의어 중복이 두드러진다. '가난한 극빈층 생계비 지원'은 '극빈층'이 이미 '가난하다'는 뜻을 내포內包하고 있으므로 수식어 '가난한'은 굳이 필요가 없다.

'우리들'은 '우리'와 '들'이 동의어 중복이다. '우리'가 이미 복수의 뜻을 가지고 있기 때문이다. '국민들, 군민들, 시민들' 역시 마찬가지다. '행사에 많은 사람들이 왔다'는 '많은'에 복수가 내포돼 있으므로 '행사에 많은 사람이 왔다'로 써야 한다. '민원이 많은 사람들'은 '많은'이 '민원'에 귀속되므로 '사람들'이 맞다.

단, 연설문이나 인사말에 쓰는 '군민 여러분!'은 호칭이지 복수 의미의 중복이 아니다.

04

맞춤법(오자), 띄어쓰기 기본을 익혀라

우리말에서 가장 어렵고, 복잡하고, 헷갈리는 것이 맞춤법 중 띄어쓰기다. 띄어쓰기는 너무 복잡하므로 기본을 지키는 선에서 읽어 의미가 통하고, 문장의 호흡이 자연스러우면 지나치게 스트레스 받을 필요가 없다. 보고서를 읽는 사람도 띄어쓰기를 잘 모르기는 마찬가지다.

그러나 맞춤법, 특히 오자는 신경을 곤두세워야 한다. '정답을 맞힌 사람 → 정답을 맞친 사람', '닭 → 닥'으로 쓰는 일이 잦아지면 상급자로부터 능력을 의심받을 수 있다.

맞춤법, 띄어쓰기는 컴퓨터 워드 프로그램에 내장된 검사기능만 잘 활용해도 적절한 효과를 얻을 수 있다. 의심되는 맞춤법은 그 즉시 검색해 확인하는 것이 좋다. 아부와 공부는 평소에 해야 효과가 더 크다.

05

쉬운 단어로 쉽게 써라

쉽게 쓰는 것이 진짜 실력이다. 대체불가 행정용어나 전문용어가 아니라면 가급적 쉬운 단어를 쓰는 것이 좋다. 쉽고 평범한 단어만 쓰면 유치한 문장이 되지 않을까 염려할 필요는 전혀 없다. 잘 쓴 문장은 어렵거나 고상한 단어가 많은 문장이 아니라 쉽게 읽히고, 빨리 이해가 되는 문장이다. 어려운 외래어나 전문용어, 한자성어 등은 가급적 쉬운 단어로 대체하거나 쉽게 풀어서 써야 한다. 물론 쉽게 풀어 썼을 때 의미가 더 복잡해질 경우는 예외다. 이럴 때는 용어의 뜻을 별도로 부기附記하거나 주석註釋을 다는 방법도 활용하면 좋다. '관용을 베푸는 군민'이라고 쓰면 되지 굳이 '똘레랑스가 있는 군민'이라고 쓸 이유가 없다.

글쓰기 **삼도**三道로 드는 '다독, 다작, 공부'의 결과가 글을 잘 쓰는 문장력으로 나타난다. 문장력의 기초는 어휘력, 단어 구사력이다. 그런데 단어는 생로병사의 과정을 거친다. 제아무리 품위 있거나 아름다운 단어라도 현재 대중적으로 사용되지 않는, 죽은 단어는 꼭 필요한 상황이 아니면 버려야 한다. 독자가 사전을 검색해야 뜻을 알 수 있는 단어를 쓰는 것은 독자에 대한 배려가 아니며, 자칫 '나는 이런 단어도 알고 있다'고 과시하는 현학衒學으로 오해받을 수도 있다. '병신'처럼 시대가 변해 함부로 쓰면 안 되는 단어도 마찬가지다.

글쓰기에 있어 어휘력이 중요하기는 하다. 하지만 대부분의 공무원들은 자신이 맡은 과업과 관련된 단어 정도는 충분히 알고 있다. 공무원 보고서는 문학이 아니므로 과업수행에 필요한 단어만 알면 충분하다. '말하듯 글을 쓰라'는 말은 바로 평소 쓰는 단어들을 그대로 쓰라는 말이다. 공무원 글쓰기에서 단어 구사력으로 스트레스 받을 이유가 없다. 어떤 평론가가 '명징明澄하게 직조織造하다'라는 단어를 썼다가 독자들의 호된 비난을 샀던 일이 있었음을 기억하자.

만약 어려운 외국어를 대체해 쉬운 단어를 쓰려고 하는데 마땅한 쉬운 단어가 없을 때는 어떻게 해야 할까? 서울시청 등 공공기관에서 발표하는 **'행정용어 순화어'** 목록이나 〈한글문화연대〉 같은 전문기관이 발표하는 **'공공언어 개선안'** 등을 참조하는 것이 가장 좋은 방법이다. 그렇게 하기가 현실적으로 어려운 환경이라면 자신감을 가지고 아래의 '법령용어 개정안'처럼 스스로 쉬운 단어를 만들어 볼 것을 권장한다. 순화어만 사용하기가 꺼려진다면 외국어를 병기해 이해를 돕는 방법도 고려해볼 만하다.

퍼실리테이터(회의 촉진자, 회의 도우미)

크리에이터(창작활동가)

코디네이터(사업 관리자)

인플루언서(영향력자)

메이커(제조가, 창조가)

엑셀러레이터(육성가, 육성기관)

거버넌스(민관협력기구/협치)

프레스 투어(기자 현장방문)

매칭(연계)

아트테리어(장식예술가)

스타트업(혁신초기기업)

메타버스(확장 가상세계)

콜드체인(저온유통)

부스터샷(추가접종)

어려운 법령 용어 주요 개정안

현행		개정안
작목	→	재배작물
보철구	→	보조기구
보장구	→	장애인 보조기구
의지	→	인공 팔다리
의치	→	틀니
장의비	→	장례비

개호비	→	간병비
상병급여	→	부상 및 질병급여
지불	→	지급
대차대조표	→	재무상태표
인프라	→	기반
가허가	→	임시허가
생활애로사항	→	생활 고충 사항

늙은 말은 '다방, 변소' 등이고, 병든 말은 '병신, 계집애, 깜둥이' 등이고, 죽은 말은 '명징, 직조, 국민학교, 복덕방' 등이다. 특히 '썸타다, 쿨하다, 애정하다, 단짠단짠' 등 새로 생기는 말이나 은어는 국어사전에 표준말로 등재되기 전까지는 '명문화가 꼭 필요한 경우가 아니면' 공무원 보고서, 공문서에 쓰면 안 된다.

다음의 단어는 폼 나지만 독해가 어려운 문장의 예다.

'백두군에서 나는 밤은 보늬가 매우 부드럽다.'

'모든 정책은 피시해야 한다.'

'해당 정책의 부작용을 톺아볼 필요가 있다.'

"공공기관에서 작성한 문서나 책자를 보면 이해하기가 힘들어 읽는 데 너무 시간이 걸린다. 더구나 분량이 많아 두꺼운 보고서를 보노라면 집중이 안 돼 졸다 깨다를 반복하면서 대충대충 읽게 된다. 왜 공문서는 이렇게 재미없고 지루하고 딱딱해야만 하는가? 이것이 공무원 생활 내내 불만이자 의문이었다. 그래서 나 나름대로는 좀 쉽고 편한 문장으로 보고서를 써보려고 무진 애를 썼다. 그러나 그럴 때마다 상사로부터 '당신은 무슨 보고서를 신문기사처럼 쓰냐?'는 지청구를 들어야 했다."

『정두언, 못다 이룬 꿈』 중에서(소종섭 엮음, 블루이북스미디어 펴냄)

06

불필요한 단어를 쓰지 마라

명사를 꾸미는 형용사, 동사를 꾸미는 부사와 함께 조사, 접속사가 특히 불필요한 단어에 해당된다. 없어도 소통에 아무 문제가 없는 수식어나 '적·의·것·들'이나 '~에 대해서, ~로서, ~로서의, ~에의' 같은 조사를 관행이나 언어습관으로 생각 없이 그냥 쓰는 일이 허다하다. '그리고, 그러나, 그런데, 그럼으로써' 등의 접속사 역시 문장 간 연관이 있으면 반드시 써야 한다는 고정관념을 버려야 한다. 잘 쓴 문장은 조사·접속사 없이 문장이 이어져도 해독에 아무 문제가 없는 문장이다. '~과, 그리고'는 쉼표(,)로 대체하면 더 간결해지는 경우가 있고, 주어를 생략해도 독해에 아무 문제가 없는 경우도 많다.

물론, '우리·군민·주민·시민·국민'처럼 복수를 내포한 단어에 '들'을 중복해 쓰지 않는 것처럼 굳이 필요가 없는 단어를 쓰지 말라는 것이지 '무조건 쓰지 마라'는 것은 아니다. '주민들의 안전한 생활을 위하여'에서 '들'은 필요 없지만 조사 '의'는 필요하다. '행운을 상징하는 조형물 설치'를 '행운의 조형물 설치'로 쓰면 더 간결하고, 이때 속성을 나타내는 격 조사 '의'는 꼭 필요하다. 결국 '적·의·것·들·에 대해'를 쓸지 말지는 '없어도 소통에 문제가 없고, 문장이 간결해지는가'에 따르면 된다.

아래 예문은 모두 소통에 문제가 없으므로 틀린 것은 아니다. ('아래 예문들은 모두 소통에 문제가 없으므로 틀린 것은 아니다'로 쓰면 '들'과 '모두'가 동의어이므로 중복을 피해 하나를 빼야 한다.) 다만, 어느 문장이 이해하기 쉽고 간결한지 각자 판단해 볼 일이다.

주민들의 안전한 생활을 위하여

주민의 안전한 생활을 위하여

안전한 주민 생활을 위하여

주민 안전을 위하여

민원이 많은 사람들만 별도로 명단을 작성해

민원이 많은 사람만 별도로 명단을 작성해

맛있게 먹는 것은 어머니의 요리 실력을 빛내는 것이다.

맛있게 먹는 것은 어머니 요리 실력을 빛낸다.

맛있게 먹어야 어머니 요리 실력이 빛난다.

보건소를 확대하자는 것이 팀장의 주장이었다.

팀장은 보건소를 확대하자고 주장했던 것이다.

팀장은 보건소를 확대하자고 주장했다.

팀장은 보건소 확대를 주장했다.

사회적 문제를 해결하기 위하여

사회 문제를 해결하기 위해

사회 문제 해결을 위해

군민의 절대적 소득과 상대적 소득을 상호 비교함으로써

군민의 절대소득과 상대소득을 상호 비교함으로써

관찰자적 입장에서 민원인을 대하지 않고

관찰자 입장에서 민원인을 대하지 않고

이런 조언에도 불구하고 '읽는 사람이 불편하지 쓰는 내가 불편하냐'고 한다면 그 배짱은 높이 살 수 있지만 **동료들과 보조를 맞추어 적당한 시기에 승진해야 할 공무원**에게 유리한 태도로 보기는 어렵다. '잔잔한 물결이 이는 백두천'을 굳이 '잔잔히 이는 물결의 백두천'으로 써서 상급자가 쉽게 읽고, 빨리 이해하는 데 불편을 끼칠 이유가 없지 않을까? 글쓰기를 더욱 심도 있게 공부하다 보면 '형용사, 부사는 문장의 적'이란 말도 이해하게 될 것이다.

07

고치고 또 고쳐라

쓰기 30%, 고치기 70%

완성된 글은 쓰기가 30%라면 고치기가 70%다. 고치기에 많은 정성과 시간을 들일수록 좋은 글이 된다는 뜻이다. 고치기를 뜻하는 고사성어가 '퇴고推敲'다. 당나라 시인 가도가 僧推月下門(승퇴월하문, 스님이 달 아래 고요히 문을 민다)과 僧敲月下門(승고월하문, 스님이 달 아래 고요히 문을 두드린다) 중 어느 문장을 쓸까 고민하다 '스님이 밤중에 남의 집 문을 그냥 밀고 들어가는 것은 자연스럽지 않으니 두드리는 것이 좋겠다'는 당대 문장가 한유의 조언에 따라 僧敲月下門으로 결정했다는 고사에서 유래됐다. 필자 역시 어떤 글을 쓰든 고치기에 많은 시간을 쓰고 있다. 심지어 SNS(페이스북)에 쓰는 짧은 글도 틀렸거나 부자연스러운 곳이 눈에 띄면 그 즉시 고치기를 반복한다. 헤밍웨이가 소설 《노인과 바다》를 다 쓴 후 발표하기 전에 무려 200번이나 원고를 고쳤다는 일화가 '고치기의 전설'이다.

08

주체(주어, 보고자) 중심으로 써라

피동태(수동태) 문장 피하기

피동태(수동태) 문장을 피하라는 이유는 그것이 우리말이 아니라 영어에서 비롯된 언어습관이기 때문이다.

피동태는 '장마철 백두천 범람에 대비할 필요가 요구되고 있음' 처럼 이유 없이 문장을 복잡하게 한다. '장마철 백두천 범람에 대비가 필요함'으로 쓰면 간결하다.

'주민 안전이 추진됨으로써'는 '주민 안전을 추진함으로써'에 비해 보고자의 자신감과 책임감이 떨어지는 인상을 준다.

09

쉼표(,)를 활용하고, 느낌표(!)를 자제하라

단어 나열 때 '그리고·와·과' 대신 쉼표(,)를 잘 활용하면 문장을 간결하게 꾸밀 수 있다.

느낌표(!)는 필자의 감정을 독자에게 강요하는 의미를 담으므로 객관적이지 않을 때가 있다.

문장부호도 하나의 단어이므로 그것이 꼭 필요한지 생각하며 사용하는 것이 좋다.

10

어순을 지켜라

특별한 상황이 아니면 문장 구성의 원칙인 '주어-관형어-목적어-부사어-서술어' 순서와 '형용사-명사, 부사-동사' 등의 순서를 지키기를 권한다. 그래야 문장이 자연스럽다. 특별한 의도 없이 순서를 어겨 단어가 제 위치에 있지 않은 문장은 자연스러운 해독을 방해한다.

11

가장 정확한 단어를 선택하라

글을 쓸 때 고른 단어가 필자가 전하려는 뜻을 정확히 대변하는지 반드시 검토해야 한다. 말이나 글이나 '아' 다르고, '어' 다르기는 마찬가지다. 표현에 적확한 단어를 쓰지 않았다는 것은 필자가 원하는 말이 그대로 문장으로 옮겨지지 않았음을 뜻한다. 소설가 상허 이태준 선생의 《문장강화》에 다음과 같은 가르침이 있다.

> "한 가지 생각을 표현하는 데는 오직 한 가지 말밖에는 없다"고 한 플로베르의 말은 너무나 유명하거니와 그에게서 배운 모빠쌍도 "우리가 말하려는 것은 무엇이든 그것을 표현하는 데는 한 말밖에 없다. 그것을 살리기 위해선 한 동사밖에 없고, 그것을 드러내기 위해선 한 형용사밖에 없다. 그러니까 그 한 동사, 그 한 형용사를 찾아내야 한다. 그 찾는 곤란을 피하고 아무런 말이나 갖다 대용함으로 만족하거나 비슷한 말로 맞추어 버린다든지, 그런 말의 요술을 부려서는 안 된다"라고 말했다. 그러므로 명사든 동사든 형용사든,

오직 한 가지 말, 유일한 말, 다시없는 말, 그 말은 그 뜻에 가장 적합한 말을 가리킴이다. 가령, 비가 온다는 뜻의 동사에도 비가 온다, 비가 뿌린다, 비가 내린다, 비가 쏟아진다, 비가 퍼붓는다가 모두 정도가 다른 것은 두말할 필요가 없다.

12

지나치게 친절한 설명을 피하라

독자의 이해를 돕기 위한 설명이 너무 길거나 많으면 오히려 간결한 문장을 해친다. 굳이 설명하지 않아도 독자들이 행간의 의미를 유추할 수 있다면 설명은 생략하고 뼈대만 써 나가야 간결한 문장이 된다.

'혹시 독자가 내 뜻을 못 알아차리면 어떻게 하지?' 걱정하면 설명이 길어진다. 이때는 독자를 믿는 수밖에 없다.

지나친 설명은 필시 사족蛇足이다. 사족이 너무 길고 자세하면 지루함은 물론 똑똑한 독자의 자존심을 건드릴 수도 있다. '대체 이 사람이 나를 뭘로 보고……' 하는 것이다.

13

좋은 표현과 문장은 얼마든지 빌려 써라

매우 중요한 요령이다. 언론 기사, 책, SNS, 인터넷 등에서 남이 쓴 좋은 표현이나 문장을 발견하면 메모하거나 기억해 두었다가 보고서 작성 시 적소에 활용할 것을 권장한다.

표절은 프로작가의 문학작품이나 학자의 연구논문, 언론인의 칼럼 등에서 문제가 되지 공무원이 쓴 보고서에 적용되는 말이 아니다. 보고서에 좋은 표현, 문장을 차용하거나 변용해 사용하는 것은 정성이며 기술이다.

이럴 때 '문장을 베끼거나'보다는 '문장을 차용하거나'가 더 긍정적인 표현이 되며, 변용은 전문용어로 '패러디'라고 한다. 하늘 아래 첫 문장은 없다.

14

제목을 먼저 정하라

전체 글이 100이면 제목이 50이다. 제목은 글 전체의 주제를 명쾌하게 대변해야 한다. 더불어 독자의 호기심까지 자극한다면 더할 나위 없겠다.

제목을 먼저 정하고 본문을 쓰는 사람이 있고, 본문을 먼저 쓴 후 제목을 정하는 사람도 있다. 그러나 초보자는 가급적 제목을 먼저 정하고 얼개에 맞춰 본문을 써내려가는 것이 좋다. 그래야 글이 맥락을 잃고 엉뚱한 곳으로 빠지는 것을 피할 수 있다. 본문을 쓰는 중간이나 다 쓴 후 퇴고推敲를 거치면서 제목은 얼마든지 바뀔 수 있으므로 가제목이라도 글의 방향타를 먼저 설정하는 것이 좋다.

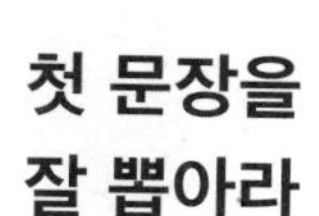

15

첫 문장을 잘 뽑아라

제목이 글의 얼굴이라면 첫 문장은 인사말이다. 광고로 치면 헤드카피다.

첫 문장이 강력한 진공청소기처럼 독자의 관심, 호기심을 흡입하지 못했다면 글이 끝까지 읽히기란 쉽지 않다. 그래서 대개 첫 문장은 짧으면서 강하거나 자극적인 것이 특징이다.

16

솔직하고,
정직하게 써라

'글은 뼛속까지 내려가서 쓰라'는 말이 있다. 비슷한 제목의 글쓰기 책도 있다. 이 말은 솔직하고, 정직하게 쓰라는 말이다. 단지 '글을 위한 글'을 쓰기 위해 자신이 가지고 있는 팩트fact와 다르게 쓰는 글은 반드시 어딘가에서 1~2cm 공중에 뜨게 돼 있다. 스스로 읽어봐도 감동이 별로 일어나지 않는다.

글은 필자가 감동해야 독자도 감동한다. 화려하나 거짓으로 쓴 글은 자칫 독자에게 들키기 쉽다. 투박해도 진실과 진심을 담은 글이 더 큰 공감을 불러일으킨다.

제2장

글쓰기의 삼도三道·사기四基·육법六法

《문장강화》를 남긴 소설가 상허(尙虛) 이태준(1904~?)은 "당신이 쓴 글을 읽고 어떤 사람은 웃고, 어떤 사람은 울고, 어떤 사람은 희망을 갖게 되고, 어떤 사람은 절망의 나락으로 떨어지게 됩니다. 당신이 쓴 글이 다른 사람에게는 새벽 같은 빛이거나 캄캄한 어둠이 될 수 있습니다."라며 글을 잘 써야 함을 강조했다. 잘 쓴 글은 사람들에게 희망을 주는 글이다. '공무원 글쓰기'를 넘어 어떤 글이든 '매우 잘 쓰는 사람'이 되기 위해서는 저자의 경험으로 정립한 삼도(三道)·사기(四基)·육법(六法)을 유념하며 글쓰기를 수련해 나가기를 권장한다.

01

삼도三道

다독多讀

글을 잘 쓰기 위해서는 남이 잘 쓴 글을 많이 읽어 독해력을 높여야 한다. 글을 읽고 이해하는 독해력은 내 글을 쓰는 필력과 비례한다. 독해력이 떨어지면서 좋은 문장을 기대하는 것은 식재료의 특성도 모르면서 요리 잘하기를 기대하는 것과 같다. 읽는 것은 꼭 책이 아니라도 좋다. 언론의 유명 칼럼은 물론 인터넷에 떠도는 좋은 글이라도 많이 읽어 좋은 문장을 체득하고, 아는 단어를 늘리고, 지식을 얻어두면 되는 것이다. 줄을 쳐가면서, 좋은 내용은 메모로 남기면서 읽으면 금상첨화다.

다작多作

글을 열심히 써보는 훈련 없이 글을 잘 쓸 수 있는 비법을 가진 사람이 있다면 노벨상은 그의 것이다. 어떻게든 많이 쓰는 것만이 글쓰기의 유일한 길이자 왕도다. 자세 잡고 앉아서 노트나 모니터에 쓰는 것만 글쓰기가 아니다. SNS, 카톡, 문자메시지, 댓글 등 글쓰기 훈련장은 24시간 열려 있다. 한 문장을 쓰더라도 'ㅋㅋ, ㅎㅎ, ㅠㅠ, ^^' 같은 이모티콘을 자제하고, '주어, 관형어, 목적어, 부사어, 서술어' 어순에 맞춰 제대로 된 문장을 쓰는 연습을 계속 하다 보면 어느새 몸이 글 쓰는 자세를 갖추게 된다.

타짜를 타짜로 만드는 것은 머리가 아니라 수없이 깨지며 축적된 실전 경험이다. 아주 먼 옛날, 지금은 '별다방, 콩다방, 빽다방' 같은 패러디로나 남은 다방茶房이 있었다. 다방에는 주인 격인 마담과 차를 나르는 여종업원이 있었다. 저 아랫동네 장터에 있었다는 '장미다방 미스 김'은 동네 한량들과 고스톱을 치면 돈을 잃는 법이 없었다. 그녀의 머리가 한량들보다 뛰어난 것이 아니라 셀 수 없이 많은 시행착오로부터 얻은 경험을 당할 수 없었던 것이었다.

자신의 글을 많이 쓰는 것과 비슷하게 효과를 볼 수 있는 훈련법으로 **필사**筆寫(베껴쓰기)가 있다. 저자 역시 평소 글쓰기 훈련으로 필사를 애용하고 있음을 분명하게 밝힌다.

공부

예로부터 글쓰기 3요소로 '다독·다작'에 이어 '다상량'을 꼽았다. 다상량多商量은 '생각을 많이 하라'는 뜻이다. 생각이란 글쓰기에 필요한 식견, 논리, 얼개를 정리하는 과정이므로 생각을 하려면 '공부'가 돼 있어야 한다. 공부란 말 그대로 '많이 아는 것, 지식을 쌓는 것'이다. 쌓은 지식을 통해 궁극적으로 사고력과 판단력을 갖추는 것이다. 그러므로 특정 주제를 놓고 주변인들과 벌이는 토론과 대화부터 강연·독서·관찰·학습 등이 모두 공부에 해당된다. 아는 것과 정리된 생각이 없는데 글을 잘 쓴다는 것은 먹지 않고도 배가 부르다는 말과 같다.

그동안 서평을 써오면서 김훈의 책이나 글에 대한 이야기를 넘치도록 했다. 나의 글쓰기 공부 교재는 여전히 김훈의 문장들이었기 때문이다. 나는 요즘에도 그의 글을 수시로 필사(베껴 쓰기)하는 중이다. 내가 처음 반했던 김훈의 문장은 그의 산문집 《밥벌이의 지겨움》에 있는 다음과 같은 문장이다.

'그러므로 이 세상의 근로감독관들아, 제발 인간을 향해서 열심히 일하라고 조져대지 말아달라. 이미 곤죽이 되도록 열심히 했다. 나는 밥벌이를 지겨워하는 모든 사람들의 친구가 되고 싶다. 친구들아, 밥벌이에는 아무 대책이 없다. 그러나 우리들의 목표는 끝끝내 밥벌이가 아니다. 이걸 잊지 말고 또다시 각자 핸드폰을 차고 거리로 나가서 꾸역꾸역 밥을 벌자. 무슨 도리 있겠는가. 아무 도리 없다.'

위 문장에 점 하나라도 군더더기가 있는가? 긴 글의 마지막을 '무슨 도리 있겠는가. 아무 도리 없다.'로 끝내는 데서는 가벼운 전율마저 인다. '아무 도리 없다'는 얼마나 강단진 끝마침인가! 《칼의 노래》, 《흑산》, 《자전거 여행》, 《공터에서》, 《남한산성》, 《내 젊은 날의 숲》, 《개》, 《강산무진》, 《현의 노래》 등 김훈의 작품들은 저렇게 나비처럼 날다 벌처럼 쏘는 '김훈 문체'의 저수지다. '글쓰기'를 처음 연마하는 사람이라면 김훈의 문장을 탐구해볼 것을 권하는 이유다. 다만, 나는 작가 김훈과 만나 차 한잔도 나눈 인간관계가 아니므로 그의 문장이 아닌 인품을 논할 입장은 아님을 밝힌다.

김훈의 책들을 읽다 보면 글쓰기의 핵심은 '관찰과 공부'임이 확연히 보인다. 작가 김훈은 먼 곳과 세밀한 것의 관찰을 위해 망원경과 루뻬(확대경)를 가방에 넣어 다닌다. 그가 산문집 《자전거 여행》에서 수련睡蓮이 피는 과정을 묘사한 글에는 '숨 막히는 허송세월'이라는 어구가 나온다. 연못가에 앉아 수련이 천천히 피는 과정을 새벽부터 저녁까지 관찰하는 과정을 저렇게 표현한 것이다. 정확하면서도 멋드러진 표현이 아닐 수 없다. '세월호'를 말하는 신문 칼럼을 보면 글을 쓰기 전에 그가 배와 항해에 대해 얼마나 많은 공부를 했는지 여실하게 드러난다. '버려진 섬마다 꽃이 피었다'로 시작하는 소설 《칼의 노래》 서문에서 김훈은 "'꽃은 피었다'와 '꽃이 피었다'를 놓고 오래 갈등하다 결과를 암시하는 '은' 대신 '이'를 썼다"고 했다. 그의 글쓰기는 이토록 치밀하다.

문학평론가 김주언 교수(단국대)의 평론집 《김훈을 읽는다》는 그러한 김훈의 수많은 작품 속 문장들을 속속들이 들여다보도록 돕는다. 김훈의 소설과 에세이를 읽으면서 등장인물이나 화자 김훈의 말에 감정을 이입해 따라가는 것을 넘어 작품을, 문장 하나하나를 꿰뚫는 문학적, 철학적 인식의 틀을 확장시키고 싶은 독자들에게 이 책을 추천한다. 이 책의 제11장 〈내 인생의 글쓰기〉는 작가 김훈과 평론가 김주언의 대담인데 책 속에 들어 있는 또 한 권의 책으로 부족함이 없다.

02

사기四基

메모

적자생존(적는 자가 살아남는다)이 직장에서만 통용되는 말은 아니다. 인간의 기억력은 한계가 있으므로 글쓰기에서도 메모는 필수다. 좋은 문장, 재치 있는 표현, 글감이 될 지식 등을 메모해두면 반드시 그것을 써먹을 일이 생긴다. 종이에 기록하는 것만 메모인 것은 아니다. 핸드폰 카메라로 무엇인가를 찍어두는 것, 신문을 스크랩해두는 것 등 기록을 두뇌 밖에다 저장해두는 모든 것이 메모다. 모 유명 카피라이터는 자서전에서 자신이 10년 전에 해두었던 메모 덕분에 자신을 대표하는 광고 카피가 탄생했다고 밝히기도 했다.

"이 세상에서 죽었다 깨어나도 할 수 없는 일은 '죽었다 깨어나는 일'이다."

"며느리도 모르고, 시어머니도 모르는 그 식당의 비결은 조미료였다."

"한국인의 근성은 고추를 고추장에 찍어 먹는 데서 나온다."

"그에게는 고춧가루 서 말 먹고 뻘 속 삼십 리를 기어가는 승부근성이 있다."

저자가 어느 글에 썼던 위 문장들은 인터넷 유머, 광고 카피, 강연회, 속담 등을 메모해 둔 것에서 비롯됐다. 마음에 든다 싶어 메모해 두면 옹골차게 써먹을 데가 생긴다. 누구나 쓰는, 주인 없는 말이거나 패러디이므로 표절과는 거리가 있다.

얼개

글을 잘 못 쓰는 이유는 얼개를 짜지 않기 때문이다. 얼개를 짜지않다 보니 못 짜고, 못 짜다 보니 못 쓴다. 얼개를 안 짜는 이유는 다른 거 없다. 귀찮기 때문이다. 처음 시도가 귀찮을 뿐이지 습관이 되면 오히려 얼개 없이 글을 쓸 경우 눈을 감고 길을 걷는 것처럼 답답해진다. 자세한 내용은 7장 〈얼개 짜기〉에서 다루었다.

양념

'양념'은 독자가 지루하지 않도록 중간 중간 재미(골계미滑稽美)를 섞어 주는 도구이다. 양념을 잘 치면 맛깔나게 쓴 글이라는 평가를 받는다. 유명한 문구를 패러디하거나 촌철살인寸鐵殺人, 정문일침頂門一鍼, 화룡점정畵龍點睛의 풍자·해학·사투리·비속어, 때로는 육두문자까지 양념의 종류는 헤아릴 수 없이 많고, 각자 기법도 다르다. 양념 치는 내공은 설명으로 습득되기 어렵고, 글을 자주 쓰면서 독자들과 호응하다 보면 자신도 모르게 얻게 된다.

특히 '여성이 행복한 도시-여행女幸, 도시락都市Rock 페스티벌, 동생 편은 많아도 형 편은 없다'처럼 한자나 영단어를 많이 알수록, 재치가 있을수록 양념 치는 능력도 풍부해진다. 그러나 아무리 뛰어난 양념도 그 글을 읽는 독자들이 너무 어려워 이해를 못하면 안 치는 것만 못하다는 것을 유념해야 한다.

아래 예는 SNS(페이스북) 독자들에게 일부러 재미를 주기 위해 '조지다'는 단어와 연관이 있는 '조스다'는 사투리를 활용해 쓴 글이다. 글은 정답이 없고, 문장은 완성이 없다. 아래 글 역시 고쳐야 할 곳이 없는 것은 아니나 페이스북 특성을 감안한 글쓰기이므로 그대로 두는 편이 좋겠다.

쫓다,는 뒤를 쪼차가다,고 좇다,는 뜻이나 가치를 조차가는 것. 좇다/쫓다,는 새의 부리나 호미, 낫, 굴 까는 조새의 날카로운 끝으로 마구 쳐서 가루로 분쇄하는 것으로 '콱 대가*를 조

사분다/조자분다'라고 씁니다. 어제 밤 아주 선하디 선한 총각 김모 군과 낙지를 조사불 듯 누군가를 조저서 낙지탕탕이로 만들어 버렸어요. (좆다,는 꽉 조이다, 뜻도 있습니다.)

퇴고

퇴고推敲 역시 '글쓰기 개론'에서 이미 중요함을 강조했다. 다시 말하건대, '글은 쓰기 3, 고치기 7'임을 명심하자. 특히 초보라면 생각을 모두 정리한 후 한꺼번에 쓰려하기보다 일단 얼개에 맞춰 대략 써놓고, 고쳐나갈 것을 권장한다.

'삼도三道 공부'에서 다뤘던 《김훈을 읽는다》 서평에서 소설 《칼의 노래》 첫 문장 '버려진 섬마다 꽃은 피었다'를 '버려진 섬마다 꽃이 피었다'로 고치는 퇴고 과정을 짚어봤었다. 같은 시각에서 다음 문장 간 뜻 차이를 비교해보기 바란다. 그 차이를 구별하는 일이 퇴고의 연속이며, 그 차이를 분명하게 안다면 이미 글쓰기 조건은 갖추었다.

나는 그 섬에서 장미꽃을 꺾었다.

내가 그 섬에서 장미꽃을 꺾었다.

내가 장미꽃을 꺾었던 그 섬이었다.

03

육법六法

두려워하지 말라

글은 배짱 있게 써야 한다. 누구나 저녁에 쓴 글을 아침에 읽으면 얼굴이 화끈거리고, 몸이 오글거린다. 당연하다. 글을 쓸 당시와 감정 상태, 주변 환경 등이 바뀌었기 때문이다.

분명히 말하지만 '글에는 정답이 없다'. 특히 글을 쓸 때 가족이나 지인 등 그 글을 읽을 사람이 머릿속에 들어앉아 있으면 어깨에 힘만 들어갈 뿐 문장은 진도가 안 나간다. 글의 주인은 읽는 독자가 아니라 쓰는 필자다. 어깨에 힘 빼고, 머릿속 사람을 지우고, 자신 있게 써야 한다. 나는 조선의 국모다!

짧게 써라

'문장을 짧게 쓰라'는 말은 이미 충분히 했다. 문장이 짧은 것과 별개로 '글이라면 어느 정도 분량이 돼줘야 하는 것 아닐까'란 고정관념도 버려야 한다. 답안지를 길게 썼다고 반드시 높은 점수를 받는 것은 아니다. 자신이 표현하고 싶고, 전하고 싶은 메시지가 충분히 담겼다면 짧고, 간결할수록 독자들은 좋아한다. 독자가 좋아하는 글이 잘 쓴 글이다.

출판계에 따르면, 최근 추세는 400~800자 이하로 쓴 짧은 글이 열독률이 가장 높다고 한다. 저자는 SNS(페이스북)에 쓰는 글은 가급적 핸드폰 기준 여섯 줄을 넘기지 않으려고 노력한다. 바쁜 독자들에게 '더보기'를 누르는 수고를 덜어드리려는 배려와 열독률을 높이려는 의도가 함께 있다. 그러다 보니 퇴고도 잦은데, 이 과정이 글을 압축적으로 쓰는 훈련이 되기도 한다.

1970~1980년대 초반까지만 해도 인터넷, 핸드폰은 고사하고 유선전화도 부잣집 아니면 없었다. 원거리 소통 수단은 우체국 편지였는데 배달에 며칠은 걸렸다. 하루 만에 속보를 전하려면 비싼 전보를 쳐야 했는데 요금이 글자 수에 따라 매겨졌다. 저 어딘가 산골 오지 가난한 삼식이네 아버지께서 세상을 뜨셨다. 현찰이 귀했던 시절, 어무니께서 서울에 있는 삼식이에게 다음과 같이 전보를 쳤는데 짧은 문장의 전설이 됐다.

'아부지 깩'

독자를 배려하라

좋은 글은 문장을 쓰는 사람 입장이 아니라 읽는 사람의 입장에서 쓴 글이다. 필자가 읽어 좋은 글이 아니라 독자가 읽고 좋은 글이다.

검색을 해봐야 알 수 있는 어려운 외국어·전문용어가 많고, 호흡조절 없는 문장이 길게 이어지는데 쉼표(,)나 마침표(.)마저 인색해 독자가 읽다가 숨 막혀 죽게 하는 글은 불친절한 글이다. 원고지(에 글을 쓰는 일도 드물지만)가 아닌 컴퓨터 워드 프로그램으로 보고서나 문서를 만들 때 문장 끝 단어가 중간에 잘리면서 행이 바뀔 때는 그 단어 전체를 다음 행으로 밀어주는 것도 독자의 편의를 배려하는 것이다.

맞춤법과 띄어쓰기 기본은 의심될 때 바로 익혀라

우리말 맞춤법과 띄어쓰기는 어렵고 복잡하지만 글쓰기의 기본이다. '안 되는, 안 돼, 안 됐다, 안됐다, 잘 되는, 잘 돼, 잘 됐다, 잘됐다, 잘났다, 잘 났다, 웬 떡, 왠 일'처럼 누구에게나 어렵고 헷갈리는 것을 틀리는 것은 그로 인해 법리나 규정 해석이 달라지는 경우가 아닌 한, 공무원 보고서에서 그리 큰 문제가 되지는 않는다. 지금까지 맞춤법, 띄어쓰기 틀렸다고 문책당한 공무원이 있다는 소리는 들어보지 못했다. (기관장 이름, 직책만 조심하면 된다.)

그러나 상급자도 쉽게 알아차릴 만큼 기본적인 단어조차 틀린

다거나 띄어쓰기 실수가 잦아 의미전달에 오류가 생기면 졸지에 업무 능력까지 의심받는 불이익을 당할 수도 있다. 아주 드문 경우지만 글쓰기에 직업적 본능으로 반응하는 언론사 기자나 글쟁이 출신 기관장(단체장)을 만나면 보고서 들고 들어갈 때마다 맞춤법 스트레스에 시달릴 우려도 있다. 평소 글을 쓰다 의심스러운 부분은 그때그때 검색해 공부하면 시간이 갈수록 나아지게 된다. 다시 말하건대 아부나 공부는 평소에 해야지 갑자기 하면 어색하기만 할 뿐 효과도 별로다.

화려함(현학衒學)을 잊어라

독자에게 가장 인기 없고, 건방진 글은 '잘난 체하는 글'이다. '구수한 된장찌개를 먹을 때 어머니의 손맛이 가장 그립다.'('그리워진다, 그리워지게 된다'가 바로 가급적 쓰지 말라는 피동형 문장이다.)고 쓰면 될 것을 "'Cogito ergo sum! 나는 생각한다. 고로 나는 존재한다'고 했던 데카르트의 인간을 향한 근원적 고뇌가 개별적으로 흩어져있는 마늘, 호박, 된장을 드높은 사유의 냄비에서 통합적으로 끓여낸 구수한 된장찌개를 먹을 때 어머니의 손맛이 나는 가장 그리워지는 것이다."라고 써놓으면 과연 읽기에 좋은가?

"살면서 글도 태도도 겸손해서 손해 본 경우란 절대 없었다"는 것이 인생 선배들의 한결같은 조언이다. 쉽게 써라.

모방은 창조다

'글쓰기 개론'에서 이미 '좋은 표현이나 문장은 얼마든지 빌려 쓸 것'을 강조했다. 가령 퇴근을 앞두고 썸타고 싶은 이성 동료에게 아래 예처럼 저녁이나 같이 먹자는 문자 메시지를 보낸다고 치자. 물론, 공무원들의 사내 결혼 비율이 다른 업계에 비해 상대적으로 높은 이유를 알아보기 위해 아래 예를 드는 것은 아니다.

'오늘 저녁 선약 없으면 나와 한잔 어때요?'

'그대 인생이 그대에게 술 한 잔 따른 적 있소? 오늘 저녁 선약 없으면 그대의 빈 잔에 나의 정열을 따르리!'

둘째 문장은 정호승 산문집《인생은 나에게 술 한잔 사주지 않았다》와 남진의 노래 '빈잔' 가사를 각각 모방한 것이다. 사실 이 문장이 책 제목과 대중가요 가사를 모방한 것임을 한눈에 눈치 채는 사람도 많지 않거니와, 눈치를 챈다 해도 재치 넘치는 모방으로 읽지 표절로 폄훼하지는 않는다. 무뚝뚝한 이성보다 재치 넘치는 이성에게 관심도 더 가는 법. 당신이라면 어떤 문자 메시지의 주인공과 저녁을 함께 먹겠는가? (물론, 문자 메시지를 보낸 사람의 상품성 등 제반 조건 때문에 첫 번째 문자 메시지를 보낸 사람을 선택할 수도 있겠으나 그것은 문장의 책임이 아니다.)

모방은 재치 있는 제2의 창조다. 꾸준히 관심을 갖고 메모와 실전에 충실하면 쉽고 다양하게 '사기四基 양념'의 경지에 이르는 길이기도 하다. 지금 주변에 어려움을 겪는 사람이 있다면 다음과 같은 문자 메시지로 격려해보길 바란다.

'신은 한쪽 문을 닫으면 반드시 다른 한쪽 문을 열어줍니다. 그 문의 열쇠는 희망입니다. 힘내세요!'

황현산 '글쓰기 비법 10'

보통의 공무원들이 일상적인 보고문을 쓰기 위해 평론가 고故 황현산 선생님께서 남기셨다고 알려진 '글쓰기 요령'까지 익힐 필요는 없다. 그러나 보다 뛰어난 글쓰기를 원하는 공무원을 위해 요약·인용해둔다.

내용이 아니라 문장을 쓴다고 생각하라

내용을 쓴다고 생각하면 정리가 되지 않고 혼란스럽다. 한 문장 한 문장 어떤 말을 쓸지 생각하는 게 좋다. 지금 이 문장에서는 무슨 말을 하려는가, 다음 문장에서는 무슨 말을 하려는가, 단계별로 생각을 만들어가야 한다.

어떤 호흡으로 읽어도 리듬이 살아야 한다

글을 쓴 다음에는 호흡이 중요하다. 필자는 호흡을 주관적으로 생각한다. 자기 호흡대로 다른 사람들이 읽어주기를 바란다. 하지만 독자가 그렇게 읽을 이유는 없다. 글을 쓴 다음에는 모든 호흡으로 글을 읽어보는 게 좋다. 여러 방식으로 읽어보아도 잘 읽혀야 잘 쓴 것이다. 이 연습을 처음 할 때는 구두점을 많이 찍어보는 게 좋다. 구두점은 독자를 강제로 쉬게 하는 것이라 도움이 된다.

상투 어구·문장을 피하라

글을 쓴 다음, 늘 하던 소리다 싶으면 지운다. 그럴 때는 생각을 안 하거나 생각을 미진하게 한 것이다. 상투적인 문장이 들어있다면 할 필요가 없는 말을 한 것이다. 지우고 다시 쓰다 보면 생각이 변화하고 발전하는 것을 느끼게 된다. '가짜 생각'과 '진짜 생각'을 구분해야 한다. 보통 '허위의식'이라는 것은 '상투적으로 표현되는 의식'이라는 말과 통한다. (※글을 쉽게 쓰지 말고 자기의 생각을 정확하게 표현하기 위해 노력하라는 뜻으로 해석된다.)

의성어나 의태어를 되도록 쓰지 말라

의성어·의태어는 별것 아닌 문장에 활기를 주는 것 같지만 허술한 내용을 감추어 쓰는 사람까지 속을 수 있다. '닭이 울었다'고 쓰면 되지 '닭이 꼬끼오 하고 울었다'고 쓸 필요는 없다.

팩트 간 관계를 강제하지 말라

글을 쓸 때, 팩트 간 인과관계에 얽매일 필요가 없다. 접속사 등으로 팩트를 강제로 묶으면 글이 담백함을 잃는다. '태극기가 펄럭인다. 오늘은 3.1절이다.'고 쓰면 독자들이 알아서 받아들인다. '오늘은 3.1절이기 때문에 태극기가 펄럭인다.'고 쓰는 것은 독자를 바보 취급하는 것이다.

짧은 문장이 좋은 문장인 것은 아니다

짧은 문장으로 쓰라는 이야기를 많이 한다. 하지만 짧게 쓰라는 건 짧은 문장이 좋기 때문이 아니다. 오히려 긴 문장을 쓸 내공이 없기 때문이다. 그런데 긴 문장을 잘 쓰려면 긴 문장을 자꾸 써봐야 한다. 짧은 문장만 쓰면 문장이 늘지 않는다. 문장을 잘 쓴다는 것은 긴 문장을 명료하게 잘 쓰는 것이다. 섬세하고 복잡한 것을 나타내려면 긴 문장들이 필요하기 때문이다. 어떤 내용은 짧은 문장으로 탁탁 치고 넘어가는 게 어울리지 않는다. 그래서 글을 처음 쓸 때부터 긴 문장에 익숙해지려고 노력할 필요가 있다.

형용사의 두 기능인 한정과 수식을 구분해야 한다

글을 쓸 때, 형용사를 쓰지 말라는 말이 있다. 형용사에는 두 가지 기능이 있는데 하나는 수식, 다른 하나는 한정이다. 이 둘을 구분할 수 있어야 한다. '새빨간 피를 철철 흘린다.'에서 '새빨간'은 수식이다. 이런 형용사는 줄여도 된다. '피를 흘린다'만 해도 충분하다. 하지만 '빨간 꽃 두 개 좀 가져다 줘.' 할 때 '빨간'은 생략하면 안 된다. 이게 한정이다. 수식과 한정을 구분해야 글이 단단하고 명확해진다.

속내가 보이는 글은 쓰지 않는다.

글을 쓸 때, 자기 자신을 고백하고 자기 안에 있는 깊은 속내를 드러내면 좋은 글이 된다. 그런데 속을 드러내는 건 좋지만 속이 보이게 쓰면 안 된다. 속을 드러내는 것과 속 보이게 쓰는 건 다르다. 글을 가지고 이익을 취하려고 사실을 왜곡하면 한눈에 보인다.

한국어에 대한 속설을 믿지 말라

'한국어는 구두점이 필요없다'거나 '한국어는 사물절을 쓰지 않는다'는 등 속설이 많다. 신경 쓰지 않아도 된다. 한국어에 구두점이 필요없다는 말이 있는데 서양에서도 구두점은 16세기 이후에 쓰기 시작했다. 또, 사물절을 쓰지 않는 건 한국어의 어법이 아니라 한국의 풍속이므로 꼭 지킬 필요가 없다. 모든 풍속이 미풍양속은 아니다. '보그 병신체', '박사 병신체' 같은 말이 있는데 그런 식이라면 이건 '토속어병신체'다. '아무리 ~해도 지나침이 없다' 같은 말을 쓰면 안 된다고 하는데 써도 된다는 거다. 물론 좋은 말은 아니니까 굳이 쓸 필요는 없지만 중요한 건 써도 된다는 거다. (※사물절은 '지나침이 없다'처럼 사물이 주어인 미완성 문장을 말하는 것 같다. '아무리 ~해도 지나치지 않는다.'고 써야 하지만 '지나침이 없다'고 써도 된다는 뜻으로 읽힌다.)

문장이 가지는 실제 효과를 생각하라

글을 쓸 때, 칸을 채우는 게 중요하지 않다. 어떤 문장을 쓰면 그 문장이 가지고 있는 실제 효과를 생각해야 한다. 어떤 말은 아주 멋진 것 같지만 아무 효과가 없다. 그러면 감동도 없다. (※효과는 설득력을 말하는 것 같다. 대체로 설득력은 사실에 충실한 것과 비례한다.)

짧게 써라. 승진할 것이다.

쉽게 써라. 또 승진할 것이다.

명료하게 써라. 또또 승진할 것이다.

- 최보기 -

제3장

단문 쓰기

일선 공무원들이 쓰는 문장은 주로 단문이다. 분량이 많아 두꺼운 보고서라 해도 대부분 단문 위주로 작성된다. 양이 많은 보고서나 기획서의 경우 문서 전체의 틀(얼개)을 미리 잡을 필요가 있지만 어지간한 과업은 전해 내려오는 틀을 그대로 적용해도 별 문제가 없다. 관건은 그 문서를 채우는 단문들이다. 단문은 글의 '얼개'를 미리 짤 필요가 없는 대신 읽는 사람이 빠르고 쉽게 이해할 수 있도록 '간결, 명료'하게 쓰는 것이 승부처다. '간결, 명료'한 문체는 그냥 얻어지는 것이 아니라 부단한 관심과 훈련으로 얻을 수 있다. 훈련을 돕고자 일선 공무원들이 쓴 다양한 과업 분야 단문들을 추려 교정문을 제시했다. 공무원이 업무적으로 쓰는 비교적 긴 글이라면 '보도자료, 기관장·단체장의 연설문이나 발표문, 행사 인사말' 등인데 이는 다음 장에서 별도로 다룬다.

01

제목으로 승부하라

취업학교 운영계획

청년들이 취업 준비 과정에서 가장 필요로 하는 직무경험을 제공하는 체험형 직무교육 프로그램을 통해 구직 청년들의 직무탐색 기회를 제공하고, 나아가 취업에 대한 자신감 및 취업 후 적응력을 향상시키고자 함.

청년 취업학교 운영계획

체험형 직무교육 프로그램으로 구직 청년들에게 가장 필요한 직무탐색, 직무경험 기회를 제공함으로써 취업 전후 자신감과 적응력 향상을 지원함.

- 취업학교 수혜 대상이 미취업 청년이므로 제목을 '청년 취업학교 운영계획'으로 하면 나머지 내용을 안 읽어도 사업에 대한 개념이 즉각 파악된다.

- 핵심어인 '체험형 직무교육 프로그램'이 문장 중간에 끼여 있어 전체가 산만하고 의미 전달이 한눈에 되지 않는다. 핵심어를 가장 앞으로 끌어낸 후 목적어, 서술어를 중복되지 않게 정리하면 문장이 간결해져 의미파악이 훨씬 쉬워진다.
- '취업에 대한 자신감 및 취업 후 적응력'은 '취업 전후 자신감과 적응력'으로 간결하게 하고, '향상시키는' 주체는 청년이므로 프로그램 기획 담당자가 주체인 '향상을 지원함'으로 표현해야 한다.
- 공무원이 문장을 끝내는 제1형식이 '향상시키고자 함, 추진하고자 함, 기여하고자 함, 제공하고자 함' 등 '~하고자 함'이다. 보고서를 읽는 상급자에게 '겸손함'을 드러내는 관행이라 함부로 깨기 어려운 문체의 정형이다. 그러나 장차 하려는 사업계획을 보고하는 경우라면 '향상'에는 '향상시키겠다', '제공'에는 '제공하겠다'는 뜻이 이미 담겨 있다. 과감하게 '향상, 추진, 기여, 제공'으로 끝내는 것이 간결하다. 처음이 어렵겠지만 용기를 내 자주 쓰면 금방 널리 쓰일 것이다. ('널리 쓰일 것'이 '보편화될 것'보다 쉬운 표현이다.)

> 중앙부처·설악도·기타 기관 공모사업 및 대외기관 평가에 적극적, 선제적으로 대응해 외부재원 유치 및 군 위상 제고에 기여

위 보고서를 쓴 공무원처럼 '기여하고자 함' 대신 '기여'로 끝내는 사례가 실제 많이 있다.

취업학교 개요

단순한 직무 특강 및 멘토링 형태에서 벗어나 3~7년차의 실제 현직자와 5주간 함께 현업 과제를 수행하고 1:1로 피드백을 받는 실무체험 프로그램으로, 참여자로 하여금 현장감과 몰입감 있는 직무 체험 기회 제공

청년 취업학교 개요

단순한 직무 특강 및 멘토링 형태를 벗어나 3~7년차 현직자와 함께 5주간 현업 과제 수행. 1:1 피드백으로 참여자에게 현장감, 몰입감을 주는 직무체험 기회 제공.

청년 취업학교 개요

- 단순한 직무 특강 및 멘토링 형태를 벗어나 3~7년차 현직자와 함께 5주간 현업 과제 수행.
- 1:1 피드백으로 참여자에게 현장감, 몰입감을 주는 직무체험 기회 제공.

- '형태에서 → 형태를, 3~7년차의 → 3~7년차' 등 조사를 적확하게 바꾸거나 생략.
- 긴 문장을 두 문장으로 나눠 '청년 취업학교'의 개요를 명료하게 전달.
- 문서 전체 흐름에서 벗어나지 않을 경우 소목(-표) 형태 서술이 간결함을 더할 수도 있음.

02

강조점을 명확하게 표현하라

문화도시 백두 조성

주민의 삶의 질을 향상시키고 도시 경쟁력을 강화하고자 민관 협력체계 구축을 통한 지역중심·주민주도형의 특색 있는 문화도시 백두 조성

'문화도시 백두' 조성

민관 협력체계 구축을 통한 지역중심·주민주도형 '문화도시 백두'를 조성함으로써 주민 삶의 질 향상과 도시 경쟁력 강화 추구.

- '문화도시 백두'가 특정 프로젝트 이름이므로 작은따옴표(' ')로 묶어줘야 한다.
- '목표-수단' 순으로 도치해 나열한 문장을 '수단-목표' 순으로 교정.
- 꼭 필요하지 않으면서 문장만 복잡하게 하는 '특색 있는'을 생략.
- '주민의, 주도형의, 삶의 질을, 경쟁력을, 강화를'에 불필요한 조사 '의,

을, 를' 생략.

- 목적어 '삶의 질 향상'과 '도시 경쟁력 강화'가 균형을 갖추도록 공동 서술어 '추구'를 마지막에 씀.

비대면 프로그램 확대

비대면 생활이 일상화된 위드(with) 코로나 시대에 수요자 중심의 비대면 프로그램을 확대 운영하여 다양한 학습자의 기대와 욕구에 부응하고자 함.

비대면 프로그램 확대

비대면 생활이 일상화된 '위드(with) 코로나 시대'에 수요자 중심 비대면 프로그램 확대로 학습자의 다양한 기대와 욕구에 부응함.

- '위드(with) 코로나 시대'를 작은따옴표(' ')표로 묶어 개념과 의미 표현을 명확하게 함.
- 불필요한 조사 '의, 을'을 생략함.
- 확대는 운영을 전제하므로 의미 중복인 '운영'을 생략.
- '다양한'은 기대와 욕구를 수식하므로 위치를 변경. '다양한 학습자'는 '학습자가 다양하다'는 의미임.
- 마지막에 '부응하고자 함'을 '부응함'으로 간결히 함.

전문 인력 충원

백두군은 인구 약 10만 명으로 설악도에서 인구 규모가 5번째로 큰 기초자치단체로, 행정수요도 다양화되고 있어 갈수록 정책의 전문화 및 ~~폭넓은 통찰력을 기반으로 한~~ 신뢰도 높은 정책결정이 요구되고 있는 실정임.

전문 인력 충원

백두군은 인구 약 10만 명으로 설악도에서 5번째로 인구가 많음. 때문에 다양한 행정수요의 증가로 정책 전문화 및 정책결정 신뢰도의 강화가 필요한 실정임.

- '백두군, 정책전문화 및 정책결정 신뢰도'가 각각 주어인 두 문장을 쉼표를 이용해 한 문장으로 쓰다 보니 전체가 산만해 의미전달이 제대로 되지 않는다. 이를 어순에 맞춰 두 문장으로 나누었다.
- 인력충원 필요성을 설득하는 문장이므로 '인구 규모가 5번째'라는 간접표현보다 기획의도대로 '5번째로 인구가 많다'는 직접 표현을 쓰는 것이 유리하다. 그래야 뒤따르는 문장도 '실정임'으로 끝맺음으로써 '다양한' 앞에 '때문에' 접속사를 생략할 수 있다.
- '폭넓은 통찰력을 기반으로 한'은 문장만 복잡하게 하는 사족이다. 아무리 멋진 단어라도 의사전달에 방해가 되면 과감히 버려야 한다. 보고문은 화려함보다 간결함이 우선이다. 정책결정을 신뢰할 수 있는 인재라면 통찰력은 기본능력이다.

- '요구되고 있는 실정이다'는 의미 혼잡을 부르는 피동형 문장이다. '강화가 필요한 실정이다'는 능동형 문장으로 교정했다.
- 교정문 예처럼 '행정수요의 증가', '신뢰도의 강화' 같이 불필요한 '의'를 굳이 쓸 필요가 없다.

백두로 문화기지 [가칭] 조성

문화도시 백두 구현을 위한 핵심 거점공간으로 조성하여 '백두의 빛' 사업효과를 극대화하고, 청년 예술인·상인 등 주민 주도의 협치 기반 문화 공론장으로 활성화시키고자 함.

[가칭] '백두로 문화기지' 조성

'백두로 문화기지'를 '문화도시 백두'의 핵심 거점으로 조성함으로써 '백두의 빛' 사업효과를 높이고, 청년 예술인과 상인 등에게 문화 공론장을 제공해 주민주도 협치를 활성화시키고자 함.

- "(가칭) '백두로 문화기지' 조성"처럼 (가칭)을 말하는 순서대로 앞에 둬야 자연스럽다.
- '백두로 문화기지'가 가칭이긴 하나 특정 공간의 명칭이므로 작은따옴표(' ')로 묶어주어야 한다. 그렇지 않으면 '백두로에 있는 문화기지' 뜻으로 해석하는 사람도 있을 수 있다.
- 제목과 본문은 별개. 본문에도 목적어 '백두로 문화기지를'을 제시해야

소통이 부드럽다.

- 인과관계의 서술이므로 '조성하여'보다 '조성함으로써'가 더 적확한 단어임.
- '극대화'라는 상투적 어휘보다 '높이다'는 쉬운 단어를 선택.
- '주민주도의 협치 기반'과 '공론장' 사이의 '문화'가 어느 쪽에 필요한 단어인지 명확히 해야 사업기획 의도가 분명해진다.
- 소항목 (-표, 번호 등) 형식 보고 시 내용이 두 행 이상일 경우 독자 편의와 시각적 깔끔함을 위해 둘째 행 이후부터 각 행의 첫 글자를 첫 행 첫 글자에 맞추어 들여써도 무방하다. 이는 맞춤법보다 문서편집에 해당되는 사안이다.(본 설명문도 그런 식으로 들여쓰기가 돼 있다.)

불법

불법은 민법상 "고의 또는 과실로 인한 위법행위로 타인에게 손해를 가한 자는 그 손해를 배상할 책임이 있다."라고 규정하고 있으므로 위법의 경우는 포괄적인 의미에서 법질서를 위반한 것을 의미한다고 할 수 있고 위법행위가 타인에게 고의나 과실로 인하여 발생된 경우를 불법이라고 규정함.

불법행위

민법상 불법은 '고의 또는 과실로 인한 위법행위로 타인에게 손해를 가한 자는 그 손해를 배상할 책임이 있다'고 규정돼 있음. 위법은 법을 지키지 않는 행위를 포괄함. 따라서 고의나 과실에 의한 위법행위가 타인에게 손해를 끼치는 경우 불법행위가 됨.

- 불법을 설명하기 위해 위법이 동원됐는데 모든 것을 한 문장으로 뭉뚱그려 놓다 보니 뒤죽박죽, 도대체 무슨 말을 하는지 알 수가 없어 문장을 나누었다.
- 설명하고자 하는 개념이 '불법행위'므로 제목도 '불법행위'로 하는 것이 좋다.
- '민법상'이 '불법'을 꾸미는 말이므로 앞으로 와야 한다.
- 앞 문장 주어가 '불법'이므로 다음 문장 주어도 '위법행위' 대신 '위법'으로 균형을 맞춤.
- 접속사를 안 쓴다고 해서 무조건 좋은 문장인 것은 아니다. 세 번째 문장은 '따라서'로 접속하는 것이 의미 전달에 유리하다.
- 첫 줄 마지막 '손해'의 경우 보고서 작성 시에는 '손'을 다음 행으로 밀어 단어를 쪼개지 않는 것이 좋다.

백두벤처밸리 조성 사업

지역인프라와 역량을 바탕으로 백두대와 학사동 일대를 중심으로 벤처창업생태계를 조성하여 다양한 스타트업의 성장, 안착을 지원함으로써 지역경제를 활성화하고자 함.

백두벤처밸리 조성 사업

백두대와 학사동 일대 지역 인프라와 역량을 바탕으로 벤처창업생태계 조성. 다양한 스타트업의 성장과 안착을 지원함으로써 지역경제 활성화 기대.

- '백두대와 학사동 일대에 벤처창업생태계를 조성한다'는 것이 핵심 요지이므로 해당 장소인 '백두대, 학사동'을 먼저 제시한다.
- 문장 후반부는 '사업의 목표 또는 기대 효과'이므로 별도 문장으로 독립시킨다.

기초의원 설명 자료

예산의 전용과 변경, 예비비 제도는 의회의 예산 심의 권한을 경시하여 운영하는 것이 아닌 지방재정법상 예산 운영 제도임.

기초의원 설명 자료

예산의 전용과 변경, 예비비 제도는 지방재정법에 따른 예산 운영 제도로서 의회의 예산 심의 권한을 경시하는 것과 무관함.

- 군 의회 의원의 '예산 전용은 의회 경시 행위'라는 지적에 대한 설명 중 일부임.
- 이유와 설득 순으로 문장을 간결하게 정리함.

• '경시하여 운영하는 것'에서 '운영'은 없어도 의사소통에 문제가 생기지 않음.

탄소중립 온실가스 감축 계획 수립

온실가스 배출로 인한 기후변화에 적극적으로 대응하고자, 부문별 온실가스 배출 전망 및 감축필요량을 분석하여, 백두군 온실가스 감축계획을 수립하고자 함.

'백두군 탄소중립 온실가스 감축 계획' 수립

기후변화 관련 적극적 대응이 강조되고 있음. 부문별 온실가스 배출 전망과 감축 필요량을 분석, '백두군 탄소중립 온실가스 감축 계획'을 수립하겠음.

• '백두군 탄소중립 온실가스 감축 계획'이 결재 후 수행할 사업계획 제목이므로 작은따옴표(' ')로 묶어줘야 함.
• '탄소중립 온실가스 감축 계획'의 주체인 백두군을 함께 표기해야 의사소통이 순조롭다.
• 계획 수립의 배경과 향후 방안 순서로 문장을 양분함.
• '온실가스' 사용이 중복적이므로 전반부 사용을 생략함.
• '분석하여 → 분석,'으로 쉼표를 활용하면 문장이 간결해짐.
• '수립하고자 함'은 관용적, 상투적 표현. '수립하겠음'이 더욱 간결함.

가족놀이방

가족놀이방에서 화장을 하면 사람의 얼굴이 어떻게 달라지는지 생생한 관찰이 가능함.

가족놀이방

화장을 하면 사람의 얼굴이 어떻게 달라지는지 가족놀이방에서 생생한 관찰이 가능함.

- 원문은 '가족놀이방이란 특별한 공간에서만 화장을 할 경우……'로 해석될 수 있음.
- '가족놀이방' 기능을 설명하는 보고서 맥락상 '가족놀이방에서'를 '생생한' 앞으로.

03

문장을 나누어 쉽게 설명하라

골목상권 활성화 지원

자생적 상권 기반 마련 및 상권 유형별 맞춤 지원을 통해 소상공인·자영업자의 경영 안정 및 경쟁력 강화를 지원하고, 지속발전 가능한 골목상권을 조성하고자 함.

골목상권 활성화 지원

- 소상공인·자영업자의 경영 안정 및 경쟁력 강화를 위한 자생적 상권 기반 마련.
- 지속발전 골목상권 조성을 위한 상권 유형별 맞춤 지원.

- 2개 수단, 2개 목표가 한 문장으로 복잡하게 얽혀 있음. 관습적으로 한 문장에 모든 것을 담으려 하는 공무원 보고서 문장의 전형임.
- 각각 목표와 수단에 맞춰 2문장으로 구분함.
- '지속발전 가능한 골목상권 조성'에서 '가능한'이 없으면 의사소통이

더 간결함.

지리면 복합청사 신축

1980년 건립된 노후·협소한 지리면 청사를 늘어나는 ~~주민의~~ 행정·문화·복지 수요에 부응할 수 있는 복합청사로 신축하여 ~~지역~~ ~~주민의~~ 편익과 복리증진에 기여하고자 함.

지리면 복합청사 신축

- 지리면 청사는 1980년에 건립돼 노후·협소함.
- 복합청사로 신축하여 늘어나는 행정·문화·복지 수요에 부응함으로써 주민편익과 복리증진을 꾀하고자 함. (복리증진이 기대됨.)

- 복합청사 신축 배경, 목표 순으로 문장을 나누었음.
- 보고문의 핵심 객체인 '지리면 청사'를 먼저 제시.
- '주민'의 중복 사용을 피하고, '지역주민의'에서 불필요한 '지역, 의'를 삭제함.
- '증진을 꾀하고자 함'이란 관행적 표현도 무방하나 '증진이 기대됨'처럼 간결하면서 자신감을 드러내는 적극적 의사표현도 권장함.

협조[건의]사항

◎ CCTV 확대와 선별관제 시스템 구축 사업은 도 주관부서에서 군과 5:5 매칭 사업으로 '21 추경에 200백만원(CCTV 20, 선별관제 180) 필요

◎ 범죄 취약, 불법주정차, 쓰레기 무단투기 등 CCTV 설치 민원에 적극적 대응과 구민의 심리적 안정감 극대화를 위해 예산 지원 필요(설치민원 : 200건/년)

협조(건의) 사항

◎ CCTV 확대와 선별관제 시스템 구축 사업은 도와 군의 5:5 매칭 사업으로 '21 추경예산 편성 시 2억 원(CCTV 2천만 원, 선별관제 1억 8천만 원) 필요

◎ 범죄 취약, 불법주정차, 쓰레기 무단투기 등 연 2백 건에 달하는 CCTV 설치 민원에 적극 대응함으로써 구민의 심리적 안정감을 높이도록 추경 예산 지원 필요

- 주관부서가 없는 사업은 없으므로 '주관부서'를 굳이 쓸 필요가 없다.
- 숫자 중심 문서(예산서)가 아닌 일반 문장의 금액은 독자가 바로 인식하도록 쉽게 써준다.
- 구두 보고나 대화에서는 '추경'으로 줄여 말할 수 있겠지만 문서 작성 시에는 '추경예산'으로 조금 더 명확하게 쓴다.
- 보고문 끝에 '(설치민원 : 200건/년)'을 별도로 쓰기보다 'CCTV 설치 민원'

앞에 '연 200건에 달하는'을 써주면 생각 순서와 일치해 해독이 빠르다. '연 200건'보다 '연 2백 건'이 0.1초라도 해독이 빠르다.

- '안정감 극대화를 위해'는 관행적 표현이다. '안정감을 높이도록'으로 쓰면 쉽고 간결하다.

백두 문화아카데미 수강생 모집

백두를 이끄는 문화시민 리더자를 육성하고 민·관·학 거버넌스를 통한 차세대 문화예술 기획자 양성으로 지역 내 문화예술기획자 인프라 및 기관·인력 간 네트워크 구축을 하기 위함.

백두 문화아카데미 수강생 모집

백두를 이끌 문화시민 리더 육성
민·관·학 거버넌스를 통한 차세대 문화예술기획자 양성
지역 내 문화예술기획자 인프라 및 기관·인력 간 네트워크 구축

- 3개의 문장을 하나의 문장으로 작성함으로써 보고문이 일목요연하지 않고 산만함.

백두 문화아카데미 수강생 모집

민·관 협력으로 차세대 문화예술기획자를 육성해 백두 문화예술 인프라와 네트워크를 구축함.

- '문화시민 리더자'와 '차세대 문화예술기획자'가 동일한 의미이므로 하나의 명칭으로 통일.
- '리더자 → 리더' 교정 및 '문화예술기획자'는 붙여쓰기로 통일.
- 거버넌스는 정책 기능을 갖는 협치 기구이므로 아카데미에 맞지 않음.

백두복합주민회관 건립

종합사회복지관·체육시설·생활문화센터의 복합화 시설인 '백두복합주민회관'을 건립하여 지속적 복지서비스를 제공하고 문화·체육시설의 확충으로 주민편익 증진과 시설 이용의 효율성 제고

백두복합주민회관 건립

종합사회복지관·체육시설·생활문화센터 복합시설 '백두복합주민회관' 건립으로 복지서비스, 주민편익, 시설이용 효율성 제고

- 주어가 생략된 원문은 다음 3문장이 뼈대를 이루고 있다.
  '(백두군청이) 백두복합주민회관을 건립한다.'
  '(백두군청이) 문화·체육시설을 확충한다.'
  '(백두군청이) 복지서비스 및 주민편익 증진, 시설이용 효율성을 제고한다.'
- 접속사 연결이나 절, 구, 단어 나열은 대등한 관계를 유지해야 한다. '지속적 복지서비스를 제공하고'의 '고'는 '그리고(and)' 대신이므로 다음에

이어져야 할 대등한 어구는 '목적어, 서술어'에 해당하는 '주민편의 증진, 시설이용 효율성 제고'이다. 그런데 그 사이에 '(백두군청이) 문화·체육시설을 확충한다.'는 문장이 뜬금없이 끼여 있는 꼴이다.

- '복합화 시설'에서 '화'는 불필요한 관행적 표현이다. '복지서비스'는 회관 건립과 무관하게 과거부터 제공되고 있으므로 '지속적'은 불필요하다.
- '증진, 제고'는 '끌어 올린다'는 의미 중복이므로 앞의 '증진'을 생략해 3개 목적어를 '제고하다' 서술어 하나에 귀속시킨다.

04

단어의 위치를 정확하게 선정하라

당부 드리고 싶은 점은 코로나19 예방접종백신은 사전에 예약된 분들 만큼 준비하기 때문에, 접종일자를 사전에 연락받으신 분들만 접종이 가능합니다. 꼭 접종일시를 개별연락 받으신 경우 해당일에 센터를 방문해주시길 바랍니다.

당부 드리고 싶은 점은 코로나19 백신 예방접종은 사전에 예약된 분들 수만큼 준비하기 때문에 접종일시를 사전에 연락받으신 분들만 접종이 가능합니다. 접종일시를 개별연락 받으신 경우 꼭 해당 예약일시에 센터를 방문해주시기길 바랍니다.

- '예방접종백신'은 단어조합 오류임. 대충 뜻이 통한다고 어순을 무시하고 조합하면 곤란하다. '백신 예방접종'이 맞음.
- '접종일자 → 접종일시' 예약 접종은 날짜뿐만 아니라 시간도 지정돼 있음을 전해야 한다.

- '꼭'이 강조하는 것은 '해당 예약일시'이므로 그 앞에다 써야 의미가 효과적으로 전달된다.

백두골예술제는 매년 5월 열리는 백두군 최대의 시민축제이다. 올해는 '치유·극복·상생… 예술로!'라는 슬로건 아래 코로나19로 지친 시민들을 예술로 치유하고, 극복하며 희망의 메시지를 전하겠다는 취지이다.

백두골예술제는 매년 5월 열리는 백두군 최대의 시민축제이다. 올해 취지는 '치유·극복·상생… 예술로!'라는 슬로건 아래 코로나19로 지친 시민이 예술로 치유하고, 극복하도록 희망의 메시지를 전하겠다는 것이다.

- '축제 취지는 ~이다'가 문장의 뼈대인데 '취지'의 위치가 잘못돼 문장 전체가 비문非文이 돼버렸다.
- '치유, 극복'의 주체는 축제보다 '시민'이어야 의미가 더 있다. '시민들'의 '들'은 불필요.

장애인 복합시설 건립

의사소통이 어려운 농아인의 권익향상을 도모하고 장애인 가족의 건강하고 안정된 생활을 위하여 농아인쉼터와 장애인가족지원센터 등 장애인 복합시설을 건립하여 장애인의 삶의 질을 향상시키고자 함.

✎ **장애인 복합시설 건립**

의사소통이 어려운 농아인의 권익향상을 도모하고, 장애인 가족의 건강하고 안정된 생활을 위하여, 농아인쉼터와 장애인가족지원센터 등 장애인 복합시설을 건립하여, 장애인의 삶의 질을 향상시키고자 함.

- 쉼표(,)를 찍으면 절대로 안 되는 법칙은 없다. 쉼표를 찍어 구절 구분을 확실하게 하거나, 독자가 읽는 호흡이 더 편할 것 같으면 찍으면 된다. 원문 교정이 없는 상태에서 쉼표(,)를 찍어 보았으니 비교해보기 바란다. 쉼표만 찍어도 훨씬 읽기가 편해진다.

✎ **장애인 복합시설 건립**

의사소통이 어려운 농아인의 권익향상을 위한 '농아인쉼터'와 장애인 가족의 건강하고 안정된 생활을 위한 '장애인가족지원센터'가 함께 있는 장애인 복합시설을 건립하여, 장애인의 삶의 질을 향상시키고자 함.

- 수식어와 피수식어가 멀리 떨어져 있는 문장은 반드시 복잡해진다. 수

식어는 늘 피수식어 앞에 두는 것이 정석이다. 피수식어 중 하나인 '농아인쉼터'를 수식어구 다음에 놓았고, 두 구절을 '와(and)'로 대등하게 나열했다.

- 독자가 읽기 쉽도록 시설 이름을 작은따옴표(' ')로 묶어주었다.

노인회관 장년재교육센터 복합 건립

어르신의 ~~취미·~~여가활동을 지원하고, 고령화 사회를 맞아 은퇴 전후 중·장년층의 사회참여활동 증진을 위해 노인회관·장년재교육센터를 복합으로 건립 추진~~고자 함~~.

노인회관 장년재교육센터 복합 건립

고령사회를 맞아 어르신 여가활동과 은퇴 전후 중·장년층 인생 2모작 준비를 지원하기 위해 노인회관·장년재교육센터 복합 건립을 추진.

- 복합건물 목표가 '고령사회 대비'이므로 '고령사회를 맞아'를 맨 앞에 씀.
- '고령화 사회'를 '고령사회'로 쓴 것은 불필요한 '화'를 없앤 사례임.
- '어르신 취미·여가활동'은 '여가활동'에 취미활동이 포함되므로 '취미'를 생략.
- '사회참여활동 증진'보다 '인생 2모작 준비'가 더욱 실감나는 표현임.

'여가활동'과 '2모작 준비'가 '지원하기'의 목적어로 대등하게 배치됨.

- '추진코자 함'은 '추진'으로 끝내도 의사소통에 아무 문제가 없음.

신금·금진 정비사업 추진

주거환경의 노후화 등으로 쇠퇴하는 신금·금진 지역을 지역역량의 강화, 새로운 기능의 도입·창출 및 지역자원의 활용을 통하여 경제적·사회적·문화적 활력 회복에 기여함.

신금·금진 정비사업 추진

노후한 주거환경 때문에 쇠퇴하는 신금·금진 지역역량 강화, 새로운 기능 도입·창출, 지역자원 활용을 추진해 경제·사회·문화적 활력을 불어넣음.

- '~화 등으로'는 공무원 보고서에 수시로 등장하는 표준(?) 문구이다. '주거환경 노후화로'만 써도 충분하다. 더 발전시켜 '노후한 주거환경 때문에'로 쓰면 정비사업 추진 이유가 더 쉽고, 명료해진다.
- '신금·금진 지역역량 강화'로 쓰면 이해하지 못할 표현이 있는가?
- '~을 통하여' 역시 공무원 보고서에 자주 등장하는 문구이다. '~활용을 추진해… 활력을 불어넣음'처럼 주체적, 능동적 표현으로 쓸 필요가 있다. 중복되는 '적'을 생략해 '경제·사회·문화 활력'으로 쓸 수 있으나 '경제·사회·문화적 활력'보다 어색하다. '문화 활력'처럼 '적'을 빼서 어

색할 때는 '적'을 써야 한다.

백두 힐링타운 건립

한옥집에서 다양하고 여유로운 숙박 프로그램을 통해 도시인들의 스트레스를 해소하고 힐링을 체험하게 함으로써 백두군 관광객 증가를 활성화시킴.

백두 힐링타운 건립

다양한 한옥집 숙박 프로그램을 통해 도시인의 스트레스 해소와 힐링 체험으로 관광 활성화.

- 문장이 틀린 것은 아니나 불필요하거나 동의어 중복으로 긴 문장을 이루고 있음.
- 힐링타운은 어차피 백두군 안에 짓고, 관광을 활성화시키면 관광객은 증가하게 돼있음. (활성화와 증가는 동의어 중복임.)

창업페스티벌 개최

우리 군을 명실상부한 벤처창업도시로 구축하기 위해 중점 추진 중인 '백두 벤처밸리 조성 사업'을 대내외적으로 알리고 벤처창업생태계를 활성화하기 위해 창업페스티벌을 개최하고자 함.

벤처창업 페스티벌 개최

〈벤처창업 페스티벌〉 개최를 통해 백두군이 중점 추진 중인 '백두벤처밸리 조성사업'을 대내외에 알리고, 벤처창업생태계를 활성화 시킴으로써 명실상부한 벤처창업도시 구축에 기여함.

- '벤처창업도시 구축'이 최종 목표이므로 제목도 '벤처창업 페스티벌'이 적절하다. 보고할 결론인 '벤처창업 페스티벌 개최'를 먼저 제시한 후 개최 이유, 목표를 서술해야 한다.(두괄식)
- '백두벤처밸리'가 구체적 공간 브랜드이므로 붙여 써준다.
- '우리 군'은 우리끼리 말할 때 쓰는 것이고, 공식문서에는 공식명칭 '백두군'이 합리적임.
- '알리고,' → 쉼표를 찍어 긴 문장을 한 번 끊어 줘야 간결함.
- '벤처창업 페스티벌 → 벤처밸리 조성사업 홍보 → 벤처창업생태계 활성화 → 벤처창업도시 구축 기여'로 단순한 문장 전개가 필요함.

스타트업 챌린지 사업 추진

민간기업과 MOU 체결을 통해 폭발적인 증가 추세에 있는 창업공간에 대한 기업의 유인책으로 스타트업 챌린지 사업을 추진하여 "벤처창업도시 조성 구축" 및 코로나로 인한 스타트업 위기 해소에 이바지하고자 함.

✎_ **스타트업 챌린지 사업 추진**

– MOU를 체결한 민간기업과 함께 스타트업 챌린지 사업을 추진함으로써 코로나로 위기에 처한 스타트업 기업을 지원함.

– 이들의 폭발적인 창업공간 수요를 백두군 창업공간으로 유인함.

– '벤처창업도시 구축'에 이바지함.

- 보고문의 취지를 요약하면 '(백두군과) 민간기업이 함께 스타트업 챌린지 사업 추진 → (1차 목적) 코로나 위기 스타트업 지원 → (2차 목적) 창업공간으로 입주 유인 → (3차 목적) 벤처창업도시 구축 이바지'이다. 무리하게 한 문장을 고집해 문장 전체가 두서가 없고, 해독도 어렵게 꼬였다.
- '조성 구축'은 동의어 반복이므로 하나를 삭제함.
- '스타트업 챌린지 사업' → '혁신창업기업 지원 사업'으로 쉽게 쓰면 좋겠지만 상관들이 다른 기관이나 언론에서 널리 쓰는, '무난한 용어'를 원할 것이므로 중앙부처에서 순화어 사용을 추진해야 한다.

05

단어 중복과 어려운 용어를 피하라

백두군 아트테리어 사업 추진

지역예술가와 ~~소상공인 점포~~를 연계하여 노후 소상공인 점포의 내·외부 디자인 개선 및 마케팅 지원을 통해 ~~소상공인 가게~~의 경쟁력 강화 ~~지원~~.

백두군 예술장식 사업 추진

지역예술가와 연계해 소상공인 노후 점포의 내·외부 디자인 개선 등 마케팅 지원으로 경쟁력을 강화함.

- '아트테리어 → 예술장식'으로 어려운 외국어를 쉬운 우리말로 대체함.
- '소상공인 점포'가 중복 사용되고 있으므로 하나를 삭제.
- '지역예술가와 연계하여'와 '지역예술가와 연계해'를 읽어보면 후자가 운율이 간결하다. '하여, 해'는 큰 차이가 없고, 문장에 따라 다르므로 그때마다 결정하면 된다. 이런 것까지도 퇴고한다는 뜻으로 지적했다.

- ‘노후한 것’은 소상공인이 아니라 그의 점포와 디자인임.
- ‘내·외부 디자인 개선 및 마케팅 지원’은 별개의 2가지 지원으로 오해할 수 있음. ‘개선 등’으로 교정함.
- ‘소상공인 가게의 경쟁력 강화 지원’ → ‘소상공인 경쟁력 강화’로 ‘가게’는 생략해도 되며, 아예 ‘소상공인’까지 생략해도 됨. ‘강화’가 ‘지원’ 뜻을 이미 포함하므로 ‘지원’도 불필요함.

전통시장 간판개선 사업 추진

지리면 지리시장의 무질서하고 노후화된 간판을 정비하고 통일된 디자인의 ~~간판을 설치하여~~ 미관을 개선함으로써 코로나19 장기화로 침체에 빠진 전통시장에 활력을 불어넣고자 함.

전통시장 간판개선 사업 추진

지리면 지리시장의 무질서하고 노후한 간판을 통일된 디자인으로 정비해 미관을 개선함으로써 코로나19 장기화로 침체에 빠진 전통시장에 활력을 불어넣음.

- ‘노후화化된’은 ‘역전앞, 과반수 이상, 옥상위, 포승줄’처럼 같은 뜻이 겹친 단어다.
- ‘정비’가 설치까지 뜻을 포괄하므로 굳이 ‘설치하다’가 불필요하다.
- ‘디자인’이 명사이므로 ‘간판’을 중복하지 않아도 됨.

‘백두군 기후변화 종합대응계획’ 용역 수립

2050년 탄소중립을 실현하고 ~~기후변화시책의 종합적이고 계획적인 추진을 위한~~ 기후변화 종합대응계획을 용역을 통해 선제적으로 수립 추진하고자 함.

‘백두군 기후변화 종합대응계획’ 용역 수립

2050년 탄소중립 실현을 위해 ‘백두군 기후변화 종합대응계획’을 외부 전문기관을 통해 선제적으로 수립함.

- ‘기후변화 종합대응계획’에 ‘기후변화시책의 종합적, 계획적 추진’이 포함돼 있음.
- ‘탄소중립실현’은 목표, ‘종합대응계획’은 목표달성을 위한 수단임.

투명 페트병 수거함 설치

투명 페트병 분리배출 의무화 시행에 따른 홍보 및 조기정착 유도를 위해 수거함을 설치·운영하여 자원순환 활성화와 ~~탄소중립 정책에 기여~~하고자 함.

투명 페트병 수거함 설치

투명 페트병 분리배출 의무시행에 따른 홍보, 조기정착, 자원순환 활성화를 위해 수거함을 설치·운영함.

- 의무화 시행 → 의무시행
- 공동목표에 해당되는 '홍보, 조기정착, 자원순환 활성화'를 쉼표로 나열해 간결하게 함.
- '탄소중립 정책 기여'가 버리기 아까운, 대단히 신선한 목표이긴 하나 '백두군 기후변화 종합대응계획 수립'을 막 추진하려는 시점임을 고려하면 너무 앞서나간 목표임.

지리시장 공중화장실 환경개선 공사

지리시장 내 공중화장실의 시설이 전반적으로 노후화되고 취약계층(장애인, 아동)에 대한 시설이 미비하여 화장실 내부 전체 리모델링을 시행함으로써 공중화장실 이용환경 조성에 만전을 기하고자 함.

지리시장 공중화장실 환경개선 공사

지리시장 내 공중화장실 내부 노후시설을 리모델링해 장애인, 아동 등 취약계층용 시설 보강과 이용환경을 빈틈없이 개선함.

- 위 보고문의 키워드는 '공중화장실, 노후화, 리모델링, 취약계층, 이용환경개선'이다. 5개 키워드를 군더더기 없이 문장으로 완성하면 되는 것이다.
- '취약계층(장애인, 아동)'처럼 괄호로 병기해 추가 설명하는 것은 독자의

사고흐름을 순간 역행시키므로 집중력을 떨어뜨린다. 가급적 서술 형태로 문장 안에 풀어쓰는 것이 좋다.

- 이용환경 '조성'이 아니라 '개선'이 리모델링에 맞춘 적확한 단어이다.
- '만전을 기하다'는 '빈틈없이 하다, 틀림없이 하다, 최선을 다하다'로 순화해 쓸 것을 정부에서도 권장하고 있다.

면민하계스쿨 운영

면 지역안전청년회 중심으로 지역에 관심 있는 주민들이 함께 모여 면민하계스쿨 참여과정을 통해 주민의 주도성을 촉진시켜 복지공동체 조성을 위한 주민력과 ~~지역복지력을~~ 강화하고자 함.

'면민여름학교' 운영

'면민여름학교'를 운영해 면 지역안전청년회를 주축으로 지역복지에 관심 있는 주민에게 소정의 교육과정을 제공함으로써 복지공동체 조성에 필요한 주민주도 참여정신을 강화함.

- 조례, 방침 등 행정적 문제가 없다는 것을 전제로 교육과정 이름을 쉬운 우리말로 변경.
- 결론인 "'면민여름학교' 운영"부터 제시하고, 새로운 교육과정이므로 작은따옴표로 묶어줌.
- '주민력, 지역복지력'은 전혀 새로운 단어는 아니나 국어사전에는 없는

억지 단어이다. '주민력 → 주민주도 참여정신, 지역복지력 → 지역복지 역량'처럼 보다 분명한 표현을 찾아야 함.

- '복지공동체 조성'과 '지역복지력 강화'는 결국 같은 목표의 반복임.

어르신 SOS 센터 출장서비스 확대·강화

'어르신 SOS 센터' 출장서비스 확대·~~강화 및 사업~~ 안정화 ~~추진으~~로 코로나19 장기화 등으로 발생한 어르신 케어 사각지대를 해소하고자 함.

어르신 긴급구조센터 출장서비스 확대·안정화

'어르신 긴급구조센터' 출장서비스 확대·안정화로 코로나19 장기화로 발생한 어르신 돌봄 사각지대를 해소함.

- 'SOS → 긴급구조, 케어 → 돌봄'으로 쉬운 우리말 대체어를 사용함.
- '확대=강화'이므로 둘 중 한 단어 생략, 안정화는 확대 후 별개 과업임.
- '사업, 추진'은 불필요한 단어임. '안정화'가 '추진' 의미를 내포하고 있음.
- '코로나19 장기화'로 충분한 동기부여가 되므로 습관적으로 쓰는 '~ 등으로'를 생략함.

당직제도 개선

여성 공무원들이 증가함에 있어 남·여 공무원 간의 당직근무주기에 불균형이 발생해 남성 공무원들의 당직이 과중되고 있어 이를 해소하기 위해 '남녀통합 당직근무제'를 도입하여 당직제도를 개선하고자 함.

'남녀통합 당직근무제' 도입

1) '남녀통합 당직근무제' 도입으로 여성 공무원 증가에 따른 남성 공무원 당직 과중을 개선함.
2) '남녀통합 당직근무제'를 도입해 여성 공무원 증가로 발생하는 남·여 공무원 간 당직근무주기 불균형을 해소함으로써 남성 공무원 당직 과중을 개선함.

- 결론은 남녀 간 불균형을 초래하는 당직근무제 개선을 위해 '남녀통합 당직근무 제도'를 도입하겠다는 것이므로 결론부터 제시.
- 문장이 길지만 '원인, 현상, 개선책'으로 정리해보면 불필요한 단어들이 눈에 보임.
  - 원인 : 여성 공무원 증가
  - 현상 : 당직근무주기 불균형 → 남성 공무원 당직 과중
  - 개선책 : 남녀통합 당직근무제 도입
- '여성 증가 → 남녀 불균형 해소 → 남성 당직 과중 개선'에서 1)처럼 '남녀 불균형 해소'를 생략해도 의미전달이 충분함.

어르신 거주 마을 다목적 CCTV 확대

어르신 1인 가구가 많은 신금마을 등 12개 마을에 안심 보행길 조성과 감시 사각지역 해소를 위해 다목적 CCTV를 확대하여 ~~안전 백두를 기하고자 함.~~

어르신 거주 마을 다목적 CCTV 확대

어르신 1인 가구가 많은 신금마을 등 12개 마을에 다목적 CCTV를 확대해 감시 사각지역을 해소함으로써 안심 보행길을 조성함.

- 문장을 정리해보면 '안심 보행길 조성'과 '감시 사각지역 해소'는 목표와 수단이므로 같은 급의 목표로 나열하면 논리에 맞지 않다.
  - 원인 : 감시 사각지역 발생
  - 수단 : CCTV 확대 → 감시 사각지역 해소
  - 목표 : 안심 보행길 조성
- '안전 백두를 기하고자 함'은 행간에 '용감하게' 숨겨도 되는 관습적 문구임.

시설공단 주민 만족도 조사

시설공단에서 운영하는 주요 시설에 대한 ~~지역주~~민 요구사항 및 만족도 조사를 실시하고 ~~다양한~~ 개선~~방안 도출~~하여 고객만~~족에~~

~~대한 지속적 환류 개선과 환류체계~~를 강화하여 주민이 만족하는 서비스를 지속적으로 제공하고자 함.

✎_ 시설공단 주민 만족도 조사

시설공단 사업 및 시설운영에 대한 주민 요구사항과 만족도 조사를 실시해 요구사항을 수용하고, 불만족 요소를 개선함으로써 주민 만족도를 향상시킴.

- 보고 요지는 '주민 만족도 조사 및 개선(수단) → 주민 만족도 향상(목표)'이다. 요지를 추린 후 거기에 맞춰 문장을 만들면 비교적 단순한 문장이 나온다.
- '지역, 다양한 개선 방안 도출, 환류개선, 환류체계' 등 불필요한 단어 삭제.
- '주민이 만족하는 서비스를 지속적으로 제공' → '주민 만족도 향상'임.

비대면 문화예술 프로그램 확대

코로나19 시대를 맞이하여 ~~주민 문화욕구 충족을 위한~~ 비대면 문화예술 창작 및 전시 프로그램 확대를 통해 주민들의 문화예술 만족도를 높이고 주민들의 코로나19 극복을 위한 정신적 힐링 기회를 제공하고자 함.

✎_ **비대면 문화예술 프로그램 확대**

코로나19에 대응한 비대면 문화예술 창작 및 전시 프로그램 확대로 주민 문화예술 만족도 향상과 정신적 치유 기회를 제공함.

- '주민 문화욕구 충족'과 '문화예술 만족도를 높이고'는 결국 같은 말 중복임.
- 외국어 '힐링healing'은 쉬운 우리말 '치유, 치료'로 대체함.

계약원가심사제도 운영

각종 계약의 사전단계로 발주부서에서 산출한 ~~설계내역 및 물품의 기초가격 등에 대하여~~ 원가분석을 통해 예산절감 및 합리적인 계약으로 효율적인 재정운영에 기여하고자 함.

✎_ **계약원가심사제도 운영**

발주부서에서 산출한 계약금액의 원가를 계약 전에 분석함으로써 합리적 계약을 유도해 예산절감 및 효율적 재정운영에 기여함.

- 제도 취지가 '계약 직전에 원가분석을 해 합리적 계약을 유도하겠다'로 정리됨. '설계내역, 물품기초가격 등' 분석항목이 구체적으로 무엇인지 보고하는 것은 취지에서 벗어난 내용으로 상관이 질문할 경우 구두로 답변할 사항임. 보고자가 보고 취지를 정확히 꿰뚫어야 문장이 간결

해짐.

- '예산절감'은 '합리적 계약의 결과'이므로 '효율적 재정운영'과 균등하게 배치해야 함.

동물복지 활성화 사업

~~개, 고양이 등~~ 반려동물 ~~보유 가구~~ 증가에 따른 ~~반려동물~~ 종합 건강상담 ~~서비스 지원~~ 및 반려동물보호위원회 ~~자문과~~ 동물교감 프로그램 운영을 통해 사람과 동물~~이 함께~~ 행복한 공존 문화를 조성~~하고자~~ 함.

동물복지 활성화 사업

반려동물 증가에 따른 종합 건강상담, 반려동물보호위원회 운영, 동물교감체험 등 프로그램 운영을 통해 사람과 동물의 행복한 공존 문화를 조성함.

- 대부분 반려동물이 개, 고양이라는 것은 보고서에 쓰지 않아도 누구나 아는 사실임.
- 반려동물이 증가하면 보유가구도 증가하는 것 역시 당연한 사실임.
- '종합 건강상담 프로그램 운영'에는 '서비스 제공' 의미가 포함돼 있음.
- '종합 건강상담, 반려동물보호위원회 운영, 동물교감체험'이 '프로그램'을 균등하게 수식하도록 쉼표를 이용해 배치하면 문장이 간결해짐.

골목상권 보호 및 육성

백두읍 난향상가 활성화에 따른 젠트리피케이션 현상에 대한 사전 예방대책 마련 및 지속 가능한 상권 조성을 통한 골목상권 보호 및 육성을 추진함.

골목상권 보호 및 육성

백두읍 난향상가 활성화에 따른 둥지 내몰림(젠트리피케이션) 예방 및 지속가능 상권 조성 대책 마련으로 골목상권 보호 및 육성 추진.

- 젠트리피케이션의 우리말 대체어 '둥지 내몰림'을 사용하되 필요할 경우 괄호로 병기함.
- '예방豫防'의 '예'와 '사전'은 동의어 중복임.
- '둥지내몰림 예방'과 '지속가능 상권 조성'이 균등하게 나열되도록 '대책 마련' 위치 변경.

재해복구 및 영조물 손해배상 공제등록

우리 군에서 소유·관리하는 공유재산에 대하여 공제 가입하여 예기치 못한 사고에 대비하고 재산의 안정성 및 경제성을 확보하고자 함.

재해복구 및 영조물 손해배상 공제등록

백두군 소유·관리 공유재산의 공제등록으로 예기치 못할 사고대비 및 재산의 안정성과 경제성을 확보함.

- 구두 보고 시 '우리 군'이라고 하더라도 문서에는 공식명칭 '백두군'이 합리적임.
- '공제등록' 제목과 본문 통일.
- '못한'은 과거시제, '못할'은 미래시제임.
- '사고대비'와 '재산의 안정성과 경제성 확보'를 균등하게 배치하는 것이 합리적임.

부동산 취득세 등 징수

부동산 취득에 대한 신고납부 안내로 민원발생에 따른 납세자 권리를 보호하고, 비과세·감면 부동산에 대한 사후관리로 탈루 세원을 발굴하여 세입징수에 최선을 다하고자 함.

부동산 취득세 등 징수

부동산 취득에 대한 신고납부 안내로 미신고에 따른 민원발생을 방지해 납세자 재산을 보호하고, 비과세·감면 부동산에 대한 사후관리로 탈루 세원을 발굴하여 세입확보에 최선을 다함.

- 안내 못 받아 신고를 못한 '민원발생 원인'을 제시할 필요가 있음.
- '민원발생에 따른 납세자 권리를 보호한다' → '민원이 발생함으로써 생기는 납세자 권리를 보호한다'는 엉뚱한 뜻으로 해석됨. 권리 보호가 아닌 재산 보호가 적확함.
- 세입징수가 아닌 세입확보, 세금확보가 적확한 단어임.

환경단체 활동 지원

~~자연환경을 조성·보전하기 위해 환경보전 사업을 추진하는~~ 관내 환경단체들의 역량을 결집하여 환경보전 활동의 효과를 제고하고 활성화할 수 있도록 환경단체 활동을 지원하고자 함.

환경단체 활동 지원

백두군 환경단체들이 역량을 결집해 자연환경 조성·보전을 위한 활동효과를 높이도록 지원함.

- '관내 → 백두군'으로 기관명으로 표기해야 관외에서도 소통이 가능한 문서가 됨. (우리 군은 우리만 앎.)
- 환경단체 존재 이유가 '자연환경 조성·보전 활동'이므로 중복해 설명할 필요가 없음.
- 역량 결집 주체는 환경단체이지 백두군청이 아님.

에코마일리지 제도 활성화

~~신재생 에너지 보급의 한계를 극복하고 대기전력 낭비를 줄이는 등~~ 가정, 학교, 기업의 에코마일리지 가입을 통한 자발적인 에너지 절약 실천을 유도하기 위하여 면주민센터 경진대회 및 비산업부문 사업장 온실가스 진단·컨설팅을 운영하고자 함.

에코마일리지 활성화

가정·학교·기업이 자발적 에너지 절약에 나서도록 면주민센터 경진대회를 개최하고, 비산업부문 사업장 온실가스 진단·감축 컨설팅 서비스를 제공함.

- 주무관이 과업의 본질을 꿰뚫으면 보고서도 간결해짐. '에코마일리지 활성화 → 에너지 절약 활동 증가 유도'가 본질임.
- '신재생 에너지 보급 한계 극복'은 본질을 벗어난 과대 목표임.
- '대기전력 낭비 감소'를 굳이 설명하지 않아도 '가정 에너지 절약 활동'을 이해함.
- '온실가스 (발생) 진단·감축 컨설팅'은 '운영'되는 것이 아니라 '제공'되는 것임.
- '컨설팅'은 내용을 한정하는 수식어(감축)가 필수임.

  ex)경영 컨설팅, 입시전략 컨설팅.

찾아가는 복지플래너 역량 강화

찾아가는 복지플래너가 주민에게 먼저 찾아가 복지·건강 등의 문제해결을 돕고, 복지플래너의 역량을 강화하여 체계적인 찾아가는 동 주민센터 운영에 ~~만전을 기하고자~~ 함.

'찾아가는 복지플래너' 역량 강화

'찾아가는 동 주민센터'의 체계적 운영을 위해 주민에게 먼저 찾아가 복지·건강 등 문제해결을 돕는 '찾아가는 복지플래너'의 역량을 강화함.

- 결론인 '찾아가는 동 주민센터 체계적 운영'을 먼저 제시함.
- '수식어 + 명사' 등으로 작명된 과업명은 작은따옴표 등으로 구분해줘야 함.

'백두군 위기가정 통합지원센터' 운영

위기가정의 신속한 개입 및 통합서비스 등을 통하여 사회안전망을 강화하고 복지사각지대를 해소하고자 백두군·백두경찰서·백두소방서와 함께 '백두군 위기가정 통합지원센터'를 운영하고자 함.

'백두군 위기가정 통합지원센터' 운영

백두경찰서·백두소방서와 함께 '백두군 위기가정 통합지원센터'

를 운영해 위기가정 발생 시 신속한 개입과 행정·방범·안전 등 통합서비스를 제공함으로써 사회안전망 강화 및 복지사각지대 해소를 추진함.

- 새로 시작하는 사업부터 제시하고 그 이유를 밝힘. (보고는 결론부터 먼저!)
- 통합서비스 내용이 무엇인지 간략한 설명이 필요함.
- 원문의 '사회안전망을 강화하고 복지사각지대를 해소'는 두 목적이 균등한 입장임. 교정문의 '사회안전망 강화 및 복지사각지대 해소'는 사회안전망이 강화됨으로써 복지사각지대가 해소되는 인과관계 의미를 포함함.

공공 자원 주민 개방 추진

지역 주민이 체감할 수 있도록 다양한 방법의 시설개방을 통해 군민이 편리하게 공공 체육시설을 이용함으로써 주민체력 증진을 통한 지역주민의 ~~행복한~~ 삶의 질 향상에 기여하고자 함.

공공 체육시설 주민 개방 추진

공공 체육시설 개방을 여러 주민이 체감하도록 다양한 방식으로 확대함으로써 주민의 편리한 시설이용과 체력증진에 따른 삶의 질 향상에 기여함.

- 제목은 '공공 자원 → 공공 체육시설'로 사업 자체에 초점을 맞춤.
- 원문은 다음 3문장이 연결돼 있는데, 문장 간 연결부위가 매끄럽지 못함.
  - 공공 체육시설을 주민이 체감할 수 있도록 개방 방식을 다양화한다.
  - 주민이 시설을 편리하게 이용해 체력을 증진한다.
  - 주민 삶의 질 향상에 기여한다.
- 삶의 질이 향상되면 행복해지므로 '행복'은 불필요함.

맞춤형 통합건강돌봄사업 시행

~~방문보건서비스 및 의료기관 등에서 발굴·의뢰된~~ 건강고위험군 대상으로 찾아가는 건강돌봄서비스 제공과 의료·복지연계를 거버넌스 체계 구축으로 실시하여 지역에서 건강한 삶을 살 수 있도록 돌봄 체계를 구축함.

맞춤형 통합건강돌봄사업 시행

1) '찾아가는 건강돌봄서비스'와 의료·복지를 연계하는 민관협치 체계를 구축해 보건소 발굴 또는 타 의료기관 등에서 의뢰한 건강고위험군을 대상으로 맞춤형 통합건강돌봄사업을 시행함.
2) '찾아가는 건강돌봄서비스'와 의료·복지를 연계하는 민관협치 체계를 구축해 건강고위험군을 대상으로 맞춤형 통합건

강돌봄사업을 시행함.

- 원문은 다음 3개의 소항목으로 정리 가능함. 여러 문장이 섞여 복잡할 경우 각각의 문장으로 쪼개보면 무엇이 문제인지 파악됨.
  - 건강고위험군을 대상으로 '찾아가는 건강돌봄서비스'를 제공
  - 건강고위험군은 '찾아가는 건강돌봄서비스'로 발굴, 또는 타 의료기관에서 의뢰한 사람임.
  - 민관협치 체계를 구축해 의료·복지를 연계함.
  - 맞춤형 통합건강돌봄사업으로 건강고위험군이 건강한 삶을 살 수 있도록 함.
- 2)항 문장처럼 굳이 필요하지 않은 '보건소 발굴 또는 타 의료기관 등에서 의뢰한'을 생략하면 훨씬 간결해짐.
- 위 문장 분해를 이용해 다음과 같이 소항목 형식으로 간결하게 보고하는 것도 무방함.
  - 건강고위험군을 대상으로 '찾아가는 건강돌봄서비스'를 제공
  - 민관협치 체계를 구축해 의료·복지 연계
  - 맞춤형 통합건강돌봄사업으로 건강고위험군의 건강한 삶 지원

06

어려운 외국어 사용을 피하라

온라인 인플루언서 활용 강화

지역에서 활동 중인 온라인 인플루언서들을 활용해 군의 다양한 정책을 효과적으로 전파함.

온라인 영향력자 활용 강화

지역에서 활동 중인 온라인 영향력자(인플루언서)를 활용해 군의 다양한 정책을 효과적으로 전파함.

- 어려운 외국어 '인플루언서'의 쉬운 우리말 대체어는 '영향력자'임.

백두군 독거 어르신 지원을 위해 '서로를 談다' 사업을 하고자 하오니 많은 홍보를 부탁드립니다.

✎_ 백두군 독거 어르신 지원을 위해 '서로를 談(담)다' 사업을 하고자 하오니 많은 홍보를 부탁드립니다. (談 이야기 담, 말씀 담)

- 한자를 모르는 사람을 위해 최소한 한글병기를 해줘야 한다. 한자 설명을 추가하면 더욱 친절한 글쓰기다.

백두군 스마트시티 중장기 마스터플랜 추진 TF 실무추진단 마인드 교육

✎_ 백두군 지능형도시 중장기 기본계획 추진 전담 실무단 전문정신 교육

- 어려운 외국어를 쉬운 우리말로 대체해 써야 독자가 이해하기 쉽다. 쉬운 우리말 대체어는 해당 기관이나 상위 기관의 대체어 목록(가이드라인)을 참고하면 더 좋다.

백두대로 복합개발사업은 백두군청 앞 사거리에 지하 스페이스를 조성하는 사업입니다. 지난 8월 15일 착공을 시작해 2022년에 완공될 예정입니다.

✎_ 백두대로 복합개발사업은 백두군청 앞 사거리에 지하공간을 조성하는 사업입니다. 지난 8월 15일 착공해 2022년 완공할 예정입니다.

✎_ (한 문장으로 통합)

백두대로 복합개발사업은 백두군청 앞 사거리에 지하공간을 조성하는 사업으로 지난 8월 15일 착공해 2022년 완공할 예정입니다.

✎_ (연설문이 아닌 보고서일 경우)

백두대로 복합개발사업은 백두군청 앞 사거리 지하공간 조성 사업으로 지난 8월 15일 착공, 2022년 완공 예정임.

- '스페이스'를 쉬운 말인 '공간'으로 대체함.
- '착공'과 '시작'은 동의어 반복, 착공에 '시작' 의미가 들어 있음.
- '2022년' 다음의 '에'는 써서 틀린 것은 아니나 굳이 필요하지 않음.
- 공사 주체가 백두군청이므로 '완공되다'가 아니라 '완공하다'가 맞음.
- 문장을 짧게 여러 문장으로 끊어 쓰는 것이 무조건 좋은 것은 아님. 주무관 입장에서 한 문장으로 통합하는 것이 더 간결하다고 판단하면 통합해도 좋음.
- 연설문(구어체)이 아닌 보고서(문어체)를 쓸 경우 '에' 등 조사를 생략하고, '착공해, 완공할'의 동사형 접미사 '하다' 대신 쉼표(,)를 활용하면 문장이 더욱 간결해짐.

제4장

장문 쓰기

공무원이 업무적으로 쓰는 비교적 긴 글이라면 '보도자료, 기관장·단체장의 연설문이나 발표문, 행사 인사말' 등이다. 대부분 일선 공무원들이 글쓰기로 스트레스를 받는다면 아마도 이 지점일 것이다. 물론 본인이 이전에 썼던 다른 글이나 해당 업무 과거 담당자가 같은 주제로 썼던 글을 가져와 단어와 숫자 등을 적당히 바꾸는 경우가 없지 않으나 그것은 '요령'일 뿐 글쓰기가 아니다. 요령에 익숙하게 되면 언젠가 정말로 장문의 글을 '창작'해야 할 때 본래 글쓰기 실력이 여지없이 드러나게 된다. 능력을 인정받는 중요한 글도 단문이 아니라 장문인 경우가 대부분이다. 단문이 모여 장문을 이루지만 장문 또한 나름의 특별한 '법칙'을 가지고 있다.

01

언론기고문

원문

매일이 행복한 가족 친화형 도시 백두

박달재 (백두군수)

우리의 일상이 바뀌고 있다. 코로나19 장기화와 계속된 거리두기로 지쳐가고, '코로나블루'라는 신조어가 생길 만큼 우울감이 일상 속에 자리 잡았다. 코로나19의 제한 속에서도 오랜만에 만나 정겨움을 나누는 가족들의 모습, 따뜻한 햇살 아래 가족의 손을 잡고 웃음꽃을 피우는 아이들의 모습을 보며 가족의 기능에 대해 다시금 생각해보게 된다.

위기 때마다 우리가 찾는 곳은 결국 가족이다. 가족은 최초의 보금자리이자 최후의 안식처로 사람을 보호하고, 성장시키고, 미래로 연결한다. 가족 안에서 위안을 받고, 또 가족을 위해 위기를 헤쳐 나간다. 안타깝게도 위기 속에서 가족이 울타리가 되어 주지 못하고 오히려 해하는 사건들이 최근 늘고 있다. 이런 가슴 아픈 사건들이 발생할 때마다 우리는 함께 분노하며, 더욱더 엄중한 처벌을 요구한다. 우리가 특별히 분노하는 이유는 가족이 다른 공동체와는 다르게 온전히 그 역할을 다할 것을 기대하기 때문이다.

하지만 사회가 변화하고, 가족의 형태가 다양해지고 복잡해지면서 가족 구성원들에게 주어진 역할 또한 더욱 무거워지고 있다. 건강한 가정을 이루기 위한 노력을 개인에게만 맡길 수 없게 되었다. 개인이 가정에서의 역할을 올바르게 수행할 수 있도록 공공의 지원과 제도적인 뒷받침이 절실하다. 가족 구성원을 보호하고, 출산·양육, 일·가정 양립, 가족친화 환경조성 등 가정을 수호하고 그 기능을 강화해야 한다.

민선 7기 백두군은 아동의 인권이 보호받고, 보육·안전·여가 등 다방면에서 아동과 부모의 욕구가 실현되는 '아동친화도시' 조성에 전력을 기울여, 지난해 유니세프 한국위원회로부터 아동친화도시로 인증되는 쾌거를 이루었다.

또한 2019년 12월 '여성친화도시'로 지정된 후, 여성의 역량강화와 돌봄, 안전구현을 목표로 다양한 사업을 펼치고 있으며, 온 가족이 건강하고 행복한 도시를 만들기 위해 가족친화 정책에도 박차를 가하고 있다.

특히 가족복지 향상을 위한 일념으로 건립한 백두군 최초의 가족문화복합시설인 '백두가족행복센터'가 오는 23일 개관을 앞두고 있다. 실내놀이체험관부터 보육시설, 취·창업 프로그램실, 마을 미디어센터 등 누구나 이용할 수 있는 다양한 시설을 갖춰 아이부터 어른까지 모두 함께 누리며 즐길 수 있는 새로운 가족 친화형 공간으로의 역할을 기다리고 있다.

백두가족행복센터에서 들려올 구민들의 행복한 웃음소리를 상상해본다. 삶에 있어 가장 중요한 가치는 행복이 아닐까 생각한다. 아이들과 어르신, 여성과 남성, 구민 가족 모두의 매일이 행복한 도시를 만들 때까지 일상 속에서의 행복을 위한 정책추진을 계속해나갈 것이다.

교정

날마다 행복한 '가족 친화형 도시 백두'

박달재 (백두군수)

우리의 일상이 바뀌고 있다. 코로나19 장기화~~와 계속된~~에 따른 거리두기로 지쳐가고, '코로나 블루'라는 신조어가 생길 만큼 우울감이 일상 속에 자리 잡았다. 코로나19의 제한 속에서도 오랜만에 만나 정겨움을 나누는 가족들의 모습, 따뜻한 햇살 아래 가족의 손을 잡고 웃음꽃을 피우는 아이들의 모습을 보며 가족의 기능에 대해 다시금 생각해보게 된다.

위기 때마다 우리가 찾는 곳은 결국 가족이다. 가족은 최초의 보금자리이자 최후의 안식처로서 ~~사람~~ 구성원을 보호하고, 성장시키고, 미래로 연결한다. 가족 안에서 위안을 받고, 또 가족을 위해 위기를 헤쳐 나간다. 그러나 안타깝게도 위기 속에서 가족이 울타리가 되어 주지 못하고 오히려 해~~하는~~가 되는 사건들이 최근 늘고 있다. 이런 가슴 아픈 사건들이 발생할 때마다 우리는 함께 분노하며, 더욱~~더~~ 엄중한 처벌을 요구한다. 우리가 특별히 분노하는 이유는 가족이 다른 공동체와는 ~~다르게 온전히~~ 달리 그 역할을 온전하게 다할 것을 기대하기 때문이다.

하지만 사회가 변화하고, 가족의 형태가 다양해지~~고 복잡해지~~면서 가족 구성원들에게 주어진 역할이 ~~또한 더욱~~ 무거워지~~고 있다~~.는 것과 비례해 건강한 가정을 이루기 위한 노력을 개인에게만 맡길 수 없게 되었다. 따라서 개인이 가정에서의 역할을 올바르게 수행할 수 있도록 공공의 지원과 제도적인 뒷받침이 절실하다. 이를 위해 ~~가족 구성원을 보호하고~~, 출산·양육과 일·가정 양립 지원, 가족친화 환경조성 등 가정 구성원을 ~~수호하고 그 기능~~ 보호하는 정책을 강화해야 한다.

민선 7기 백두군은 출범 이후 아동~~의~~ 인권~~이~~을 보호~~받고~~하고, 보육·안전·여가 등 다방면에서 아동과 부모의 욕구가 실현되는 '아동친화도시' 조성에 전력을 기울~~여~~인 결과, 지난해 유니세프 한국위원회로부터 아동친화도시로 인증~~되~~받는 쾌거를 이루었다. 또한 2019년 12월 '여성친화도시'로 지정된 후 여성의 역량강화와 안전구현을 목표로 아이 돌봄 지원 등 다양한 사업을 펼쳐 왔다.

나아가 온 가족이 건강하고 행복한 도시를 만들기 위한 가족친화 정책 수행에도 박차를 가하고 있는 바, ~~특히~~ 오는 23일에는 가족복지 향상을 위한 일념으로 건립한 백두군 최초의 가족문화복합시설인 '백두가족행복센터'가 ~~오는 23일~~ 개관을 앞두고 있다. 실내놀이체험관~~부터~~, 보육시설, 취·창업 프로그램실, 마을미디어센터 등 ~~누구나 이용할 수~~ 있는 다양한 시설을 갖춰 아이부터 어른이~~까지~~ ~~모두~~ 함께 ~~누리며~~ 즐길 수 있는 ~~새로운~~ 가족 친화형 공간으로의 그 역할을 기다리고 있다.

어느덧 백두가족행복센터에서 들려올 구민들의 행복한 웃음소리를 상상해본다. 삶에 있어 가장 중요한 가치는 가족의 행복이 ~~아닐까 생각한다라~~고 생각하기에 아이~~들과~~, 어르신, 여성, 남성 등 구민 가족 모두의 매일이 행복한 '가족 친화형 도시 백두'를 만들 때까지 ~~일상 속에서의 행복을 위한~~ 관련 정책을 강하게 추진~~을~~할 ~~계속해나갈 것이다~~. 계획이다.

- 제목에 쓴 '매일이 행복한'은 '날마다 행복한'이 더 자연스럽다.
- 제목에서 강조할 것은 '가족 친화형 도시 백두'이므로 ' '표로 묶음.
- 주제가 같은 4,5문단은 통합해 한 문단으로 재구성함.
- '코로나 블루'는 띄어 씀.
- 원문을 최대한 건드리지 않는 선에서 어순, 동의어 반복, 불필요한 단어와 조사, 적확한 단어, 비문非文, 문장부호, 맞춤법, 띄어쓰기 등을 교

정했다. 원문을 무시하고 새로 쓴다면 더 많은 교정이 필요한 기고문이 다.

02

SNS 홍보문

원문

백두군의 새로운 랜드마크 백두가족행복센터가 문을 활짝 열었습니다!

오늘 개관한 백두가족행복센터는 복지, 문화 인프라 확충이라는 우리 군민 여러분들의 오랜 숙원을 해소한 큰 결실입니다.

또한 우리 백두군이 설악도 서남권의 대표적인 복지 문화의 중심지로 도약하기 위한 초석이 될 것입니다.

실내놀이체험관부터 보육시설, 취업과 창업 프로그램실, 마을미디어센터 등 누구나 이용할 수 있는 백두가족행복센터는 아이부터 어른까지 함께 누리며 즐길 수 있는 새로운 가족친화형 공간으로서의 역할을 기대하고 있습니다.

우리 군민 여러분 누구나 행복한 활력을 채울 수 있는 공간으로 여러분과 함께 만들어 나가도록 하겠습니다.

✎_ **교정**

[백두가족행복센터 개관]

백두군의 새로운 랜드마크 '백두가족행복센터'가 문을 활짝 열었습니다!

~~오늘 개관한~~ 백두가족행복센터는 '복지·문화 인프라 확충'이라는 우리 군민의 오랜 숙원을 해소한, 큰 결실입니다.

실내놀이체험관~~부터~~, 보육시설, 취업·창업 프로그램실, 마을미디어센터 등을 누구나 이용할 수 있는 백두가족행복센터는 아이부터 어른까지 함께 누리~~며~~고, 즐길 수 있는 ~~새로운~~ 가족친화형 공간으로서의 역할을 ~~기대하고 있습니다~~. 하게 될 것입니다.

또한 백두가족행복센터는 우리 백두군이 설악도 서남권의 대표적인 복지·문화 중심지로 도약하기 위한 초석이 될 것입니다.

~~우리~~ 군민 ~~여러분~~ 누구나 ~~행복한~~ 새로운 활력을 채울 수 있는 행복한 공간으로 여러분과 함께 만들어 나가 ~~도록 하~~겠습니다. 감사합니다.

백두군수 박달재 올림

- 지방자치단체장의 SNS(페이스북)는 홍보가 목적인 곳이므로 핵심 메시지(Key Message)인 [백두가족행복센터 개관]을 제목으로 먼저 제시하는

것이 홍보에 효과적이다. 사람들이 페이스북 게시글을 끝까지 다 읽을 것으로 생각하면 안 된다.

- 첫 문장의 '백두가족행복센터'는 새로운 공간의 이름이므로 작은따옴표(' ')로 묶어서 강조를 겸하는 것이 좋다.
- 제목으로 먼저 개관 소식을 알렸으므로 '오늘 개관한'은 불필요.
- '역할을 하게 될 것입니다'로 효과를 단정적으로 제시하는 것이 좋음.
- '또한 백두가족행복센터는 우리 백두군이…' 문장은 전체 맥락상 기대 역할 다음으로 옮기는 것이 자연스럽다.
- '군민, 국민' 등은 복수 개념이므로 마지막 문장의 '우리, 여러분'은 불필요하다. '새로운, 행복한'의 위치를 보다 어울리는 곳으로 이동했다.
- 글 끝에 '감사합니다. 백두군수 박달재 올림' 추가. 홍보용 글이므로 인사는 예의이고, '직위, 이름'은 가급적 자주 노출시키는 것이 좋다. 사람들은 머리로 글을 읽기 전에 눈으로 (사진 보듯이) 먼저 훑는다.

03

공보문

원문

코로나19 백신 예방접종 순조롭게 진행되고 있습니다

예방접종센터 1센터(백두체육관) 75세 이상 어르신 접종 진행 중

예방접종센터 2센터(지리체육관) 5. 13. 개소 예정

코로나19로 모두가 힘든 시기를 보내고 있다. 코로나19 백신 접종은 우리에게 소중한 일상을 되찾게 해줄 것이라는 희망을 준다.

우리 백두군은 지난 4월 15일부터 백두체육관 코로나19 예방접종1센터를 운영, 현재 75세 이상 어르신과 노인시설 입소자, 종사자를 대상으로 백신 예방접종을 진행하고 있다.

예방접종센터는 사전예약제로 운영하며, 확정 접종일을 안내받

은 어르신은 해당 날짜, 지정된 시간에 신분증을 지참해 접종센터를 방문하면 된다. 접종시간은 일요일을 제외한 오전 9시 30분부터 오후 5시까지며, 2차례 접종이 필요한 화이자 백신의 1차접종과 2차접종의 간격은 21일이다.

특히 우리 백두군은 신원확인 과정에서 신분증만 제시하면 어르신의 인적사항이 기재된 예진표 출력과 동시에 방문기록을 남기는 프로그램을 도입했다. 이는 다수의 시민들이 방문하는 만큼 신속하고 안전한 예방접종을 위해 마련했다.

또한 사전예약자 중 당일 접종이 불가하거나 접종센터를 방문하지 않은 경우를 대비하여, 예비접종자 명단을 준비하고 백신 폐기를 최소화했다. 접종순서는 발열체크 및 신원확인, 예진표 작성, 예진, 접종, 이상반응 관찰(15~30분), 귀가 순으로 진행된다. 안전한 예방접종센터 운영을 위해 의료진, 소방, 군인, 경찰, 행정인력 등 50여 명의 전담인력도 배치했다.

한편, 백두체육관에 마련된 예방접종센터 1센터에 이어, 제2센터는 5월 13일 지리체육관에 개소할 예정이다.

교정

코로나19 백신 예방접종 순조롭게 진행~~되고 있습니다~~

예방접종 1센터 (백두체육관) 75세 이상 어르신 접종 ~~진행~~ 중

예방접종 2센터 (지리체육관) ~~5. 13. 개소~~ 5월 13일 문 열 예정

코로나19로 ~~모두가~~ 힘든 시기를 보내고 있다. 코로나19 백신 접종은 ~~우리에게~~ 소중한 일상을 되찾~~게 해줄~~을 것이라는 희망을 준다. ~~우리~~ 백두군은 지난 4월 15일부터 백두체육관 코로나19 예방접종 1센터를 운영, 현재 75세 이상 어르신과 노인시설 입소자, 종사자를 대상으로 백신 예방접종을 진행하고 있다.

예방접종센터는 사전예약제로 운영~~하며,~~한다. 확정 접종일을 안내받은 어르신은 해당 날짜, 지정된 시간에 신분증을 지참~~해~~하고 접종센터를 방문하면 된다. 접종시간은 일요일을 제외한 오전 9시 30분부터 오후 5시까지~~며,~~다. 2차례 접종이 필요한 화이자 백신의 1차접종과 2차접종의 간격은 21일이다.

특히 우리 백두군은 ~~다수의~~ 시민들이 방문하는 만큼 신속하고 안전한 예방접종을 위해 신원확인 과정에서 신분증만 제시하면 ~~어르신의~~ 인적사항이 기재된 예진표 출력과 동시에 방문기록을 남기는 프로그램을 도입했다. ~~이는 다수의 시민들이 방문하는 만큼 신속하고 안전한 예방접종을 위해 마련했다.~~

또한 사전예약자 중 당일 접종이 ~~불가~~어렵하거나 접종센터를 방문하지 않~~은~~는 ~~경우를 대비하여,~~ 상황에 대비해 예비접종자 명단을 준비~~하고~~함으로써 백신 폐기를 최소화했다. 접종순서는 ▲발열체크 및 신원확인 ▲예진표 작성 ▲예진 ▲접종 ▲이상반응 관찰

(15~30분) ▲귀가 순으로 진행된다. 안전한 예방접종센터 운영을 위해 의료진을 비롯해 소방, 군인, 경찰, 행정인력 등 50여 명의 전담 인력도 배치했다.

한편, ~~백두체육관에 마련된 예방접종센터 1센터에 이어, 제 2센터는~~ 예방접종 2센터는 5월 13일 지리체육관에 ~~개소할~~ 문을 열 예정이다.

- 기사 형식 공보문인데 경어체 제목이 본문의 평어체와 불일치. 굳이 교정하지 않고 경어체를 쓰더라도 '진행하고 있습니다'로 능동형을 쓴다.
- 제목에 '진행'이 있으므로 부제목에 '진행'은 중복.
- 일시 표기는 명확히, 굳이 어려운 '개소'보다 쉬운 '문 열'을 쓰면 됨.
- 1,2문단은 내용 전환이 없으므로 한 문단으로 처리함.
- '우리 백두군'의 '우리'는 연설문에 쓰는 구어체로 공보문에 부적합.
- '다수의, 시민들'에 '의, 들'은 불필요한 조사임. '시민'이 복수 뜻 내포.
- '경우를 대비하여'는 관용적으로 많이 쓰나 틀린 문장임. '경우에 대비하여'가 적합하나 맥락상 '상황'에 대비하는 것이 더 적합해보임.
- 2문단 첫 문장처럼 두 문장으로 나눌 수 있는 문장은 나눠주는 것이 간결함.
- 3문단처럼 한 문장으로 간결하게 줄일 수 있는 두 문장은 통합하는 것이 좋음.
- 4문단 접종순서는 가독성을 높이도록 ▲표를 사용해 정리하면 간결하다.

- 의료진은 백신 접종센터 필요조건이므로 '의료진을 비롯해…'로 나머지 충분조건과 구분.
- 마지막 문장의 '백두체육관 1센터'는 앞에서 자세히 소개했으므로 중복을 피해 생략.

04

지역 커뮤니티 게시글

원문

[아트테리어 프로젝트 참여예술가 오리엔테이션]

지역 예술가들이 우리동네 가게의 간판, 내부인테리어, 상품 패키지 등을 새단장 해주는 사업인 아트테리어 사업에 참여하는 예술가분들과 비대면 영상 오리엔테이션을 진행했습니다.

아트테리어는 아트(Art)와 인테리어(Interior)의 합성어로 2017년 23개소, 2018년 44개소, 올해는 약 8억원의 예산을 투입, 총 200여 점포의 소상공인을 대상으로 2월부터 본격적으로 사업을 시작할 예정입니다.

코로나로 얼어붙은 동네상권은 살리고 지역 예술가들에게는 새로운 형태의 일자리를 제공하게 될 아트테리어 프로젝트, '공존경재'를 추구하는 백두군의 군정운영 철학과도 부합하는 사업입니다.

백두의 '경제 문지기 군수'로서, 우리 소상공인 여러분께서 사업하기 좋은 환경을 피부로 느끼실 수 있도록 더욱 세심하고 실질적인 정책을 계속해서 펼쳐나가도록 하겠습니다!

✎_ **교정**

[아트테리어 프로젝트 참여예술가 오리엔테이션]

아트테리어 사업에 참여하는 예술가분들과 비대면 영상 오리엔테이션을 진행했습니다. 아트테리어는 아트(Art)와 인테리어(Interior)의 합성어로 지역 예술가들이 우리 동네 가게의 간판, 내부인테리어, 상품 패키지 등을 새 단장 해주는 일입니다.

백두군은 2017년 23개소, 2018년 44개소에 혜택을 제공했고, 올해는 약 8억 원의 예산을 투입, 총 200여 점포~~의 소상공인을~~를 대상으로 2월부터 ~~본격적으로~~ 사업을 시작할 예정입니다.

코로나로 얼어붙은 동네상권은 살리고, 지역 예술가들에게는 새로운 형태의 일자리를 제공하게 될 아트테리어 프로젝트는 '공존경제'를 추구하는 백두군의 군정운영 철학과도 부합하는 사업입니다.

· 백두의 '경제 문지기 군수'로서 우리 소상공인 여러분께서 사업하기 좋은 환경을 피부로 느끼실 수 있도록 더욱 세심하고 실질적

인 정책을 계속해서 펼쳐나가도록 하겠습니다.

백두 경제 문지기 군수 박달재 올림

- '우리 동네, 새 단장, 8억 원'은 띄어 써야 한다.
- 첫 문장은 '아트테리어 오리엔테이션을 했다. 아트테리어는 어떤 사업이다.' 순서가 자연스럽다.
- 새 단장은 점포에 하는 것이므로 2문단 소상공인(사람) 삭제.
- 커뮤니티 게시글은 '말하듯이' 쓰는 것이 자연스럽다. 3문단 '프로젝트, 경제 문지기 군수로서' 다음의 쉼표를 없앴다.
- 마지막 '하겠습니다!'는 느낌표 대신 마침표를 찍었다. 느낌표는 감정이입을 강요하는 느낌을 주므로 마침표가 군수 입장에서 가치중립적이다. 문장이 길어서 느낌표가 혼자 노는 느낌도 든다.
- '백두 경제 문지기 군수 박달재 올림' → 선출직 공무원은 자기 이름 선전에 인색할 이유가 전혀 없다. 쓸 수 있는 곳이면 무조건 '겸손하게' 써야 한다. 이름은 귀로 듣고, 눈으로 읽어 뇌에 장기기억으로 저장된다. 그것을 전문용어로 '세뇌'라고 한다. 폭우보다 자주 내리는 가랑비가 농사에는 더 이로운 법이다.

05

개인 SNS 게시글

원문

경로당 신축 위치 문제로 극한 갈등을 겪고 계시는
지리면 어르신들을 만나 뵙고 오는 길,
백두봉 위로 열린 멋진 하늘을 여러분께 소개합니다.
맑고 깨끗한 하늘을 보니 기분이 상쾌해집니다.
멈추지 않을 것만 같던 장대비가 그치고
금세 화창해진 하늘처럼,
지금의 갈등 또한 언제 그랬냐는 듯
평범했던 일상으로 되돌아 갈 것이라 확신합니다.
군민 여러분 모두 오늘 하루 마무리 잘하시고
행복한 저녁시간 되시기 바랍니다.

교정

경로당 신축 위치 문제로 극한 갈등을 겪고 계시는
지리면 어르신들을 만나 뵙고 오는 길,
백두봉 위로 열린 멋진 하늘을 여러분께 소개합니다.
맑고 깨끗한 하늘을 보니 ~~기분이 상쾌해집니다.~~
답답했던 마음이 조금 풀립니다.
멈추지 않을 것만 같던 장대비가 그치고
금세 화창해진 하늘처럼,
지금의 갈등 또한 언제 그랬냐는 듯
평범했던 일상으로 되돌아 갈 것이라 확신합니다.
군민 여러분 모두 오늘 하루 마무리 잘하시고
행복한 저녁시간 ~~되시기~~ 보내시기 바랍니다.

백두군 군수 박달재 올림

- 경로당 문제로 극한 갈등을 겪고 있는 어르신들을 막 뵙고 나온 상황이라면 '기분이 상쾌하다'는 표현은 부적합하다. '마음이 풀린다' 정도 표현이 적당하다.
- '되시기'는 '저녁시간'을 높이는 사물존대어다. 주어 군민에 맞춰 '보내시기'가 적합하다.
- 마지막 인사 '백두군 군수 박달재 올림'처럼 홍보성 글이라면 글쓴이의

이름과 직책은 필수다. 특히 기관장·단체장의 경우 궁극적으로 알리고 자 하는 것은 그것 아닐까?

제5장

보도자료 쓰기

'보도자료' 쓰기는 사실 대단히 전문 영역의 글쓰기다. 언론사 기자 대신 기사를 써서 제공하는 글이기 때문에 기자 못지않게 보도기사 문체와 작성요령에 능숙해야 한다. 언론사에 입사해 선배 기자와 데스크(부장)에게 따끔한 질타(?)를 받으며 기사 쓰기를 익힌 기자들이 보도자료를 거의 그대로 기사로 써도 문제가 되거나 부족함이 없으려면 그만큼 보도자료 작성자도 실력이 필요하다. 특히 온라인 기사 중심으로 언론 환경이 바뀐 후 기자들이 더욱 바빠져 추가 취재가 필요하거나 문장에 손을 많이 봐야 하는 보도자료는 기사로 반영되지 않고 그냥 삭제(Delete)될 가능성이 더욱 높아졌다. 공무원이라면 맡은 과업에 대한 보도자료 초안 작성은 기본이고 홍보과, 대변인실에 배치돼 아예 보도자료 업무를 전담할 수도 있다. 전문 영역이긴 하지만 대신 공무원 업무가 반복적이므로 몇 가지 요령만 잘 훈련하면 그리 어려울 것이 없기도 하다.

01

역삼각형 원칙을 지켜라

기본적으로 대중 언론과 SNS, 홈페이지, 블로그 등 인터넷 뉴미디어를 활용하는 홍보PR는 일반 공무원이 직접 수행할 수 없는 전문 영역이다. 홍보대행을 주력 상품으로 하는 다수 기업들이 광고대행사 못지않게 활동하고 있고, 그들의 홍보기법은 기술의 진보에 맞춰 시시각각 변하고 있다. 물론 유튜브를 활용한 개성 넘치는 홍보기획으로 화제를 모은 모 지방자치단체 홍보담당 주무관이 없는 것은 아니다. 그러나 그것은 해당 주무관의 개인적 취향과 자질이 특별한 사례일 뿐, 다른 홍보 담당 주무관들에게 같은 품질의 성과를 요구하는 것은 무리다. 정기 순환보직, 괜한 문제 일으키지 말아야 하는 조직문화, 책임소재 등 공무원들의 불리한 근무환경도 한계로 작용한다.

일선 사업팀 주무관이 써서 홍보과에 전달하는 보도자료는 [사업개요, 추진배경, 추진경과, 사업실적, 기대 효과, 예상 문제점]으로 거의 정형화돼 있는 '사업추진 보고서'를 역시 오랜 세월 정형화돼 내려오는 보도자료 틀에 맞추어 산문으로 풀어 쓰는 방식이 지배적이다. 각 지방자치단체에서 매일 쏟아지는 보도자료가 주제만 다를 뿐 서술하는 방식이 천편일률적인 이유도 이 때문이다. 이런 업무방식을 뚫고 공무원에게 민간 홍보전문가들처럼 '개가 사람을 물면 뉴스가 안 되지만 사람이 개를 물면 뉴스가 된다'는 관점에서 홍보를 대하라는 조언은 허공에 번져 사라지는 연기처럼 부질없다.

그럼에도 불구하고 민간분야든 공공분야든 지키면 좋은 보도자료 작성 원칙은 있다.

▲ 중학생이 읽어도 이해가 되도록 쉽게 써라.

▲ 짧고 간결한 문장으로 써라.

▲ 한 문장에 한 가지 말만 하라.

▲ 중복, 반복을 피하라.

당연히 이들 원칙은 일반 글쓰기와 다를 게 없다. 그러나 보도자료 쓰기에만 적용되는 특별한 원칙이 하나 있다. '역삼각형 원칙'이다.

역삼각형 원칙은 인터넷 이전에 모든 뉴스가 지면 기사로만 편집되던 시절, 지면 사정에 따라 보도자료 앞부분 또는 일부분만 기사로 반영되는 경우에 대비해 생긴 원칙이다. 온라인 기사가 대세인 지금은 지면 한계가 없어 보도자료가 거의 다 기사로 반영되는 것이 일반적이다. 그럼에도 역삼각형 원칙이 여전히 유효한 이유는 독

역삼각형 원칙

- 리드문과 본문의 두괄식이 일반적
- 리드문은 5W1H 원칙에 맞춰 독자에게 던질 핵심 메시지
- 중요한 순으로 세부 내용 본문 단락별 추가 기술
- 단락 자유 취사 선택과 위치이동을 위한 자연스런 연결

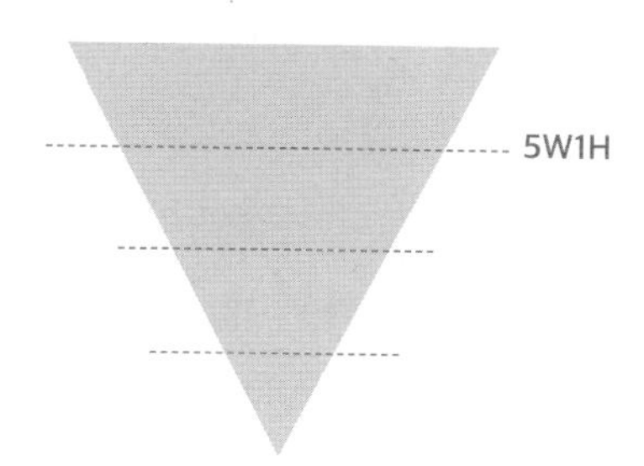

자들이 기사를 꼼꼼하게 다 읽지 않기 때문이다. 대부분 독자들은 제목만 읽거나 많이 읽는다 해도 1단 정도까지 읽는 것이 고작이라고 생각해야 한다.

역삼각형 원칙은 6하원칙(5W1H)에 맞춰 보도자료로 알려야 할 핵심 내용을 압축해 첫 문단에 배치하는 것이다. 그런 후 둘째 문단부터 첫 문단 내용 중 가장 중요하게 알려야 할 정보 순서로 추가 보강을 하는 방식으로 전개해 나간다. 만약 기자가 셋째 문단까지만 기사를 썼다면 나머지 문단은 기사에 반영이 되지 않았더라도 첫 문단에 핵심 내용이 포함돼 있으므로 중요한 정보가 기사에서 누락되는 것을 피할 수 있게 하는 것이다.

역삼각형 원칙의 또 다른 특징은 기자에 따라 중요하다고 생각하는 정보에 대한 판단이 달라 첫 문단과 셋째, 다섯째 문단을 기

사에 반영하더라도 기사의 흐름이 자연스럽게 전개되는 것이다. 어느 문단이 중간에 잘려나가거나, 둘째 문단 이하부터 문단의 순서가 서로 뒤바뀌더라도 기사 흐름이 끊기거나 어긋나지 않도록 작성돼야 가능한 일이다. 너무 바빠서 꼼꼼하게 수정하고 있을 시간이 없는 '기자님'들의 수고를 미리 덜어드려야 기사가 많이 반영될 수 있으므로 생긴 친절 원칙이다.

그러므로 역삼각형 그림의 아래쪽 문단 면적이 좁은 것은 원고의 양을 상대적으로 적게 쓰라는 것이 아니라 홍보가치상 보다 덜 중요한 내용임을 반영한 정성적 면적임을 이해해야 한다.

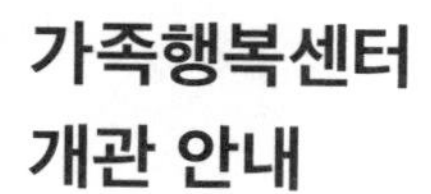

02

가족행복센터 개관 안내

원문

매일이 행복한 가족 친화형 도시 백두

놀이·힐링·희망의 공간, '백두가족행복센터'개관

- 23일 '백두가족행복센터'개관, ZOOM & 유튜브 통해 온라인 개관식 함께 진행
- 지리면 내 연면적 3999.8㎡ 지하 1층~지상 5층 규모
- 놀이체험관, 영유아 장난감·도서관, 여성교실, 마을미디어 센터 등 복합 문화시설 마련

온 가족이 건강하고 행복한 도시를 만들어가는 민선7기 백두군(군수 박달재)이 아이, 엄마와 아빠, 청년, 남녀노소 가족 모두가 행복을 느끼며 즐길 수 있는 새로운 가족 친화형 공간 '백두가족행복

센터'를 마련했다.

23일 오후 3시 백두군 최초 가족문화복합시설인 '백두가족행복센터' 개관식을 열었다. 개관식에는 박달재 백두군수, 추풍령 백두군의회의장, 한계령 국회의원, 대관령 국회의원을 비롯하여 학부모와 아동 대표 등이 참석했다.

박달재 군수는 "백두가족행복센터는 보육과 여성, 미디어를 아우르는 우리 군 최초의 가족문화복합시설이다. 가족이 행복하면 가정과 사회 모두가 행복하다는 생각으로 출산·양육, 일·가정 양립 등 매일이 행복한 백두군을 만들어가는 데 노력을 하고 있다"며 가족의 행복을 강조했다.

개관식은 코로나19 확산 방지와 사회적 거리두기 방침에 따라 행사 참석 인원을 최소화했다. 대신 ZOOM 프로그램과 유튜브를 통해 성공적인 개관을 축하하는 제막식과 테이프 커팅, 마임공연과 시설관람 등 온라인을 통해 실시간으로 주민과 함께했다.

박 군수는 "2019년 6월 첫 삽을 뜬 후 코로나19와 한파로 공사가 중단되는 등 어려운 상황 속에서도 군민의 가족복지 향상을 위한 일념과 약속을 지키기 위한 노력을 더해 성공적으로 건립할 수 있었다"며 건립 관계자의 노고에 감사하며 표창장도 수여했다.

'백두가족행복센터'는 지리면사무소 앞에 연면적 3999.8㎡, 지하 1층~지상 5층 규모로 지어졌다.

센터 1~3층에는 놀이체험관, 장난감·영유아도서관 등 영유아를 위한 보육시설이 들어선다. 4층에는 경력단절 여성을 위한 요리·

제과제빵 등 다양한 취·창업 프로그램실이 생겼다. 5층에는 모두의 호기심을 자극할 1인 미디어실, 스튜디오실 등의 마을미디어센터를 조성해 다양한 프로그램을 운영한다.

특히 2층에 위치한 백두형 마더센터 '아이랑'은 영유아를 위한 공공놀이방, 육아부모를 위한 자조모임을 제공하는 군민을 위한 복합문화 휴식공간으로 설계하여 '모두 함께 백두'를 목표로 하는 백두군의 의지를 엿볼 수 있다.

개관과 더불어 모든 시설은 정부의 코로나19 사회적 거리두기 단계에 따라 7월 1일부터 순차적 예약을 통하여 운영해 나갈 예정이다.

박달재 군수는 "영유아와 가족, 군민이 모두 함께 즐거움을 누릴 수 있는 가족문화복합시설의 성공적인 건립으로 백두 가족의 삶이 더욱 풍성해졌다"라며 "군민 누구나 삶의 활력을 채울 수 있는 공간으로 만들기 위해 모두가 만족하는 다양하고 풍부한 프로그램을 적극 운영해 나가겠다"고 밝혔다.

✎_ 교정

백두군, 가족친화형 복합문화시설 '백두가족행복센터' 개관

- 5월 23일 개관식, 줌 & 유튜브 통해 온라인 동시 진행
- 지리면 내 연면적 3999.8㎡ 지하 1층~지상 5층 규모
- 놀이체험관, 영유아 장난감·도서관, 여성교실, 마을미디어 센터 등 복합 문화시설 완공

가족행복을 기치로 내세운 백두군(군수 박달재)이 남녀노소 온가족이 함께 즐길 수 있는 가족 친화형 복합문화시설 '백두가족행복센터'를 완공, 5월 23일 개관식을 개최했다. 센터는 연면적 3999.8㎡, 지하 1층~지상 5층 규모로 영유아 놀이 공간, 취업·창업실, 마을미디어센터 등을 갖춰 지리면사무소 앞에 지어졌다. 개관식에는 학부모와 아동 대표를 비롯해 박달재 백두군수, 추풍령 백두군의회 의장, 한계령 국회의원, 대관령 국회의원 등이 참석했다.

개관식은 코로나19 확산 방지와 사회적 거리두기 방침에 따라 참석 인원을 최소화한 대신 온라인을 통해 많은 주민과 함께했다. 박달재 군수는 인사말을 통해 "백두가족행복센터는 백두군이 최초로 완공한 가족 문화복합시설로서 보육과 여성, 미디어를 아우른다. 가족이 행복해야 사회도 행복하다는 생각으로 출산·양육 지원, 일·가정 양립 지원 등 가족친화형 도시 백두군을 만드는 데 최선의 노력을 기울이고 있다. 개관 후 센터는 정부의 코로나19 사회적 거리두기 단계에 따라 순차적으로 운영을 확대해 나갈 예정"이라고 밝혔다.

백두가족행복센터 1~3층에는 놀이체험관, 영유아 장난감·도서관 등 보육시설, 4층에는 경력단절 여성을 위한 요리·제과제빵 등 다양한 취·창업 프로그램실, 5층에는 모두의 호기심을 자극할 1인 미디어실, 스튜디오실 등 마을미디어센터를 조성해 다양한 프로그램을 운영한다. 특히 2층에 위치한 백두형 마더센터 '아기방'은 영유아를 위한 공공놀이방, 육아 부모를 위한 복합문화와 휴식공간으로 설계해 '모두 함께 백두'의 가치를 반영했다.

박달재 군수는 "2년 전 첫 삽을 뜬 후 코로나19와 오랜 장마로 공사가 중단되는 등 어려운 상황 속에서도 백두군 가족복지 향상 약속을 지키기 위해 최선의 노력을 기울였다. 영유아와 가족, 군민이 모두 함께 즐거움을 누릴 수 있는 백두가족행복센터가 성공적으로 건립돼 백두가족의 삶이 더욱 풍성해질 것으로 기대한다. 군민 누구나 삶의 활력을 채울 수 있는 공간이 되도록 다양하고 풍부한 프로그램으로 운영해 나가겠다"고 강조했다.

- 보도자료는 주무관이 독자에게 전하는 글이 아니라 기자가 독자에게 전하는 글로 써야 한다.
  - 주무팀 입장에서는 자치단체장 홍보에 만전을 기해야겠지만 언론팀에서는 '과유불급'을 판단해야 한다.
  - 글(보도자료)에 정답은 없다. 교정안도 정답은 아니며, 쓰는 사람의 주관이 가장 중요하다.

- 기자와 독자의 가독 편의를 위해 문단 사이 한 행 띄기 편집이 일반적이다.
- '역삼각형' 보도자료 작성 법칙에 따라 제목부터 본문 전체를 분해, 다시 작성했으므로 원문과 교정문을 꼼꼼히 비교하며 읽을 필요가 있다. 맞춤법, 띄어쓰기 등 세세한 내용은 별도 해설을 생략한다.
- 첫 문단 안에 육하원칙에 따른 내용 모두가 포함되도록 작성했다.
  - 첫 문단만 기사화 돼도 전할 내용은 모두 전하려는 목적이다.
  - 제목만, 또는 제목과 첫 문단만 읽고 지나가는 독자들이 많다는 것을 유념해야 한다.
  - 개관식 참석자 및 소개 순서 등 공무원에게 매우(?) 중요한 의전 규정도 빼거나 실수하지 않아야 한다.
- 역삼각형 원칙에 따라 첫 문단을 뺀 나머지 문단 중 하나를 무작위로 빼거나 순서를 바꾸어 놓고 읽어보면 이해가 쉽다.
- 원문의 주요 문제점
  - 민선이 아닌 경우가 없으므로 '민선 7기'를 굳이 쓸 이유가 없다. 6기, 7기 숫자도 군민 관심 밖이다.
  - 개관식 최고 귀빈은 주민이다. 참석자 소개에서 가장 먼저 나와야 한다.
  - 박달재 군수 코멘트는 2번으로 줄여서 정리했다. 코멘트는 군수 자신의 말이므로 '최초, 최고'를 얼마든지 써도 좋다.
  - 보도자료에 '최초, 최고' 등 수식어 사용은 신뢰와 효과 측면에서 판단을 잘해야 한다. 위 경우 '그동안 그런 시설 하나 없었느냐'는 부정적 인식을 심어줄 수도 있다.

- 제목, 부제목이 추상적이고 길어 기자, 독자의 즉각적 인식을 방해한다.
- 육하원칙(5W1H)에 따른 핵심 메시지를 모두 담아야 할 첫 문단(리드문)이 엉성하다.
- 역삼각형 원칙에서 벗어났다.
- 문단과 문단의 연결, 일부 문장의 구성이 매끄럽지 못하다.
- 문단 구분이 내용(메시지) 전환보다 원고 행 수에 따라 대충 이루어졌다.
- 부제목과 첫 문단 마지막 '마련했다'는 공간(센터) 완공과 개관의 가치를 낮춰 부적합하다.

03

상호업무협약 체결

원문

청년 창업·주민 복지 향상을 위한

백두군-설악주택공사 업무협약 체결

- 백두군 청년 창업과 설악임대주택 주민의 주거복지를 위해 설악주택공사와 손잡아
- 백두청년세움터 유치, 수요자 맞춤형 임대주택 공급 등 상호 협력할 계획

백두군(군수 박달재)와 설악주택공사(사장 김설악)은 2월 2일, 백두군청 본관 2층 군수실에서 청년 창업과 주민 복지 향상을 위한 상호협력 업무 협약을 체결했다.

본 협약을 통해 ▲청년 창업자의 주거 및 업무 공간을 지원하

는 백두청년세움터 사업 ▲벤처 기업 및 스타트업을 위한 창업밸리 조성 사업 ▲청년주택, 신혼부부 주택, 문화예술인 주택 등 수요자 맞춤형 임대주택 공급 ▲설악임대주택 입주민의 정신건강 관리 및 복지 향상을 위한 상호 협력 사업 등이 추진된다.

두 기관은 업무협약에 따라 앞으로 긴밀한 네트워크를 구축하고 양 기관의 공통적인 관심사에 대해 지속적인 정보 교류와 공동 협력을 추진해 나갈 예정이다.

한편 백두군은 경기침체로 취업 등 어려움을 겪고 있는 청년층을 위해 다양한 정책을 펼치고 있다. 직접적인 일자리를 제공하는 청년취업지원 일자리사업을 운영하고 지리면에 청년 문화활동 공간인 '백두청년마당'을 오픈했으며 청년이 지역경제 활성화에 보다 적극적으로 동참할 수 있는 계기를 마련하기 위한 토론회도 개최할 계획이다.

교정

백두군, 설악주택공사와 상호업무협약 체결

- 청년창업 공간 '백두청년세움터' 조성 지원
- 수요자 맞춤형 설악임대주택 공급 확대 및 입주민 복지 강화

백두군(군수 박달재)과 설악주택공사(사장 김설악)는 2월 2일 백두

군청에서 청년 및 벤처 창업공간 지원과 수요자 맞춤형 설악임대주택 공급 확대 및 입주민 복지 향상을 위한 상호노력 강화를 약속하는 업무협약을 체결했다.

이번 협약에 따라 두 기관은 보다 긴밀한 협력 네트워크를 구축해 ▲청년 창업자의 주거 및 업무 공간 지원 ▲벤처 기업 및 스타트업을 위한 창업밸리 조성 ▲청년주택, 신혼부부 주택, 문화예술인 주택 등 수요자 맞춤형 설악임대주택 공급 확대 ▲설악임대주택 입주민의 정신건강 및 주거복지 향상 ▲창업 및 주택복지 분야 정보 교류와 공동 협력을 강화하게 된다.

한편, 백두군은 경기침체로 취업 등 어려움을 겪고 있는 청년층을 위해 청년취업지원 일자리사업과 함께 지리면에 청년 문화활동 공간인 '백두청년마당'도 신설, 운영 중이다. 향후 청년이 지역경제 활성화에 보다 적극적으로 동참할 수 있는 계기를 마련하기 위한 토론회도 개최할 계획이다.

- 보도자료 배포 주체가 백두군이므로 백두군 주체로 제목을 교정했다.
- 부제목은 보도자료 핵심 내용인 '백두청년세움터, 설악임대주택 공급, 입주민 복지 향상'으로 압축, 독자 가독 편의를 높였다.
- 첫 문단 역시 이 3개 사업을 중심으로 육하원칙에 따라 서술했다. 일시, 장소는 필요하되 '본관 2층 군수실'까지 밝힐 필요는 없다. 협력할

내용을 최대한 포함하기 위해 본문에 있는 '벤처·스타트업 창업밸리 조성'을 대변하도록 '청년 및 벤처 창업공간 지원'으로 '벤처'를 추가했다.

- '백두군(군수 박달재)와'는 → '백두군(군수 박달재)과' : 괄호 뒤 조사는 괄호 앞 단어 끝 글자에 맞춰 써야 한다.
- 원문 셋째 문단은 사업의 하나로 둘째 문단에 편입시킴으로써 전체 내용을 간결하게 했다.
- 넷째 문단 '한편,'은 쉼표를 찍어야 한다. '다양한 정책을 펼치고 있다.'는 상투적 표현을 제거한 후 현재 진행 중인 사업과 향후 계획하고 있는 사업에 맞춰 2개 문장으로 나눴다. 지면(원고량)이 한정돼 있을 경우 넷째 문단은 생략해도 무방하다.

04

아카데미 참가자 모집

원문

백두군, 코로나 시대 주민 소통의 장 마련…

'김오대 교수', '유튜버 솔송' 특강 진행

- 유튜브 라이브를 통해 주민들이 공감할 수 있는 특강 마련해
- 코로나블루 극복방법, 나만의 콘텐츠 만들기 등 포스트코로나에 맞는 주제로 진행

백두군(군수 박달재)은 김오대 교수, 유튜버 솔송과 함께하는 '온택트 백두 아카데미' 참여자를 모집한다.

'온택트 백두 아카데미'는 이번 달 5일과 8일, 유튜브 라이브를 통해 비대면으로 진행한다. 설악대학교 정신심리학과 교수 김오대가 '우울과 무기력을 부르는 코로나 블루 극복 방법'을 주제로 5일

에 강연을 하고, 50만 구독자를 보유한 유튜버 솔송이 '내 이야기를 콘텐츠로 만들기'를 주제로 8일에 강연한다.

강연은 19시부터 시작하여 2시간 동안 진행된다. 1시간은 강사의 특강으로, 나머지 한 시간은 사전에 접수된 질문과 실시간으로 올라오는 유튜브 채팅으로 소통하는 시간으로 구성된다.

'온택트 백두 아카데미'는 백두군 주민이나 출향민이면 누구나 거주지 상관없이 신청할 수 있다. 행사의 원활한 진행을 위해 강연별 300명의 인원을 온라인으로 4월 15일까지 사전에 선착순으로 모집하며 강사에게 물어보고 싶은 질문 또한 함께 접수받는다.

백두군수 박달재는 "포스트코로나 시대에 떠오르는 키워드인 코로나 블루와 미디어 콘텐츠를 주제로 주민이 전문가와 소통할 수 있는 자리를 마련했다"며 "전문가를 통해 정보도 얻고 공통된 관심사를 가지고 모인 주민과의 소통으로 힐링하는 장이 되기를 기대한다"고 밝혔다. (문의, 백두군 가정정책과 999-999-9999)

✎_ 교정

백두군, '온택트 백두 아카데미' 참여자 모집

- 설악대 김오대 교수, 인기 유튜버 솔송의 '코로나 블루 극복, 나만의 콘텐츠 만들기' 유튜브 특강 열어-

백두군(군수 박달재)은 코로나 시대 주민 공감무대를 마련하기 위해 오는 8월 5일과 8일 양일 간 오후 7시부터 9시까지 유튜브를 통해 '온택트 백두 아카데미'를 개최키로 하고 참여자를 모집 중이다. 백두군 주민이나 출향민이면 거주지 상관없이 선착순 300명까지 참여할 수 있으며, 희망자는 7월 15일까지 온라인으로 신청하면 된다. (문의, 백두군 가정정책과 999-999-9999).

전문가 강연과 질의응답으로 진행되는 이번 아카데미는 5일 설악대학교 정신심리학과 김오대 교수가 '우울과 무기력을 부르는 코로나 블루 극복 방법'을 주제로, 8일 50만 구독자를 보유한 유튜버 솔송이 '내 이야기를 콘텐츠로 만들기'를 주제로 강연할 예정이다. 강의는 1시간이며 1시간은 사전 질문에 대한 답변 및 실시간 유튜브 채팅으로 주민과 직접 소통하게 된다.

박달재 백두군수는 "포스트 코로나 시대에 떠오르는 키워드인 코로나 블루와 미디어 콘텐츠를 주제로 주민이 전문가와 소통할 수 있는 자리를 마련했다"며 "전문가를 통해 정보도 얻고 공통된 관심사를 가지고 모인 주민 간 소통으로 힐링하는 장이 되기를 기대한다"고 밝혔다.

- 제목은 '온텍트 아카데미 개최' 사업에 집중했고, 부제목은 강사와 강연주제에 집중함으로써 독자 호기심을 높였다.

- 문의처는 사실상 가장 중요한 정보이므로 가급적 1문단에서 제공하는 것이 좋다.
- '교수 김오대가, 백두군수 박달재는' 식 표현보다 '김오대 교수가, 박달재 백두군수가' 식으로 호칭을 이름 뒤에 붙이는 것이 당사자나 독자에게 보다 자연스럽다.
- 각 문단에 흩어져 있는 주요 정보를 첫째 문단은 육하원칙에 따라 아카데미 참여에 필요한 모든 내용을, 둘째 문단은 아카데미의 구체적 내용을 보강하는 것으로 재정리했다.

05

개소식 안내

원문

백두군, '백두 창업소' 개소식 열어

- 5개 스타트업 기업 둥지가 될 '백두 창업소' 개소식 개최
- 박달재 군수와 입주기업 간담회 "좋은 기업으로 거듭 나겠다" 의지 다져

백두군(군수 박달재)은 지난 5일 백두군 스타트업 기업 창업지원 시설인 '백두창업소'를 열고 개소식을 가졌다.

이날 행사에는 5개의 입주기업과 주민, 도·군의원과 박달재 군수가 참석한 가운데, 현판식을 시작으로 5층과 6층 입주기업 사무 공간을 순회하고, 입주기업과 간담회를 가지는 순으로 진행됐다.

특히, 4층 교육장에서 진행된 간담회에서는 입주기업들이 개발 상품을 중심으로 기업을 소개하고, '백두 창업소'에서 더 좋은 기업

으로 거듭나고자 하는 성장의지를 함께 다졌다.

'백두 창업소'는 백두군청 사거리(백두로 213)에 지상 6층, 연면적 700㎡ 규모로 마련된 건물로, 외부전문가의 심사를 거친 최종 5개 예비·초기 창업기업이 입주한 백두군 창업지원시설이다.

이번에 입주한 5개 기업은 ▲빅테이터 기술 전문회사 ㈜빅터 ▲AI 전문회사 ㈜에이아이 ▲어르신 콘텐츠 전문 기업 ㈜노행 ▲농수산문 유통 플랫폼 기업 ㈜먹골 ▲친환경 기업 ㈜에코 등이다.

입주기업은 기업 당 4㎡ 규모의 공간을 월 1만 원의 저렴한 임대료로 이용할 수 있으며, 창업교육, 기술·경영 컨설팅, 투자연계 프로그램 등 민간 전문기관의 체계적인 경영지원 또한 제공받게 된다.

박달재 군수는 "이번 '백두 창업소' 개소를 시작으로 백두군 창업 인프라 구축에 더욱 박차를 가하는 데 행정력을 집중하겠다."고 말했다.

✎_ **교정**

백두군, 스타트업 기업 지원 '백두창업소' 문 열었다

- 5개 스타트업 기업 둥지가 될 '백두창업소' 개소식 개최

- 박달재 군수와 입주기업 간담회 "좋은 기업으로 거듭 나겠다" 의지 다져

백두군(군수 박달재)은 지난 5일 백두군 스타트업 기업 창업지원 시설인 '백두창업소'를 열고 개소식을 가졌다. 이날 행사에는 5개의 입주기업과 주민, 도·군의원과 박달재 군수가 참석한 가운데 현판식을 시작으로 입주기업 사무공간을 순회하고, 입주기업과 간담회를 가지는 순으로 진행됐다. 입주기업은 기업 당 4㎡ 규모의 공간을 월 1만 원의 저렴한 임대료로 이용할 수 있으며, 창업교육, 기술·경영 컨설팅, 투자연계 프로그램 등 민간 전문기관의 체계적인 경영지원도 받게 된다.

'백두창업소'는 백두군청 사거리(백두로 213)에 지상 6층, 연면적 700㎡ 규모로 마련된 건물로, 외부전문가의 심사를 거친 최종 5개 예비·초기 창업기업이 입주한 백두군 창업지원시설이다. 이번에 입주한 5개 기업은 ▲빅데이터 기술 전문회사 ㈜빅터 ▲AI 전문회사 ㈜에이아이 ▲어르신 콘텐츠 전문기업 ㈜노행 ▲농수산문 유통 플랫폼 기업 ㈜먹골 ▲친환경 기업 ㈜에코 등이다.

특히, 4층 교육장에서 진행된 간담회에서는 입주기업들이 개발상품을 중심으로 기업을 소개하고, '백두창업소'에서 더 좋은 기업으로 거듭나고자 하는 성장의지를 함께 다졌다. 박달재 군수는 "이번 '백두창업소'를 시작으로 백두군 창업 인프라 구축에 더욱 박차를 가하는 데 행정력을 집중하겠다."고 말했다.

- 제목은 '백두창업소'가 스타트업 기업 지원시설임을 미리 밝힐 필요가 있고, 부제목에 '개소식 개최'가 있으므로 '문 열었다'로 반복을 피하면서 일상적으로 쓰는 딱딱한 형식을 피해 부드럽게 교정했다.
- 보도자료의 모든 정보를 압축해 담아야 할 첫 문단 내용이 지나치게 빈약하고, 문단 구분이 의미 없이 잦다. 1~3문단을 합해 첫 문단으로, 4~6문단을 합해 둘째 문단으로 집중하는 것이 보다 효율적이다.
- 크게 중요하지 않은 간담회는 마지막 문단으로 보냈고, 창업지원공간인 만큼 입주기업 혜택은 첫문단으로 끌어올렸다.

06

프로그램 참가 모집 안내문

원문

백두군, '전업주부 역량강화 프로그램' 참여자 모집

- 1인 미디어 크리에이터를 희망하는 전업주부에게
  전문 교육 기회 제공 -

백두군(군수 박달재)이 전업주부의 경제활동 역량을 키워주기 위해 1인 미디어 크리에이터 양성을 위한 미디어 콘텐츠 제작능력을 키우기 위한 프로그램을 지원한다. 백두군에 따르면 '유튜버 아카데미'는 미디어 크리에이터가 되고 싶은 전업주부를 위해 나날이 다채로워지는 소셜 미디어 플랫폼을 기반으로 크리에이터의 역량을 펼칠 수 있게 마련한 프로그램으로 9월부터 10월까지 열린다.

아카데미 수강자들은 강의를 통해 MCN산업 전반에 대한 이해와 콘텐츠 기획 방법, 저작권 지식 등 미디어 콘텐츠 제작에 필요한 실질적인 교육을 제공 받으며 개인별로 제작한 콘텐츠를 전문가와 피드백 기회도 갖는다. 또 수료생에게는 미디어 크리에이터 자격증 응시 자격을 부여함으로써 이와 관련한 경력을 형성할 수 있도록 지원하기도 한다. 그룹 당 6명의 전업주부를 묶어 소그룹으로 진행하기 때문에 개인 맞춤형 컨설팅이 가능하고, 9월에서 10월 사이 5주간 진행할 예정이다.

박달재 군수는 "숨은 재능을 활용할 기회를 찾고 있는 전업주부님들이 이번 교육 프로그램을 통해 전문 기술을 습득해 백두군 경제활성화에 기여하는 기회가 되길 바란다."고 말했다. 모집기간 및 교육과정 등 자세한 내용은 백두군 가정정책과 (☎999-999-9999), 백두군 홈페이지(분야별 정보-복지-여성소식)에서 확인할 수 있다.

✎ **교정**

백두군, 전업주부 역량강화
'유튜버 아카데미' 참여자 모집

- 1인 미디어 크리에이터를 희망하는 전업주부에게
전문 교육 기회 제공 -

백두군(군수 박달재)이 전업주부의 경제활동 역량을 키워주기 위해 1인 미디어 크리에이터 양성을 위한 미디어 콘텐츠 제작 프로그램 '유튜버 아카데미'를 개설, 수강자를 모집한다. 이 프로그램은 미디어 크리에이터가 되고 싶은 전업주부를 위해 나날이 다채로워지는 소셜 미디어 플랫폼을 활용하는 기법을 가르치기 위해 마련됐으며 9월부터 10월까지 5주간 과정이다.

아카데미 수강자들은 최근 급성장하는 MCN(Multi Channel Network 다중채널네트워크) 산업 전반에 대한 이해와 콘텐츠 기획 방법, 저작권 지식 등 미디어 콘텐츠 제작에 필요한 실질적인 교육을 제공 받으며 개인별로 제작한 콘텐츠의 전문가 피드백 기회도 갖는다. 또 수료생에게는 미디어 크리에이터 자격증 응시 자격을 부여함으로써 이와 관련한 경력을 형성할 수 있도록 지원하기도 한다. 그룹 당 6명의 전업주부를 묶어 소그룹으로 진행하기 때문에 개인 맞춤형 컨설팅이 가능하다.

박달재 군수는 "숨은 재능을 활용할 기회를 찾고 있는 전업주부님들이 이번 교육 프로그램을 통해 전문 기술을 습득해 백두군 경제활성화에 기여하는 기회가 되길 바란다."고 말했다. 모집기간 및 교육과정 등 자세한 내용은 백두군 가정정책과 (☎999-999-9999), 백두군 홈페이지(분야별 정보-복지-여성소식)에서 확인할 수 있다.

- 보도자료 핵심 내용(이를 일본어 은어로 '야마'라고 함.)인 '유튜버 아카데미'를 중심으로 제목을 교정했다.
- 두 곳으로 분산된 개최 시기와 기간을 첫 문단에 모아 집중력을 높였다.
- 내용이 어려운 외국어 약자 'MCN'을 보다 친절하게 설명했다.
- '~에 따르면'은 기자가 전문가나 사건 목격자 등의 전문 의견이나 구체적 사실로 기사 가치를 강화하기 위해 언급(코멘트)을 인용할 때 주로 사용한다.

제6장

SNS 글쓰기

자주 하는 말이지만 SNS(블로그, 인터넷 cafe, 밴드, 페이스북, 단톡방 등)는 대단히 훌륭한 '글쓰기 훈련장'이다. 본문은 물론 댓글까지 글쓰기 수련이 가능하고, 시공을 초월해 틈틈이 할 수 있는 장점까지 있다. '고치기 훈련'도 수시로 할 수 있다. SNS에서 'ㅋㅋ, ㅎㅎ, ㅠㅠ' 등 문자를 대신한 이모티콘 사용이 감정표현에 중요하지만 가급적 문장 자체는 '주어+목적어+서술어', '수식어+피수식어' 등 문법을 의식적으로 갖추어 쓰는 습관을 몸에 붙이기만 해도 글쓰기 실력은 100% 달라진다. 어디에서든 자신이 올린 글에 댓글 등으로 반응하는 독자들이 있고, 그 반응에 다시 반응(댓글에 대댓글 달기)할 수 있는 곳이 있다면 지금 당장 그곳을 글쓰기 연습장으로 활용할 것을 강력히 권고한다. 저자는 '페이스북(facebook)'에서 오랫동안 단문·장문 글쓰기 훈련을 해왔는데 독자 반응이 즉각적이라 글쓰기 훈련이 오히려 재미까지 있다.

01

편하게 소통하라

SNS(소셜 네트워크 서비스)가 사회관계망 커뮤니케이션의 대세다. SNS 채널이 다양하나 글쓰기가 중심인 '페이스북, 동창회 단톡방'은 더없이 훌륭한 글쓰기 훈련장이다.

특히 독자들이 '더보기'를 누르는 수고를 덜어주기 위해 핸드폰 모니터에서 다섯 줄 이하로 압축해 쓰는 페이스북은 단문 글쓰기와 고치기(퇴고) 훈련의 요람이다.

저자 역시 페이스북에 올리는 글은 비록 단문일지라도 완성도를 높이기 위해 고쳐야 할 곳이 눈에 띄는 대로 수없이 고치기를 반복한다. 더구나 SNS가 글쓰기 훈련에 금상첨화인 것은 독자들의 반응이 실시간으로 따라붙어 글쓰기에 재미가 붙기 때문이다.

이 장에서는 저자가 페이스북에 '맛깔나게 쓴 글'의 '맛깔'을 탐구해보겠다. 탐구 전에 어떤 문장의 모든 단어는 의도를 가지고 그 자리에 있음을 명심하자.

보고서를 잘 쓰기 위한 글쓰기 연습이라면 'ㅋㅋ, ㅠㅠ, ^^' 같은 이모티콘을 쓰면 안 되지만 지인들과 편한 대화에는 이모티콘을 잘 활용해 의사표현을 풍부하게 하는 것도 필요하다.

프로들의 SNS는 전략이다

- 최보기 -

02

짧은 게시글

간만에 이른 귀가. 요즘 하도 상남자(상 차리는 남자, 일명 부엌데기)들의 인기가 높아 구운김 싸먹는 양념간장을 만들어봤다. 엊그제 베란다에 미처 싹 못 틘 양파와 대파, 맛가기 직전의 고추 3개, 마늘을 칼로 송송 썰어, 탕탕 조사서 외간장에 투입, 볶은깨와 참기름 반큰술로 마무리. 김에 밥 싸먹는 맛이 환상이다. 음~
퐈~~역시 양념장의 맛은 참기름에 달렸구나...쳇!!!

- '구운 김, 맛 가기, 반 큰술, 볶은 깨' 등 띄어쓰기 틀린 곳이 있다. 핸드폰으로 페이스북을 볼 경우 '더보기'가 뜨지 않도록 글을 다섯 줄 이내로 조정하는 과정에서 일부러 붙여 쓴 것으로 보인다. 그런 경우가 잦다.
- '나는'과 같은 주어 생략, 문장 간 접속사 생략, 쉼표(,) 활용이 뚜렷한 글이다.
- '조사서'라는 사투리와 '부엌데기'가 '맛깔스러움'을 더하고, '음~퐈~~' 역시 최불암 문체.
- '쳇!!!'은 페이스북 글의 재미를 위해 의도적으로 도입한 트레이드 마크임.
- '~~, !!!, ㅠㅠ, ㅋㅋ, ^^' 등 다양한 이모티콘은 공문서 아닌 SNS, 문자메시지 등에서는 효율적 표현기법이므로 맞춤법 무시, 자유롭게 써도 무방함.(단, 공문서 쓰기 연습에는 금물!)

도대체 밤은 얼마나 끓여야 먹기 좋게 익는 것이냐. 언제까지 젓가락으로 찔러봐야 알 것이냐. 가족을 위해 요리 잘하는 상남자(상 차리는 남자)들을 가벼이 볼 일이 아니구나. 밤이 무르익는 토요일.

- 밤은 찌거나, 삶는다. '끓이다'는 동사가 잘못 쓰였다는 지적이 댓글에 붙었다.
- '것이냐?'는 독자에게 직접 묻는 표현이라 매우 건방진 글이 될 수 있다. 물음표(?)를 빼 독백형식을 취했다.
- 일반인은 고구마, 감자, 밤 등이 익었는지 '젓가락으로 찔러봐야' 안다. 독자들은 이런 표현에 공감하고, 미소를 짓는다.
- '밤이 무르익는 토요일'의 '밤'은 밤栗, 밤夜이 중의법으로 쓰였다.
- 만약 '밤이 무르익는 토요일, 아내가 샤워 중...ㅜㅜ' 식으로 문장을 끝냈다면 메시지가 분산되긴 하나 유머가 강화되면서 '샤워 중'으로 독자들의 관심이 많이 쏠렸을 것이다. 주제가 '밤 삶기'라 쓰지 않았다.

생동하는 빛을 형상화한 이 작품은 등산로 풀섶에 핀 꽃을 찍으려는데 핸드폰 덮개가 랜즈 귀탱이를 가리면서 흔들리는 순간 얼떨결에 창작한 것이다. 강호에 드러난 고수들 천지라 이제 글발로는 안 될 것 같다. 시간도 딸리고. 사진작가로 전환하는데 사진이나 그림 이 동네는 자기만의 무슨무슨 기법이 중요한 것 같다. 나는 '랜즈 귀탱이

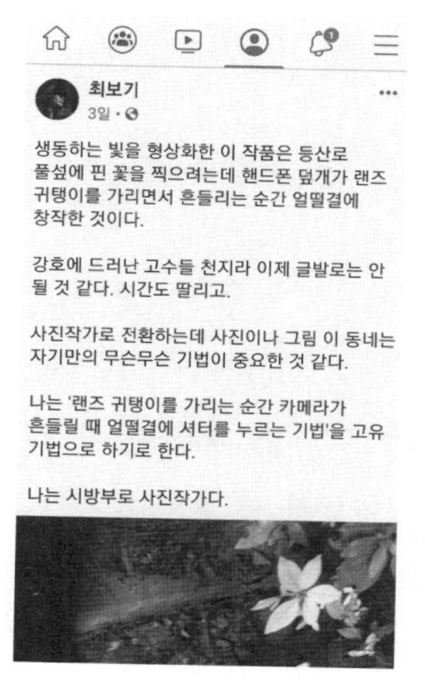

를 가리는 순간 카메라가 흔들릴 때 얼떨결에 셔터를 누르는 기법'을 고유 기법으로 하기로 한다. 나는 시방부로 사진작가다.

- SNS 독자를 위해 유머로 올린 글이다. '생동하는 빛을 형상화'는 첨부 사진과 상관없이 사진이나 그림 해설에서 자주 대하는 말인데 그럴싸해서 가져다 쓴 것뿐이다.
- '귀탱이'는 글이 유머임을 표방하기 위해 의도적으로 쓴 비속어다. '랜즈 귀퉁이를' 표현보다 정감을 일으킨다. 이런 정감들이 쌓이면 '글이 맛깔스럽다'는 인식을 하게 된다.
- '랜즈 귀탱이를…… 누르는 기법'은 독자들에게 웃음을 주기 위해 여러 번 퇴고 끝에 만들어진 문장이다.
- '시방부로' 역시 '귀탱이'와 같은 의도로 '지금부터' 대신 썼다.

웬...왜?인지 (모르게)

웬...어인 (연유인)

오늘은 웬지 외로웁구나. 언제는 안 외로웠고? 웬지 모르게 내 가슴에 그리움 밀려드네. 비 오네 비 오네...이게 웬 로또냐! 이게 웬 일이냐! 이게 웬 난리냐! 웬 인간들이 이리 많다냐! 토요일 아침부터 웬

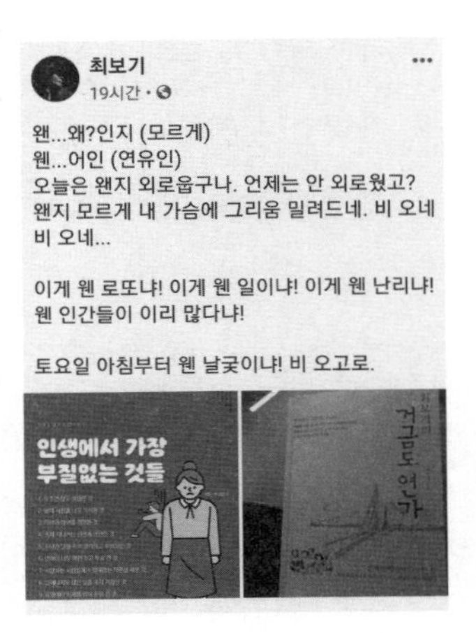

날궂이냐! 비 오고로.

- 평소 많이 혼동하는 '왠, 웬'을 쉽게 구분하는 방법을 설명했다.

박익명 여사께서 무슨 인견이라고 깔깔한 여름 이불 세트를 사왔다. 이런 고급진 이불은 처음인데 진짜 좋다. 에스키모 담요에 스폰지요 하나로 사철 나던 청년 때 생각하면 나이 자시는 것도 나쁘지는 않구나. 어서 빨리 새파랗게 늙자구나.

- 실명을 밝힐 수 없을 때 가명을 쓰는데 재미있도록 '익명'으로 가명을 정했다. 글쓰기도 재치가 한몫한다.
- '고급스럽다'가 옳은 표기지만 SNS므로 유행하는 조어를 사용함. '애정하는'도 동일함.
- '에스키모 담요'는 인견 이불에 대비시키는 의도적 추억 소환이다. 인간은 추억을 먹고 사는 동물이므로. 20세기 중후반 '비키니 옷장, 선학표 스뎅 그릇, 코끼리표 검정고무신, 제비표 성냥, 말표 구두약, 안티푸라민' 등은 그 이름만으로도 독자의 공감을 부른다.

- '나이 먹는 것'보다 '나이 자시는 것'으로 쓰는 것이 장난스럽다. 진짜 이불 자랑하려고 이 글을 썼다면 제 정신 아닌 사람이다.
- 이 글은 '무럭무럭 늙다'는 '섹시한 단어'를 써먹기 위해 '새 이불'을 글감으로 끌어온 사례다. 바꿔 말하면, 새 이불을 보는 순간 '무럭무럭 늙다'는 말을 써먹자는 생각을 했다는 것이다. 글을 쓰다 보면 마음에 드는 단어를 써먹기 위해 그 단어가 어울리는 문장을 일부러 만들 때도 많다. 주의할 것은 그런 욕심을 많이 부리면 '망글'이 된다는 점이다.
- 원래는 '무럭무럭 늙자구나'로 썼는데 후에 '새파랗게'로 교정했다. '무럭무럭 늙다'는 이재무 시인이 SNS에서 쓰는 말을 메모해 두었다가 재활용했다.

흔히 "정곡正鵠을 찔렀다"고 하는데 정곡은 화살 과녁 정중앙 점을 이른다. 검사, 판사, 군인 출신도 좋지만 이장, 군수, 구청장 출신 대통령도 좀 "뽑았으면 좋겠다."와 "뽑았으면 밀어줘야지"에 있는 "뽑았으면"은 의미가 다른 것 같은데 설명할 능력은 안 되니 패쓰~

- '정곡正鵠'처럼 글을 쓸 때 자주 쓰는 단어인데 머릿속에 개념이 명확하

지 않은 경우 한 번쯤 사전을 검색해 그 뜻을 분명히 알아두면 손해볼 일은 없을 것이다. 지금 평소 자주 쓰는 단어 중 하나를 골라 그 뜻을 자신에게 설명해보기 바란다.

- 독해력과 문해력은 다르다. 독해력은 글을 읽고 이해하는 것이지만 문해력은 필자가 행간에 숨겨 놓은 의미까지, 문장이 내포하고 있는 제 뜻을 제대로 이해하는 능력이다. '이장, 군수, 구청장……' 문장에 '공무원 정치중립'을 지키는 선에서 저자의 숨은 뜻이 들어 있다.
- 밑줄 친 '뽑았으면'의 '~했으면'은 '조건, 가정, 희망'의 뜻을 가진 '연결어미'이다.

✍ 1945년 미군, 소련군은 점령군 맞다. 점령군이라 임시정부와 독립군도 개인 자격으로 귀국을 허락했다. 점령군과 암거래 터 성공한 자들이 이승만, 김일성인데 국민 무식하다 알면 100전 118패다.

- '1945년'을 앞에 지정하지 않으면 현재 미군도 점령군으로 해석될 수 있고, 소련은 없어진 지 오래라 내용이 틀릴 뿐만 아니라 경우에 따라

큰 오해를 부를 수 있다.

- 왜 굳이 숫자가 '100전 118패'인지 독자의 해석에 맡기겠다. 글쓰기는 요리다.

대통령 될 후보가 중요하지 배우자와 가족이 뭐가 중요하냐는 사람들이 있다. 대통령 배우자, 자식이 대통령 권력을 분점 내지는 공유한다는 것을 몰라서 하는 말이면 멍청한 것이고, 알면서 하는 말이면 나라꼴은 염두에도 없는 매국노다. 대통령 새치는 배우자가 뽑는다.

- 글을 잘 쓰려면 글감과 글감, 문장과 문장을 잘 이어나가는 '재치'가 필요하다. 이 글은 ▲대선 후보 가족에 대한 검증 필요성을 주장하되 ▲공무원 신분을 감안해 『대통령은 누가 뽑나요?』 책 이미지를 섞음으로써 메시지를 살짝 분산시켜 독자가 받아들이는 주장의 강도를 낮추려 했다. '대통령 새치는 배우자가 뽑는다.'는 마무리 문장은 앞의 주장을 받치면서도 전체 메시지를 유머로 이끄는 역할을 한다. 이제는 잘 안 쓰이는 '새치'와 '흰머리' 중 어느 단어를 쓸까 고민하다 그래도 의미가 적확한 '새치'를 썼다.

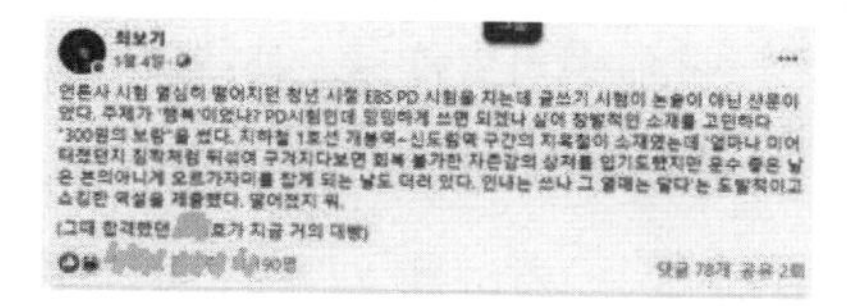

언론사 시험 열심히 떨어지던 청년 시절 EBS PD 시험을 치는데 글쓰기 시험이 논술이 아닌 산문이었다. 주제가 '행복'이었나? PD시험인데 밍밍하게 쓰면 되겠나 싶어 창발적인 소재를 고민하다 "300원의 보람"을 썼다. 지하철 1호선 개봉역~신도림역 구간의 지옥철이 소재였는데 '얼마나 미어터졌던지 짐짝처럼 뒤섞여 구겨지다 보면 회복 불가한 자존감의 상처를 입기도 했지만 운수 좋은 날은 본의 아니게 오르가자미를 잡게 되는 날도 더러 있다. 인내는 쓰나 그 열매는 달다'는 도발적이고 쇼킹한 역설을 제출했다. 떨어졌지 뭐.

(그때 합격했던 ㅇㅇㅇ가 지금 거의 대빵)

- '지하철 1호선 개봉역~신도림역 구간이 얼마나 지옥철이었는지' 구구절절 서술하면 '망글'이 된다. 어지간한 독자들은 직접 겪었거나 들어서 다 알고 있으므로 독자 상상에 맡기고 건너뛰어야 한다. 물론 모르는 독자도 있겠지만 그 부분은 포기해야 한다. 백만 명을 다 만족시키는 글은 쓸 수 없으니까. 이 글의 주제도 지옥철 자체가 아니라 그걸 소재로 PD시험 논술을 썼다는 것이다. 그것에 초점을 맞춰 속도감 있게 써나가야 독자가 지루해하지 않는다. 독자는 읽다가 지루하면 바로 떠난다. '오르가자미'는 '오르가슴'을 빗대어 순화해 쓴 단어고, 마지막 괄호 안 문장은 '이 글이 창작이 아닌 팩트'임을 말하기 위해 썼다.

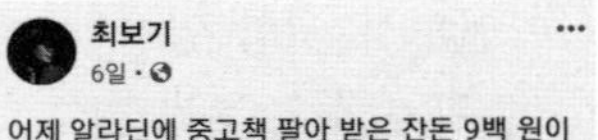

어제 알라딘에 중고책 팔아 받은 잔돈 9백 원이 호주머니에 있었는데 오늘 지하철 개찰구 바닥에 백 원짜리가 떨어져 있어 얼른 주워 출구에서 천 원짜리 빨간 띠 오뎅 한 개에 국물을 두 컵이나 마셨다. 그렇지 않아도 오뎅 아줌마에게 백 원만 깎아달라 할 참이었는데 연이어 운이 좋다.

✎_ 어제 알라딘에 중고책 팔아 받은 잔돈 9백 원이 호주머니에 있어 천 원짜리 빨간 띠 오뎅 백 원만 깎아달라 해볼 참이었는데 오늘 지하철 개찰구 바닥에 백 원짜리가 떨어져 있어 얼른 주워 오뎅 한 개에 국물을 당당히 두 컵이나 마셨다. 연이어 운이 좋다.

- '9백 원으로 어묵을 백 원만 깎아볼까?' 생각을 백 원짜리 동전 줍기보다 먼저 했다. 그 상황이 보다 정확하게 묘사되도록 문장의 순서를 고쳤다.
- 표준말 '어묵'이라고 써야 하지만 SNS에서는 '오뎅'이 더 정겨운 느낌을 준다.
- '당당히'는 깎아달라고 사정할 필요가 없는 상황을 강조하기 위해 쓰였다.
- 독자들이 '더보기'를 누르는 불편이 없도록 6줄을 넘지 않게 원고량을 관리했다.

03

긴 게시글

[책통冊通 칼럼] 초연결사회

엊그제 비바람이 간간이 치던 날 새벽이었다. 잠이 깬 방의 문이 열려 있어 거실이 내다보였는데 거실 천장의 형광등이 불규칙하게 점멸을 하는 것이었다. 나는 혹시 날이 습하니 누전이 일어나는가 싶어 긴장해 천장등을 관찰하기 시작했다. 그런데 뭔가 좀 이상했다. 형광등 자체의 점멸이 아니라 어디선가 빛이 비추는 것 같았던 것이다.

이상하다 싶어 베란다로 가봤더니 저 아래 아파트 1층 주차장가에 서 있는 가로등과 그 앞에 서있는 나무가 보였다. 나무가 바람에 흔들려 틈이 생기는 사이 가로등 불빛이 거실 형광등에 비추는 것을 형광등이 점멸하는 것으로 오해했던 것이다. 그 순간 나는 이런 생각이 들었다.

나와 가로등 사이를 점령한 어둠에 나무와 바람과 천장등이 길을 내어 나는 저 빛을 볼 수가 있었구나. 나도 모르게 나무와 바람과 천장등이 가로등의 빛과 나를 연결시켜주고 있었구나. 세상은 이렇게 서로가 모르게, 때로는 눈에 보이지 않는 것들로 연결~~되어~~돼 있구나. 내가 어둠 속에서 누군가에게 가로등이, 나무가, 바람이, 천장등일 수 있겠고, 누군가는 나에게 또 그것들이 돼주고 있겠구나. 내가 선善하다면 그 선함이 나무와 바람과 천장등을 건너 새벽 방안의 누군가에게로 전해지겠구나. 그러면 나의 선善함은 어디에서 오는 것인가!

최보기
2020년 8월 31일 ·

[책통(冊通) 칼럼] 조명결사회

엊그제 비바람이 간간이 치던 날 새벽이었다. 잠이 깬 방의 문이 열려있어 거실이 내다보였는데 거실 천장의 형광등이 불규칙하게 점멸을 하는 것이었다. 나는 혹시 날이 습하니 누전이 일어나는가 싶어 긴장해 천장등을 관찰하기 시작했다. 그런데 뭔가 좀 이상했다. 형광등 자체의 점멸이 아니라 어디선가 빛이 비추는 것 같았던 것이다.

이상하다 싶어 베란다로 가봤더니 저 아래 아파트 1층 주차장 가에 서있는 가로등과 그 옆에 서있는 나무가 보였다. 나무가 바람에 흔들려 틈이 생기는 사이 가로등 불빛이 거실 형광등에 비추는 것을 형광등이 점멸하는 것으로 오해했던 것이다. 그 순간 나는 이런 생각이 들었다.

나와 가로등 사이를 점령한 어둠에 나무와 바람과 천장등이 길을 내어 나는 저 빛을 볼 수가 있었구나. 나도 모르게 나무와 바람과 천장등이 가로등의 빛과 나를 연결시켜주고 있었구나. 세상은 이렇게 서로가 모르게, 때로는 눈에 보이지 않는 것들로 연결되어있구나. 내가 어둠 속에서 누군가에게 가로등이, 나무가, 바람이, 천장등일 수 있겠고, 누군가는 나에게 또 그것들이 돼주고 있겠구나. 내가 선(善)하다면 그 선함이 나무와 바람과 천장등을 건너 새벽 방안의 누군가에게로 전해지겠구나. 그러면 나의 선(善)함은 어디에서 오는 것인가!

이런 생각에 이르렀던 것이었다.

~~이런 생각에 이르렀던 것이었다.~~

- 어떤 현상을 순간 보거나 관찰했는데 이전에 몰랐던 것을 깨달았다면 그것을 생각 속에만 둘 것이 아니라 글로 써봐야 문장력이 늘어난다.
- 글은 '완성'도 '정답'도 없다. 읽을 때마다 '퇴고'가 함께 있다. 다시 읽으니 교정해야 할 곳이 많다. 《공무원 글쓰기》 본문에도 글쓰기 법칙에 맞지 않는 표기, 표현이 많을 것이다. 어쩔 수 없는 일이다. 예부터 신문사

교열기자들은 '오탈자에는 귀신이 붙어 있다'는 말을 믿었다.

- 마지막 '이런 생각에 이르렀던 것이었다.'는 사족蛇足임이 분명하다.

어떤 책을 보다가, 단어는 생로병사하는데 아무리 멋진 단어라도 검색해야 뜻을 아는 단어라면 안 쓰는 것이 독자에 대한 예의 아닐까?

'보늬'는 밤의 속껍질, '톺다'는 자세히 뒤지다, '모집다'는 콕 찍어 지적하다는 뜻인데 단어야 예쁘지만 함부로 쓰면 '현학衒學'으로 오해받을 수 있다. '명징明澄한 직조織造'처럼.

'피시하다'는 '被弑하다 : 왕이 신하에게 죽임을 당하다'가 있고, 'Political Correctness, 정치적 정당성, 반차별언어사용'이 있다. '팩트폭력'은 나쁜 말인지 좋은 말인지 헷갈리네. 나쁜 말인 듯. 팩트라도 폭력적으로 행사하면 안 되니까.

경찰이 관악산을 톺고 있다.
경찰이 관악산을 촘촘히 수색 중이다.
경찰이 관악산을 이 잡듯 뒤지고 있다.
빈대 잡으려다 초가삼간 태운다.

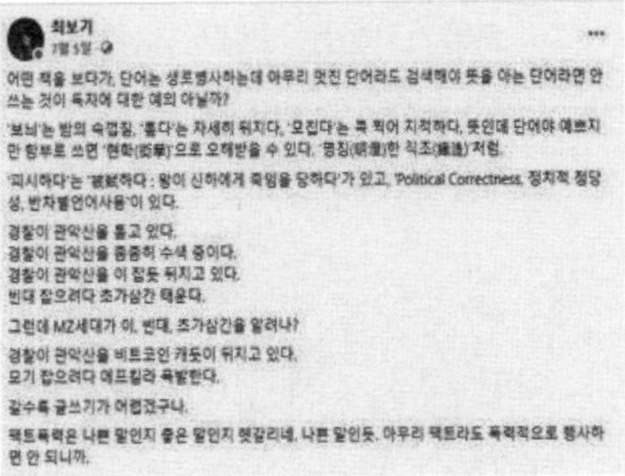

최보기
7월 5일

어떤 책을 보다가, 단어는 생로병사하는데 아무리 멋진 단어라도 검색해야 뜻을 아는 단어라면 안 쓰는 것이 독자에 대한 예의 아닐까?

'보늬'는 밤의 속껍질, '톺다'는 자세히 뒤지다, '모집다'는 콕 찍어 지적하다, 뜻인데 단어야 예쁘지만 함부로 쓰면 '현학(衒學)'으로 오해받을 수 있다. '명징(明澄)한 직조([illegible])'처럼.

'피시하다'는 '[illegible]하다 : 왕이 신하에게 죽임을 당하다'가 있고, 'Political Correctness, 정치적 정당성, 반차별언어사용'이 있다.

경찰이 관악산을 톺고 있다.
경찰이 관악산을 꼼꼼히 수색 중이다.
경찰이 관악산을 이 잡듯 뒤지고 있다.
빈대 잡으려다 초가삼간 태운다.

그런데 MZ세대가 이, 빈대, 초가삼간을 알려나?

경찰이 관악산을 비트코인 캐듯이 뒤지고 있다.
모기 잡으려다 에프킬라 폭발한다.

갈수록 글쓰기가 어렵겠구나.

팩트폭력은 나쁜 말인지 좋은 말인지 헷갈리네. 나쁜 말인듯. 아무리 팩트라도 폭력적으로 행사하면 안 되니까.

그런데 MZ세대는 이, 빈대, 초가삼간을 모른다.

앞으로 이렇게 써야 하지 않을까?

경찰이 관악산을 비트코인 찾듯이 뒤지고 있다.

모기 잡으려다 에프킬라 폭발한다.

갈수록 글쓰기가 어렵겠구나!

- 핸드폰 모니터에 맞춰 '쉬운 단어 쓰기'에 대해 쓴 글임.
- 핸드폰 모니터까지 '문장의 마지막 단어가 중간에서 잘리면 다음 행으로 밀어 편집'하는 것은 과유불급過猶不及이다. 공문서 작성할 때만 잘 지키면 된다.
- '페친'들과 오랜 관계로 인해 글을 독백형식으로 올려도 문제 삼지 않음.
- 독자들이 편하게 읽도록 문단을 짧게 하고, 문단 간 한 행을 띄우는 '편집'을 함.
- 앞부분의 무거운 내용에도 불구하고 이 글이 독자들로부터 인기를 끈 이유는 마지막 부분 '경찰이 관악산을…… 폭발한다.' 두 문장 때문임. 유머와 위트가 글을 맛깔나게 함.

- 문단 연결에 접속사, 설명이 많이 생략돼 간결함을 유지하되 전체 흐름은 자연스럽다.
- 원문(사진) 마지막 문장 "'팩트폭력'은 나쁜 말인지……"는 맨 마지막에 쓰는 것보다 교정문처럼 셋째 문단에 합치는 것이 더 효율적이라 판단돼 교정함.

[인물은 신언서판身言書判 - 외모, 말주변, 문장, 평판]

내가 겪은 열등감(콤플렉스)에 대해 쓰라면 장편소설 한 권도 부족하다. 어린이 때 유난히 작은 키와 이마의 큰 흉터, 찢어진 눈썹, 빈민촌, 거기다 조부께서 이름마저 희한하게 지어놓는 바람에 체구와 주먹이 계급인 세계에서 키 작은 나를 얕보는 아이들의 놀림은 끝이 없었다. 그런 이유로 사람들 앞에, 특히 무대에 서는 것은 고문이나 다름없었다. 지금도 많은 사람이 모인 회의나 행사에서 발언이라도 할라치면 남모르게 심장이 마구 쿵쾅거린다.

최보기
2020년 11월 24일 ·

[인물은 신언서판(身言書判)--외모, 말주변, 문장, 평판]

내가 겪은 열등감(콤플렉스)에 대해 쓰라면 장편소설 한 권도 부족하다. 어린이 때 유난히 작은 키와 이마의 큰 흉터, 찢어진 눈썹, 빈민촌, 거기다 조부께서 이름마저 희한하게 지어놓는 바람에 체구와 주먹이 계급인 세계에서 키 작은 나를 얕보는 아이들의 놀림은 끝이 없었다. 그런 이유로 사람들 앞에, 특히 무대에 서는 것은 고문이나 다름없었다. 지금도 많은 사람이 모인 회의나 행사에서 발언이라도 할라치면 남모르게 심장이 마구 쿵쾅거린다.

이성에 눈을 뜬 중학생 때부터 청년에 이르기까지, 외모가 평가기준의 전부일 수밖에 없는 그 때 "난 네가 키는 작아도 마음씨가 착해서 좋아"라고 말하는 또라이 여학생은 노벨문학에나 나오는 것이고, 현실은 흑역사였다. 대학생 때 캠퍼스 커플을 보면 진짜로 처죽이고 싶었다.

댓글을 입력하세요...

이성에 눈을 뜬 중학생 때부터 청년에 이르기까지, 외모가 평가기준의 전부일 수밖에 없는 그때 "난 네가 키는 작아도 마음씨가 착해서 좋아"라고 말하는 또라이 여학생은 노벨문학에나 나오는 것이고, 현실은 흑역사였다. 대학생 때 캠퍼스 커플을 보면 진짜로 쳐죽이고 싶었다. 여기까지만 쓰자.

그래서 나는 외모에 대한 컴플렉스를 진중하니 이해한다. 충분히 그럴 수 있다고 본다. 지금의 아내(라고 말하니 다른 아내가 또 있었나?)를 만나 결혼한 이후 외모 컴플렉스는 슬그머니 없어졌다. 직장은, 외모가 아닌 실력으로 승부하는 곳이었기 때문이다.

그런데 어른이 돼서도 외모 콤플렉스에서 벗어나지 못해 밤을 낮 삼아 SNS에다 대고 한풀이를 하는 자가 있다면 우리는 그를 비난하기보다 동정해야 한다. 아직도 그는 실력이 아닌 외모에 함몰되는 정신연령을 살고 있기 때문이다. 개 버릇 사람 못 준다고 아주 오래갈 콤플렉스다.

바라건대 신께서 긍휼히 여기실진저!

- SNS라도 긴 글일 경우 제목을 붙여주면 독자의 호기심을 자극해 열독률을 높일 수 있다.
- SNS에 쓰는 글은 색깔이 분명해야 한다. 인간관계(휴먼 네트워크)를 위한

일상다반사 소통, 정보 전파, 전문 지식 등 SNS를 이용하는 목적을 뚜렷하게 해야 한다는 말이다. 대부분은 일상다반사 소통을 위해 SNS를 이용한다. '할라치면', '또라이', '쳐죽이다' 같은 구어체나 비속어를 편히 쓸 수 있는 것도 SNS라서 필요하고, 또 가능한 일이다.

- '개 버릇 사람 못 준다'는 속담은 없다. '제 버릇 개 못 준다'는 속담을 그대로 쓰면 상투적이라 식상할 것 같아 살짝 비틀어 유머를 얹었다.
- 이 글은 사회적 이슈를 많이 만드는 누군가를 비난하는 의미를 행간에 숨겨놓았고, 눈치 빠른 독자(페친)들은 그걸 알아채는 글이다. 독자가 못 알아채면 달리 방법은 없다. 마지막 대화에 흐르는 유머로 웃고나 가시라고 할 밖에.
- 글감을 구상할 때는 다음을 참작해야 한다. 못난 사람이 자신 있게 쓴 글은 공감을 부르나 잘난 사람이 잘났다고 쓴 글은 욕을 부른다.

제7장

칼럼 쓰기

제목은 '칼럼 쓰기'지만 실제로는 연설문, 인사말, 논술문, 자기소개서, 과업수행계획서, 보고서 등 '서론-본론-결론'과 모종의 격식을 갖춘 장문 글쓰기에 관한 규칙과 요령을 다루고 있다. 저자가 여러 언론매체에 연재했던 북칼럼(서평)을 교본 삼아 '얼개 짜기의 실재'를 체험하게 하며, 각 칼럼마다 저자가 의도를 가지고 적용한 글쓰기 '삼도(三道)·사기(四基)·육법(六法)'을 해설한다. 좁게 보면 글쓰기 각론이지만 넓게 보면 '책 속의 책'으로서 세계적인 명작, 스테디셀러, 베스트셀러를 추천하는 서평이므로 글쓰기 공부와 함께 좋은 책 정보도 공유할 수 있어 일거양득이다.

01

얼개 짜기

얼개 짜기는 어렵거나 특별한 형식이 있는 것이 아니다. 아래처럼 글의 제목과 기승전결을 대략 어떤 내용으로 채우고, 이어나갈지 각각의 소재(글감)를 미리 메모지 등에 편하게 구상, 정리한 후 그것을 기반으로 글을 써나가면 된다. 물론 글을 쓰다 보면 얼개에 있던 내용을 빼거나, 더 좋은 내용으로 대체하거나, 없던 내용을 추가하는 것은 흔한 일이다. 얼개를 금방 짜는 경우도 있지만 머리 속에서 며칠 동안 생각을 굴리는 경우도 있다.

서평 《가짜 행복 권하는 사회》

(시사저널 2021. 06. 온라인 게재)

- 시始, 인디언-멀리 함께
- 불행한 분 소환 → 행복전도사 비보, 혼란

- 소확행-행복-개인문제로 치부 → 불행한 분 문제
- 원효대사 : 일체유심조 → 정신승리, 본질 불변
- 김태형 : 한국사회 필요한 것, 공동체사회, 심리학

  각자도생 = 돈이 최고, 타인 배려 실종

  능력주의 만능사회 = 승자독식도 당연

122(Page) : 일체유심조의 허구, 아Q(정전) 정신승리, 행복은 마음먹기 거짓말 → 불평등이 행복 파괴 → 사회적 행복이 (사회가 행복해야 개인도 행복하다)

- 참다운 행복을 위한 제안

  주류 심리학의 행복처방전 = 272(Page)

  → 인간적 삶의 목적을 세워야

  ① 창조적 활동

  ② 사회변혁을 위한 노력(시민사회)
- 종終, 아프리카 금언 "온 마을 아이"

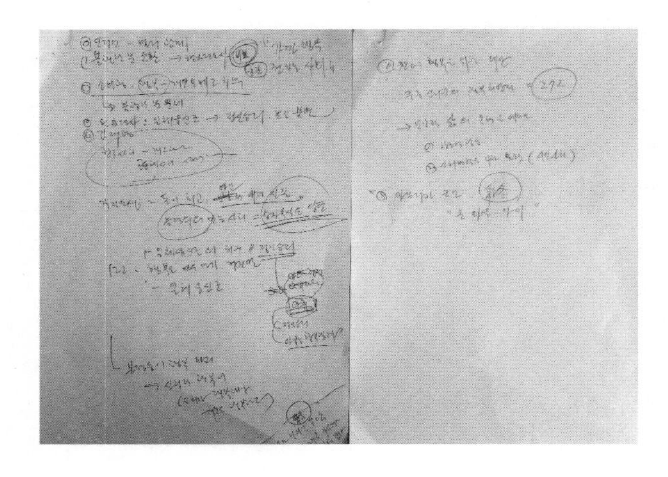

✎_ 서평 본문

[최보기의 책보기]

'소확행'은 사이비 행복이다

《가짜 행복 권하는 사회》 | 김태형 지음 | 갈매나무 펴냄

'빨리 가려면 혼자 가고, 멀리 가려면 함께 가라'는 금언이 있다. 아프리카 인디언 속담이라고 저변에 알려졌는데 사실 확인 없이 그러려니 한다. 심리학자 김태형의 《가짜 행복 권하는 사회》의 주제는 '진짜 행복으로 멀리 가려면 공동체가 함께 가야 한다'는 것이다. 인류의 시원이 아프리카라는 것은 과학적으로 밝혀진 바, 유구한 인류학적 지혜가 축적된 금언이라 여전히 생명력을 유지하는 것이리라.

'진짜 행복' 이야기를 하자니 안타깝지만 오래 전 우리 사회에 큰 충격을 주었던 사건을 소환하게 된다. '소확행'(작지만 확실한 행복)을 화두로 국민 행복 전도사 역할을 했던 분의 갑작스런 극단적 선택은 국민들에게 진짜 행복의 실체에 관한 본질적 질문을 던짐으로써 혼란에 빠지게 했던 것이다.

심리학자 김태형에 따르면 소확행은 한국사회가 권하는 가짜 행복론이다. 각자도생各自圖生의 삶에서 행복에 대한 기대치를 낮추고, 소소하더라도 쉽고 확실한 쾌락만을 좇는 것은 현실의 문제를 포기하고 외면하자는 말이다. 지금 한국 사회에 가장 필요한 것은 타인과 연대하고 공동체와 사회를 생각하는 진짜 행복론이다. 전적으로 국민 개개인의 책임 아래 자신의 삶을 알아서 꾸려 나가는 각자도생은 돈이면 다 되는 물질만능사회, 능력주의를 신봉하는 승자독식사회를 당연시하되 타인과 공동체에 대한 배려에는 매우 인색한 사회를 만드는 문제를 낳는다.

'모든 것은 마음먹기에 달렸다'는 일체유심조一切唯心造는 신라 원효 대사의 가르침이다. 대사가 깨달음을 얻기 위해 당나라로 가던 중 노숙을 하다 새벽에 목이 말라 맛있게 마셨던 물이 아침에 알고 보니 해골바가지에 담긴 물인 것을 알고 배가 아파 구르다 깨달았다는 진리다. 그러나 문제는 대사가 마셨던 해골바가지 물의 본질은 그대로라는 것, 단지 정신승리일 뿐이라는 것이다. 그러므로 '행복은 마음먹기에 달렸다'는 그 뻔한 거짓말을 이제 그만 해야 한다.

대신 저자는 사회와 개인의 노력이 조화를 이루는 진짜 행복을 추구하자고 한다. 사회가 행복해야 개인도 행복한 법인데 무엇보다 불평등을 작게 함으로써 사회가 행복의 객관적 조건을 마련해주는 것이 중요하다. 개인 역시 이를 기반으로 '인간적인 삶의 목적을 세우고, 사람다운 생활을 실현함으로써 보람과 만족감을 느끼는 행복의 본질'로 육박해야 한다. 이를 위해서는 건전한 사상문화와 창조능력을 발전시키면서 즐거운 개인생활을 해야 한다. 행복의 개인적, 주관적 조건을 갖추기 위해 부단히 노력해야 한다.

이게 아니라 소소한 행복이면 충분하다거나, 단지 남들보다 상대적으로 더 행복하기만 하면 된다고 생각한다면 주류 심리학이 제시하는 소확행 처방전을 따라도 되겠지만 그럴 경우 가급적 아이를 키우지 않는 것이 좋다. 기존의 행복 연구들에 따르면 자녀를 갖는 것이 대체로 행복수준을 떨어뜨리기 때문이다.

결론적으로 지금 한국사회에 가장 필요한 것은 '타인과 연대해 즐거운 공동체를 만드는 진짜 행복'이다. '한 아이를 키우려면 온 마을이 필요하다'는 아프리카 인디언 속담이 있다. 바로 그런 마을이어야 개인의 행복도 가능하다.

- 칼럼 담당 기자가 두 번째 문단 '극단적 선택'을 '비보'로 교정했음. 더 적확한 어휘를 선택한 것으로 보임.
- 온라인 기사는 독자가 읽기 쉽도록 들여쓰기 생략, 문단 사이 한 행을 띄워 쓰는 경우도 많음.

서평 《스타벅스의 미래》

(시사저널 2021. 06. 온라인 게재)

- 제목, 스타벅스 미래와 막말 정치인 미래
- 시始, 최백호 '낭만에 대하여', 신중현 '커피 한 잔을 시켜놓고'
- 별다방, 콩다방, 빽다방
- 스타벅스 1호점, 이화여대
- 스타벅스 1500호점, 문화(양념)

- 소니, 나이키, 스타벅스 금융
- 공룡기업, 디지털 트랜스포메이션
- 백종원 '맛집은 맛이 기본'
- 종終, CEO 어록 (직원이 행복해야 고객이 행복하다)

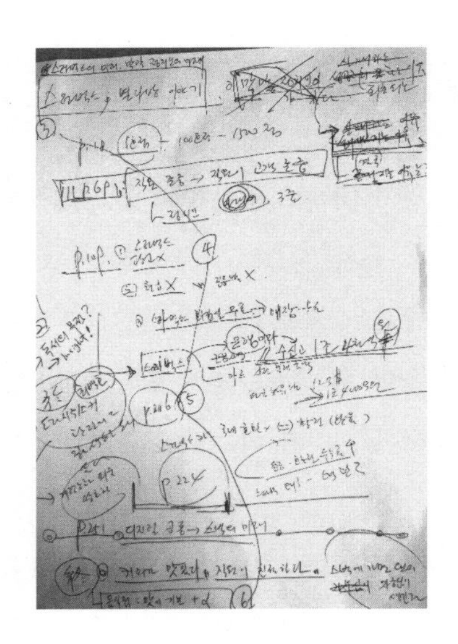

✎_ 서평 본문

[최보기의 책보기]

사람이 먼저다, 기본이 먼저다

《스타벅스의 미래》 | 맹명관 지음 | 새빛 펴냄

옛날에는 서울이나 지방이나 다방茶房이 흔했다. 만남의 장소로 이용하는 대신 커피, 쌍화차 같은 음료를 주문해야 했다. 마땅히 갈 데가 없는 남성들이 커피 한 잔 주문하고선 두어 시간 넘도록 노닥거리며 여성 종업원에게 수작이라도 걸라치면 다방 책임자 격인 마담의 구박으로 쫓겨나거나 커피 한 잔을 더 시켜야 했다. 또 다방은 '커피 한 잔을 시켜놓고 그대 오기만 기다리는' 연정과 '도라지 위스

키 한 잔에다 슬픈 뱃고동 소리 듣던' 문학이 흐르던 곳이기도 했다. 세월이 흘러 대부분 카페Café로 변하고, 마담도 사라지면서 다방은 철 지난 유행가 가사나 요절한 시인이 쓴 시로나 남게 됐다.

세월이 더 흘러 카페는 다시 '스벅'(스타벅스)이 됐는데 '별다방, 콩다방'이란 별칭이나 '빽다방' 브랜드에 그 옛날 다방의 흔적을 남겨두었다. 23년 전인 1999년 서울 대현동 이화여대 앞에 스타벅스 1호점이 문을 열었다. 인스턴트 커피가 직접 만드는 커피로 바뀌는 순간이었지만 사회는 '밥보다 비싼 커피를 마시는 젊은 여성'의 소비 문화에 부정적이었다. 스타벅스는 지금 전국 매장 1500개, 매출 2조 기업으로 성장했다. 코로나19 사태에도 스타벅스가 경영난을 겪는다는 소식은 들리지 않고, 굿즈가 나오는 날은 새벽부터 매장 앞이 장사진을 이루는 것이 문화가 됐다.

《스타벅스의 미래》는 2005년 《스타벅스 100호점의 숨겨진 비밀》을 썼던 마케팅 전문가 맹명관(일명 맹사부)이 스타벅스의 과거, 현재, 미래를 연구한 책이다. 여기서 책을 왜 읽어야 하는지 질문을 하게 된다. 휴식, 공부, 수양, 수련, 통찰Insight 등이 독서의 목적이라면 《스타벅스의 미래》는 기업경영 일선에서 벌어지고 있는 정신없는 변화를 읽음으로써 미래 비즈니스에 대비하는 통찰이나 영감을 얻기 위해 읽을 책이다.

'전자 게임기 개발사 소니의 라이벌 기업이 운동화를 생산하는 나이키인 것은 소비자를 방안에 있게 할 것인지, 밖으로 나가게 할 것인지 경쟁해야 하기 때문'이라는 통찰은 이미 고전이다. 전 세계

스타벅스 충전카드에 미리 충전돼있는 현금만 1조 4천억 원이다. 은행으로 치면 수신고, 스타벅스는 이미 커피 회사를 넘어 금융회사를 겸하고 있다. 광고를 하지 않는 스타벅스, 커피를 주문하지 않아도 매장 테이블과 화장실 사용이 자유라 해외여행에 나서는 청년들이 현지 스타벅스 위치부터 알아두는 것, 진동벨 대신 입으로 손님을 부르는 다정한 조직문화 등등은 그저 양념에 지나지 않는다.《스타벅스의 미래》에서 우리가 취할 것은 그런 양념이 아니라 디지털 공룡들이 벌이고 있는 디지털 혁신(트랜스포메이션)의 현황과 미래다.

그럼에도 불구하고 음식전문가 백종원에 따르면 '맛집 성공의 기본은 맛'이다. 친절, 청결 등은 맛이 있고 난 다음 플러스 알파다. 등록회원만 700만 명에 이른다는 스타벅스에 대한 소비자 평가는 '스벅은 커피가 맛있다, 스벅은 프라이드'라고 한다.《스타벅스의 미래》에는 디지털 혁신보다 기본이 먼저라는 통찰도 있다. 2008년 위기에 봉착한 스타벅스를 구하려고 하워드 슐츠가 복귀했다. 그가 결단한 커피 맛 개선과 조직문화 혁신에 저항이 따르자 그가 다음과 같이 말했다.

"스타벅스에서 가장 중요한 것은 고객이 아니라 직원입니다. 경영진이 직원을 우선시 한다면 직원은 당연히 고객을 우선시 할 겁니다."

- 얼개를 짤 때는 직원을 존중하는 스타벅스의 밝은 미래와 국민을 무시하는 막말 정치인의 어두운 미래를 대비, 정치적 메시지를 포함하려고

했으나 막상 서평을 쓰다 보니 맥락이 너무 동떨어져 포기함.

- 제목 역시 미리 정했던 '스타벅스의 미래, 막말 정치인의 미래'에서 종결 부분 하워드 슐츠의 어록과 맥락이 일치하도록 '사람이 먼저다, 기본이 먼저다'로 변경. 문재인 정부가 널리 알려 익숙한 '사람이 먼저다' 구호를 의도적으로 차용함.
- 글을 재미있게 시작하기 위해 다방이 배경인 대중가요를 소환하는 것과 중·장년층에게 낯선 '별다방·콩다방·빽다방' 단어를 동원하자는 아이디어를 구상함.

서평 《제왕의 스승 장량》

(머니투데이 '더리더' 2021. 05.)

- 유방 3걸 '장량, 소하, 한신'
- 장량 약술
- 사마천 사기, 초한지 – 유방 용인술, 항우 패인
- 항우와 범증
- 장량의 문제해결 능력 – 한신 토사구팽
- 종終, 논어, 불이언거인 불이인폐언
- 나의 자방 – 낫 들고 삽질하지 말 것

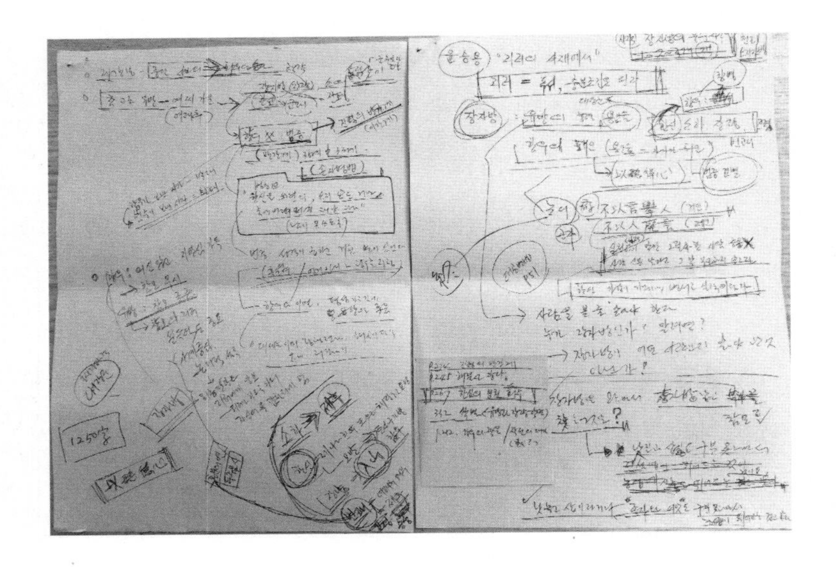

서평 본문

[리더를 위한 북(book)소리]

당신의 자방은 누구?

《제왕의 스승 장량》 | 위리 지음 | 더봄 펴냄

역발산기개세力拔山氣蓋世의 초패왕 항우를 물리치고 한나라를 세운 유방에게 참모 삼걸은 장량, 한신, 소하였다. 장량은 전략, 한신은 전투, 소하는 군수물자 전공이었다. 유방은 그중 장량을 가리켜 "장막 안에서 계책을 마련해 천 리 밖의 승리를 결정짓는 나의 자방吾之子房"이라며 후한 평가를 내렸다. 이때부터 자신의 참모 중 독보적인 이를 가리켜 '나의 자방'이라 불렀는데 조조의 순욱, 주원장의 유기, 세조의 한명회가 대표적이다. 《삼국지》 대표 책사 제갈량 역시 장자방이 자신의 롤모델이라고 말했다.

사마천이 《사기》에서 '제왕의 스승'이라 평가한 장자방은 진나라 말기 영웅호걸들이 주로 모여 살던 하비에서 의협심이 강한 협객으로 활약했다. 이 시기 여러 기록들을 분석해보면 유방을 만나기 이전의 장자방은 ▲마음에 맞는 여러 사람을 사귀고 ▲병법을 깊이 공부하고 ▲약자를 위해 앞장서고 ▲언변(설득력)이 뛰어났고 ▲어려움에 처한 사람들을 위해 자신의 재산을 아낌없이 씀으로써 인재들이 모여 따르는 리더십과 역량을 쌓은 것으로 보인다.

그러나 장자방이 아무리 뛰어났던들 '유방 아래 자방'이라 《제왕의 스승 장량》 역시 유방과 항우가 자웅을 겨루는 《초한지》로부터 벗어날 수 없다. 《초한지》에서 보이는 유방과 항우의 결정적 차이는 유방 스스로 자인한 '용인술'이다. 이때 술術은 기술보다는 재능으로 해석돼야 이치에 맞다. 진시황의 탄압을 피해 저잣거리 무뢰배들의 가랑이 밑을 기었던 한신을 먼저 알아본 사람은 항우의 책사 범증이었다. 그는 항우에게 "한신을 쓰든지 안 쓰려면 (남이 못 쓰도록) 죽여야 한다"고까지 했지만 항우는 그 말을 듣지 않았다. 항우를 떠나 유방 진영에 가담한 한신을 알아본 소하 역시 유방에게 그를 천거했는데 유방은 그를 총사령관 격인 대장군으로 중용했다. 일당백 범증 역시 유방 참모들의 이간질에 걸려든 항우로 인해 그를 떠난다.

중요한 것은 유방이 어떤 결정을 내리든 뒤에 장자방이 있었다는 사실이다. 한신을 무력화해 토사구팽兎死狗烹하는 전략도 장자방의 머리에서 나왔다. 그는 직언으로 항우를 맞받은 범증과 달리 유방이 자기 주장을 충분히 펴도록 들어주면서 사례와 논리로 자신의 의견을 유방의 심중에 녹여 넣었다. 장자방은《논어》이청득심以聽得心의 실천가였다. 공자는 이에 덧붙여 "말만 뻔지르르한 사람은 중용하지 않고, 지위가 낮다고 그 사람 말 무시하지 않아야 군자"君子 不以言擧人 不以人廢言라고도 했다.

정리하자면 장자방은 리더의 말을 끝까지 들으면서 거기에 자신의 의견을 요령껏 잘 얹는 사람이었고, 말보다 실력과 실천이 앞서는 사람이었다. 장자방이 어떤 사람인지도 모르면서 '나의 자방'을 찾는 것은 낫 들고 삽질하는 격이다.

- 제목을 본문 중 '유방 아래 자방'과 '당신의 자방은 누구?'를 놓고 고민. 전자가 섹시하나 약간 선정적이라 후자를 선택.
- 마지막 문장을 '논어'로 끝내려 했지만 현재 문장이 더 여운이 남는 것으로 판단.
- 마지막 문장 '낫 들고 삽질' 구절이 서평 쓰는 중에 떠올라 활용.

02

쉿! '영발' 좋은 곳 알려드립니다

(머니투데이 '더리더' 2021. 06.)

조용헌
《조용헌의 영지순례》

책 이름에 저자 이름이 포함되는 경우가 흔치 않다. 책 내용보다 저자 이름을 더 드러내 마케팅 하려는 의도가 숨어있다. 출판사는 왜 '조용헌'이란 이름을 내세우고 싶었을까? 이유가 없는 게 아니다. 정계, 재계 유력자들 사이에 미래를 내다보는 예지력이 센 '강호동양학자'로 그의 이름이 은밀히 유통되고 있다는 '소문' 때문이다. 보통사람들은 '점쟁이'를 비과학적이라고 불신하는데 유력자들은 신뢰하는 상황이 혼란스럽기는 하나 역사에 길이 남을 위인들이 '관상쟁이를 곁에 두었다, 어떤 점쟁이 말을 들었다'는 식의 사실Fact 앞에서 영험靈驗을 아예 무시하기란 쉬운 일이 아니다.

언젠가 계룡산에서 어떤 사찰을 방문할 기회가 있었는데 들어서자마자 가장 먼저 눈에 띈 것은 '이성계가 조선 건국의 야망을 품고 기도를 했던 곳'이라는 안내판이었다. 이곳 말고도 이성계가 기도를 했다는 사찰은 전국적인데 그것으로 '기도발' 광고를 하는 것이다. 전국 대부분의 사찰은 의상대사 아니면 원효대사 둘 중 한 사람이 지팡이를 꽂았다는 것처럼. 다만, 먼저 밝힐 것은 이 책은 특정 종교와 전혀 무관하다는 것이다. '조 도인'께서 알려주는 '기운과 풍광, 인생 순례자를 달래주는 영지 23곳'은 대부분 사찰이 있는 곳인데 이는 사찰이 있어 영지가 된 것이 아니라 영지다 보니 사찰이 들어선 것뿐이므로.

조용헌이 말하는 영지란 속칭 명당明堂이다. 명당은 음과 양이 조화를 이뤄 특별한 에너지를 뿜는 곳이다. 그 에너지가 몸 속으로 들어오는 것을 흔히 '기氣를 받는다'고 한다. 기를 받으면 몸이 상쾌해지고, 몸이 상쾌해지면 마음이 상쾌해진다. 마음이 상쾌한 사람은 하는 일도 잘 된다.

특히 '계룡산 등운암'은 '도사들의 영발 충전소'다. 계룡산은 남쪽으로 바위 맥이 흘러왔고, 그 바위 맥의 정상에 연천봉이 있다. '하늘과 맞닿은' 연천봉 바로 밑에 등운암이 있다. 등운암이 영험한 이유는 암자 밑바닥과 주변 봉우리가 온통 바위로 되어 있고, 앞산의 여러 봉우리들이 등운암을 둥그렇게 둘러싸고 있기 때문이다. 계룡산은 산 전체가 통바위 산이라 그 기운이 미국 애리조나의 세도나Sedona보다 세다. 에너지가 압력밥솥처럼 펄펄 끓는 곳, 수많은 무당과 조선시대 《정감록》을 신봉했던 도사들이 등운암 머리 위 연천봉을 우러렀던 이유다.

23개 영지는 '신령의 땅, 치유의 땅, 구원의 땅'으로 나뉘는데 수도 서울에서 비교적 가까운 영지는 남양주 운길산에 있다. 이 산 안에 한강 두물머리(양수리)를 감상하는 최고 포인트가 있는데 자연방하自然放下, 걱정거리 잊기가 제일 좋은 곳이다. 이곳은 우리나라 차계茶界의 성지이기도 하다. 자세한 내용은 책에 다 있다.

- 전체 글 중 제목에 공을 많이 들인 서평이다. 처음 제목은 '조용헌을 아십니까?' 등 몇 개를 검토했는데 서평을 쓰던 중 책 본문에 있는 '영발'이란 단어가 마음에 들어 선택했다. 어느 제목이든 독자들의 호기심을 자극하려는 목적에 충실했다. 공무원들이 쓰는 제목은 기획안, 보고서, 보도자료, 기고문 막론하고 다루는 과업의 제목을 그대로 가져다 쓰는 경우가 일반적이다. '노인·청소년 복합 문화 센터 추진' 과업이 글의 주제인데 '노인·청소년 복합 문화 센터 추진'을 중심에 두는 제목보다 좋은 제목이 있겠는가. 기획안, 보고서, 보도자료는 그럴 수밖에 없다 해도 기고문 같은 산문은 독자의 호응을 부르는 창의적인 제목을 붙여보는 용기가 필요하다. 제목이 남다르면 글도 남달라진다.
- 이름만 대면 누구나 알 재벌 창업가들이 '도사'들을 곁에 두었다는 것은 알려진 사실이다. 글은 거짓말이나 추측, 상상을 사실처럼 쓰면 안 된다. 그렇게 쓰는 것을 심한 말로 '날조, 왜곡'이라고 한다.
- '이성계가 기도했다는 안내판'이 있는 계룡산 사찰은 공주 신원사다. 신원사 여행 때 읽었던 안내판 기억을 더듬어 썼다. 안내판을 사진으로 찍어뒀거나, 주요한 내용을 메모해 두었더라면 더 생생한 글을 쓸 수

있었을 것이다.

- '기를 받으면 몸이 상쾌해진다. 몸이 상쾌해지면 마음이 상쾌해진다. 마음이 상쾌한 사람은 하는 일도 잘 된다.'고 쓸 수도 있다. 앞 두 문장은 쉼표로 연결하는 것이 나을 것 같았는데 지금도 판단은 애매하다. 중요한 것은 '그리고' 접속사를 쓰지 않았다는 것이다. 없는 것이 더 간결하니까.
- '하늘과 맞닿은'에 작은따옴표를 붙인 것은 연천봉 의미를 따로 설명해 글이 느려지는 것을 피하기 위해서다.
- '에너지가 펄펄 끓는 곳'과 '에너지가 압력밥솥처럼 펄펄 끓는 곳'은 지금도 선택하기가 어렵다. '압력밥솥처럼'을 여러 번 넣었다 뺐다를 반복했다.
- 서평 아닌 산문에서 특별한 이유 없이 '두물머리 감상 포인트가 운길산 수종사'임을 숨기면 독자들을 화나게 하는 행위다. 글이 재미없는 것보다 안 좋은 결과가 독자를 화나게 하는 불친절이다. 이 글은 '책을 사서 보라'는 뜻으로 중요한 정보를 숨긴 '서평'임을 이해 못할 독자는 없다.

03

스티브 잡스는 인간의 본질을 봤다

(경향신문 2017. 03.)

《리더의 서재에서》(윤승용 지음)는 언론인 출신 저자가 국내 각 분야 명망가 34명의 독서 편력이 그들의 만족스런(?) 삶에 미쳤던 영향을 인터뷰한 책이다. ~~그런데~~ 이 책의 리더들이 가장 많이 추천한 책이 《그리스인 조르바》다. 그러나 일반 독자들이 저자 니코스 카잔차키스의 메시지를 이해하기란 쉽지 않다. 오히려 조르바의 여성들에 대한 '막돼먹은' 언행은 페미니스트들의 분노지수만 상승시킨다.

최진석 《인간이 그리는 무늬》

니코스 카잔차키스의 메시지는 '나는 아무것도 바라지 않는다. 나는 아무것도 두려워하지 않는다. 나는 자유다'라 쓰인 그의 묘비명이 대변한다. 그는 조르바를 통해 창조주 (유일)신의 부속물에 불과한 인간을 주체성을 가지고 신과 대결하는 독립체로 끌어올렸다. 그는 신을 두려워하지 않았고, 신으로부터 독립된 인간의 자유를 외쳤던 것이다. 그리스의 오디세우스가 돛대에 몸을 묶고 세이렌의 죽음의 바다를 통과했다면 조르바는 돛대에 몸을 묶지도 않고 당당하게 걸어서 그곳을 통과했던 것이다. 그는 '신이 인간을 구원하는 것이 아니라 인간이 신을 구원해야 한다'고까지 큰소리쳤다. 우리식이라면 '천상천하 유아독존, 운명아 길을 비켜라. 내가 간다'고 외치는 사람 정도 될 것이다.

조르바의 메시지는 '우리는 나를 가두는 감옥, 오직 나의 욕망에 집중하라'는 부제를 단 동양 철학자 최진석 교수의 《인간이 그리는 무늬》가 던지는 메시지와 일맥상통한다. 그는 인문人文을 《인간이 그리는 무늬》로 풀어 썼다. '열 길 물속보다 한 길 사람 속이 어렵다'고 사람이란 개개마다 대단히 복잡한 존재다. 호수에 던진 돌마다 그리는 파문이 다르듯 수십 억 사람마다 그려내는 무늬가 다르다. 그리고 수시로 변한다.

인문이란 그토록 복잡하고 변화무쌍한 '사람이 무엇이냐?'는 질문으로 시작된다. 답은 '삶의 독립적 주체가 되고, 자기 삶의 주인이 되게 해주는 것'이다. 철학자는 그 인간의 무늬에 대해 스티브 잡스와 소크라테스로부터 단초를 연다. 잡스는 단순히 통신을 하는 전화기가 아닌 '세계'를 인간의 손에 쥐어줬다.

원래 인간은 자연과 함께 신의 품안에 있는 소속물이었다. 그러던 인간이 신으로부터 독립해 신과 정면으로 맞서는 존재로 상승했다. 이로써 자연과 차별화돼 자연을 통제하는 능력을 지니게 된 바, 그것이 바로 '이성'이다. 이성은 집단으로서의 인간에게 적용되었다. 그런데 현대로 들어와 과학기술 문명이 발전하면서 집단으로서의 인간은 분화돼 개인이 힘을 가지게 됐다. '우리'보다 '나'로 비중이 옮겨간 것인데 그러한 경향이 대표적으로 드러난 현대 기술 문명이 바로 '컴퓨터'다. 잡스는 고정된 위치에 있던 컴퓨터를 움직이는 개인들의 손안으로 옮겼던 것인데 그건 잡스가 돈벌이보다 인간의 행복이라는 본질을 향해 질문을 던졌기 때문에 가능한 일이었다. 질문의 출발은 호기심과 상상이고, 그것들의 출발이 인문학이다.

철학자 최진석이 '시카고 플랜The Great Book Program'을 강조하는 이유다. 시카고 대학은 1929년까지는 그저 그런 학교였으나 로버트 허친스 총장이 야심차게 시카고 플랜을 시작했다. 입학생들이 졸업할 때까지 인문고전 100권을 읽지 않으면 졸업을 시키지 않는 제도였다. '대공황과 겹친 취업난에 고전이 무슨 도움이 되나'며 교수와 학생들 ~~의 저항이 컸지만~~ 이 저항했지만 허친스 총장은 뜻을 꺾이지 않았다. 그 결과 지난 2000년까지 이 학교는 무려 68명의 노벨상 수상자를 배출하는 명문으로 자리 잡았다. 이것이 인문의 힘이다. 인문은 '인간이 그리는 무늬'의 본질을 이해하는 일이다. 요즘 우리에게 그것이 너무 부족한 것 같아 이 책을 골랐다.

- 글쓰기 삼도三道 중 '다독多讀'의 중요성을 강조하기 위해 사례로 삼았다.
- 자연스럽지 않은 곳들이 눈에 띄지만 문장은 손을 대지 않은 채 간단히 교정 가능한 것들만 교정했다. 교정의 왕도는 많이 보며, 꾸준히 고치는 것이다. 세상에 완벽한 글은 없다.

04

과유불급, 모든 게 지나치면 탈이 난다

(뉴스1 2017. 05.)

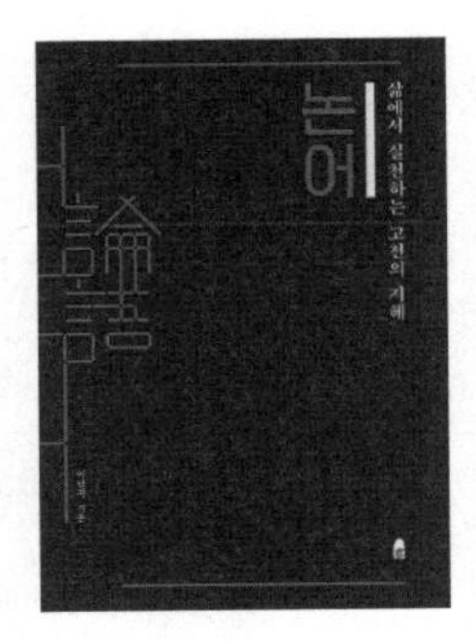

이남곡《논어》

'간절히 원하면 온 우주가 나서서 돕는다.'는 메시지로 유명한 소설《연금술사》의 작가 파울로 코엘료가 산문집《흐르는 강물처럼》에서 '작가'를 꼬집었다. "작가들은 제임스 조이스의《율리시스》를 가장 감동 깊게 읽었다며 추켜세우는데 막상 내용을 물어보면 정말 읽었는지 의심이 가도록 횡설수설한다."《율리시스》를 읽었다는 작가 중 사실은 읽지 않은 작가가 많다는 말이다.

우리 역시 다르지 않다. '내 인생의 책 한 권'을 질문하면 열의 넷은《삼국지》를 든다. 그러나 워낙 귀가 닳게 듣고, 곳곳에서 인용문을 접하다 보니 읽은 것이나 다름없는, 혹은 읽은 것으로 착각하는 경우가 분명히 있다. 그런 책의 또 다른 대표가 공자의《논어》다. 이실직고, 7년 가까이 서평을 쓰면서 '공자 가라사대'를 수도 없이 인용했지만 단행본《논어》의 서평을 쓴 적은 없다. 나 역시 논어를 제대로 읽지는 않았다.

왜 그럴까? 아마도 '고루하다'는 선입견 탓이 클 거다. 초등학생들이 컴퓨터 코딩의 알고리즘을 배우고 인공지능(AI), 드론, 3D 프린터(3D를 '쓰리디'로 읽어야지 '삼디'로 읽으면 시비 당함) 같은 4차 산업혁명이 대통령 선거공약인 시대다. 그러니 '군자는 주이불비하고, 소인은 비이불주니라君子 周而不比, 小人 比而不周(군자는 사람을 대할 때 두루 통하고 화합하며 한쪽으로 치우쳐 개인적으로 얽매이지 않고, 소인은 한쪽으로 치우쳐 개인적으로 얽매이며 두루 통하거나 화합하지 않는다)'는 '고어'들이 저리 훌륭한 속뜻을 헤아려보기도 전에 지레 손사래 치게 하는 것이다.

거기다 현대인의 이데올로기인 '먹고사니즘'도 한몫을 할 거다. 9급 공시(공무원 시험)에 목을 매다 낙방해 또 목을 매는 청춘들, 삼시세끼와 아이들 교육비에 허리가 휘는 비정규직 부모들, 내 이웃을 꺾지 못하면 내가 꺾이고 마는 전쟁 같은 세상에 대고 '덕불고 필유린德不孤 必有隣, 덕이 있는 사람은 외롭지 않다. 반드시 이웃이 있다.'고 아무리 해봐야 역부족인 것이다. 이다.

그러나, 그러므로, 그럴수록《논어》를 '음미'해야 한다.《논어》는 읽는 책이 아니라 잘근잘근 씹어 삼키는 책이다. 논어는 '신의 아들'이 아닌 인간의 아들로 태어나 인간의 삶을 살면서, 인간이 가질 수 있는 최고 높이의《탁월한 사유의 시선》(최진석 지음)을 가졌던 공자의 가르침이다. 2천5백 년이 지나 인간과 세상이 그때와 비교할 수 없도록 복잡해진 탓에 그 가르침이 더욱더 주옥같은 삶의 지혜임을 절감하는 책이다. '과유불급過猶不及'이라는 불세출의 가르침이 그 《논어》에 있다. '지나친 것은 미치지 못한 것과 같거나 더 못하다'는 중용의 언어는 권력 가진 대통령도 장삼이사張三李四 보통사람도 가장 새겨야 할 삶의 지표다. '하늘에 죄를 지으면 빌 곳이 없다. 아는 것이 좋아하는 것만 못하고, 좋아하는 것이 즐기는 것만 못하다'는 성찰이나 성공학도 다 《논어》에 있는 것들이다.

인문운동가 이남곡이 쓴 《논어》는 1편 학이學而부터 20편 요왈堯曰까지 기계적 번역, 해석을 벗어났다. 《논어》를 통째로 내려다 본 저자가 21세기 현재적 삶에 영양가 높은 지혜를 골라 10가지 주제에 맞춰 분해, 조립해 논어의 이해를 쉽게 하도록 했다. 아직 서가에 《논어》가 한 권도 없다면 이 책부터 권해본다.

- 너무 많이 알려진 책이라 제목 잡기가 쉽지 않았다. '검색 키워드'를 생각해 《논어》에서 가장 섹시한 문구를 쓰기로 했다. 지천명知天命이 돼서야 과유불급은 겸손과 더불어 인생 금언임을 깨달았다.
- 이 서평을 쓸 즈음 '간절히 원하면 온 우주가 나서서 돕는다.'는 말이 특정 정치인 때문에 온 나라에 퍼져 있었다. 시선을 끄는 첫 문장을 위해 시류에 합류했다.
- 3D프린터 역시 당시 어떤 정치인이 '삼디프린터'라 말해 화제였다. 위트와 검색을 위해 의도적으로 삽입했다.
- '먹고사니즘'은 사전에 없는 언어유희(말장난)임을 작은따옴표로 표현해 줘야 한다.

- '역부족인 것이다.'에 '것'은 불필요하다. '사랑이라는 것은 눈물의 씨앗인 것이다. → 사랑은 눈물의 씨앗이다.'로 쓰면 간결하고, '눈물의 씨앗'에 '의'는 필요한 소유격 조사이다.
- '그러나, 그러므로, 그럴수록 《논어》를……'은 강조할 목적으로서 접속사 자제와 무관하다.
- '가르침이 주옥같은', '가르침이 더욱 주옥같은', '가르침이 더욱더 주옥같은' 중 어느 문구도 문제가 없지만 '더욱더'가 있으면 음률이 왠지 자연스러워 채용했다.
- '9급 공시' 역시 '공시'란 단어를 모르는 독자까지 생각해 '9급 공무원 시험'으로 쓰면 되지만 '9급 공시'가 인기 검색어라 모두 써넣었다. 뒤따르는 '덕불고 필유린'처럼 줄임말, 은어, 고어 등 낯선 단어를 피할 수 없을 때는 괄호나 수식구 등을 이용해 설명을 덧붙이면 독자의 수고가 줄어든다. 보통 수준의 독자가 읽었는데 '도대체 무슨 뜻인지 모르는 단어'를 쉽게 쓰기 귀찮아 함부로 쓰면 안 된다. 잘 쓴 글은 정성과 비례한다. 다음 문단에 '장삼이사'를 '보통사람'으로 바꾼 것도 그런 이유다. 고상한 단어로 아는 체해봐야 속만 보인다. 속이 보이는 글보다 속이 찬 글이 좋은 글이다.
- 제목이 내포하고 있는 주장을 본문에서 중요하게 다루지 않게 되면 제목이 본문과 따로 놀면서 뭔가 부족한 1인치를 남기게 된다.

05

용택이 엄마, 양글이 양반

(머니투데이 2012. 05.)

김용택 《김용택의 어머니》

어머니, 엄마. 이 단어를 주워섬기는 것만으로도 그냥 눈물이 나는 것을, 왜 그러는지를 오십 이전엔 모른다. 아직도 '엄마'라고 부를 사람이 있고, "왜 그러냐"라고 대답해 줄 사람이 있다는 것만으로도 그저 고마운 마음, 육십 이전에는 모른다.

누구나 어머니는 있다. 누구나 글을 쓴다. 그런데 글을 잘 쓰는 사람은 그렇지 못한 우리가 마음속에는 있으나 미처 글로 표현하지 못하는, '아! 그래, 이 말이야!'를 다정다감한 글로 표현해 주는 능력이 있다. '섬진강 시인 김용택'이다.

신경숙 작가의 《엄마를 부탁해》처럼 이제는 없는 엄마에 대한 회한이 아니다. 살아있는 엄마에 대한 사모곡이다. 그래서 더 아릿하고, 생생하다. 김용택 시인의 올해 나이는 만으로 64세다. 육이오 전쟁이 나기 전, 일제로부터 해방되던 1948년에 자신을 낳은 문맹의 어머니, 박덕성 여사. 동네에서는 몸집이 작고 야무지다고 '양글이'로 불렸다. 딸 여섯을 내리 둔 다른 집의 막내 딸 이름이 '이제 딸 좀 그만 낳자'는 뜻에서 '끝년이'였던 것처럼. 이것 또한 우리네 어머니의 이야기 그대로다.

어느 날 기성회비를 못내 집으로 돌려보내진 고등학생 김용택. 양글이 여사는 닭장에 남은 닭을 모두 망태에 넣고 시오리 길을 나섰다. 닭을 판 돈은 겨우 아들의 차비와 기성회비 정도, 어머니가 다시 집으로 돌아갈 차비는 없었다.

"어매는 어치고 헐라고?"

"나는 걸어 갈란다."

울면서 버스를 탄 아들 뒤로 뙤약볕 신작로를 걷던 양글이 여사는 점심을 굶은 때문인지 비틀거렸다. 아들 교육 때문에 학교를 중단시킨 딸에게 남긴 여사의 편지는 젊은 엄마의 애달픈 마음을 대변하는, 코끝 찡한 시 자체이다. 그랬던 양글이 여사가 팔순을 넘었다. 네 가구 남은 섬진강 마을에서 홀로 농사를 지으시는 어머니는 가는귀가 먹은 듯 큰 소리를 쳐야 알아들으신다.

"어머니, 보청기 할까요?"

"아니다, 늙으면 세상소리 다 들을 필요 없다."

'용택이 엄마, 양글이 양반'은 바로 이 입심에 반한 신경림 시인의 감탄사다. '자식들 고생 안 시키고, 바람처럼 훌쩍 떠났으면 좋겠다.'는 것이 입심으로 시인을 길러낸 엄마의 마지막 소원. 김용택 시인의 글과 함께 하는 황헌만 작가의 사진 역시 한 컷 한 컷이 시처럼 정겹다.

- '시인과 엄마'에 공감하는 독자의 감정을 최고치로 끌어올리려면 책 내용 중 어떤 것들을 글감으로 삼아야 할지 엄선한 결과가 '기성회비와 차비' 이야기다. 결말에 '보청기 대화' 역시 '어머니의 지혜'를 담아 글을 끝내자고 '얼개'에 미리 계획했다.
- 《농무農舞》 시인 신경림의 감탄사를 보는 순간 제목을 고민할 필요가 없었다.
- '글을 잘 쓰는 사람은…… 표현해 주는 능력이 있다.'는 것은 알되 스트레스 받을 필요는 없다. 글로 밥 벌어먹는 '글로생활자 김용택 정도면 그래야 한다'는 것이다.
- 말하듯 쓰기 위해 '만 64세다.' 대신 '만으로 64세다.'로 썼다. '64세, 육십사 세, 예순네 살'을 두고 고민하다 '64세'를 선택했는데 지금 다시 쓴다면 '육십사 세'를 쓰겠다. '예순네 살'은 1030세대에게는 낯선 말이다. 학생이 '사흘=4일, 금일今日=금요일'로 오해해 과제물 제출 날짜를 놓쳤다는 촌극이 벌어지는 시대다.
- '닭을 판…… 정도, 어머니가 돌아갈 차비는 없었다.'는 쉼표로 두 문장을 간결하게 잇는 사례다.

- 마지막 문장을 다시 쓴다면 '시인의 글과 함께 황헌만 사진작가의 작품 한 컷 한 컷이 시처럼 정겹다.'로 쓰겠다. 황헌만 씨가 프로페셔널 사진작가임을 충분히 드러내지 못해서다.

06

멸치가 원산 구경을 원하는 이유는?

(머니투데이 2013. 09.)

황선도 《멸치 머리엔 블랙박스가 있다》

물고기 박사의 열두 달 우리 바다 생선 물고기 이야기다. 우리 가곡 중에 '명태'라는 유명한 노래가 있다. 이 노래는 묵직한 남저음의 바리톤 오현명의 것이 제격인데 노래를 듣다보면 '살기 좋다는 원산 구경이나 한 후'가 나온다. 동해안의 그 많은 항구 중에 왜 하필 명태는 원산을 구경하고 싶어 하는지 궁금했었다. 그 답을 이제야 알게 됐다. 수심 200m의 깊은 바다에 사는 명태가 산란하기 가장 좋은 환경으로 치는 곳이 바로 원산만 부근이라는 것이다.

심해에 사는 '1월의 명태'와 달리 바다 표층에 사는 '10월의 고등어'는 물에 쉽게 떠있기 위해 근육에 지방을 축적한 탓에 비린내와 기름기가 많다. 그래서 명태는 담백한 해장국이나 찌개가, 고등어는 구이가 맛있다. 특히 고등어는 성질이 고약해 물에서 나오는 즉시 죽고, 부패도 빠르다. 그래서 곧바로 소금에 절여져 먼 내륙으로 운반된 것이 바로 '안동 간고등어'가 되었다.

2월의 아귀, '아귀다툼'이나 '아귀 먹고 가자미 먹고'라는 말이 생긴 것은 아귀가 자기 몸의 3분의 1 크기의 먹이를 통째로 삼키는 식탐 때문인데, 아귀를 잡다 보면 값비싼 다른 생선이 아귀 뱃속에 고스란히 들어있는 횡재를 하기도 한다. 이 아귀란 녀석은 특히 헤엄치는 속도가 느린 까닭에 바닥에 숨어 돌기를 미끼처럼 흔들어 먹잇감을 유인해 한입에 덮친다. 그러니까 '낚시하는 물고기'가 바로 아귀인 것이다.

그런데 멸치머리에 들어 있다는 블랙박스는 무엇일까? 다름 아닌 이석耳石이다. 이석은 귀속의 평형기관인데 이석을 쪼개보면 멸치의 나이부터 성장과정의 정보가 고스란히 들어있다. 바다 물고기 중에 개체수로는 멸치가 단연 1위, 가장 작은 세멸의 경우 1.5mm에 불과하지만 이들은 물량으로 승부하는 것이다. 우럭(조피볼락)의 양식산, 자연산 구분은 색깔로 가능하다. 광어(넙치)와 '봄 도다리(가자미)'의 식별은 눈의 위치에 따라 '좌광우도'를 기억하면 된다. 1월부터 12월까지 우리 식탁에 오르는 대표 물고기들의 특징과 조리법까지 '물고기 알고 맛있게 먹을' 정보들이 재미있게 꽉 찬 책이다.

'오뉴월 밴댕이'라고 할 만큼 맛있는 밴댕이를 속 좁은 사람에게 '밴댕이 속'이라 비꼬는 것이 밴댕이는 다만 억울할 뿐이고, 우리가 흔히 아는 슈베르트의 가곡 〈Die Forelle〉는 '숭어'가 아니라 '송어〈trout〉'가 잘못 이해되었다는 것도 이 책은 전한다.

- 책 제목이 글 제목으로 안성맞춤인데 그대로 할 수 없어 호기심을 자극하는 질문형 제목을 썼다. 제목이 질문형이면 특별한 이유가 없는 한 본문에 그 답이 들어있거나 유추할 수 있어야 한다.
- '우리 바다 물고기'에서 '우리'는 책이 한반도 근해 어종만 의도적으로 다루기 때문에 필요하다. 생선生鮮은 '말리거나 절이지 않은 물고기'로 형태를 말하는 개념이므로 '물고기'가 정확한 단어다.
- '때문인데, 아귀를', '뿐이고, 우리가'에 쉼표는 긴 문장을 끊어 주면서 읽는 호흡을 조절해주는 효과가 있다.
- '그런데 멸치머리에…… 무엇일까?'는 국면전환이므로 접속사가 필요하다.
- 이 서평을 포함해 가급적 쓰지 말라는 '적·의·것·들·~에 대해'가 많이 쓰인 저자 글은 대부분 서평을 쓰기 시작한 초기 글이다. 그때는 저자도 글쓰기 법칙에 약했다.

07

비행기는 좌우 양 날개로 난다

(출판문화산업진흥원 2018. 04.)

민주주의는 보수와 진보의 건전한 대립을 통해 발전한다고 한다. 이를 빗대 '비행기는 좌우 양 날개로 난다', '수레는 좌우 두 바퀴가 있어야 굴러간다'고 말한다. 사람의 인식도 마찬가지다. 세계를 향해 균형을 갖춘 인식은 균형을 갖춘 지식과 성찰로 형성된다. 무슨 일을 하든지 자기 분야의 지식에만 집중한다면 드넓은 삶의 관점에서는 우물 안 개구리가 될 가능성이 크다. 문학, 과학, 역사, 철학, 예술 등 다양한 분야, 편식 없는 독서가 필요한 이유다.

빌브라이슨
《거의 모든 것의 역사》

강혜순의 《꽃의 제국》을 소개할 때 빌 브라이슨의 《거의 모든 것의 역사》를 언급했었다. 이 두 책은 서평을 쓸 때마다 같이 다뤄지는 경우가 대부분이다. 둘 다 높은 수준의 교양과학서이면서 전자가 지구상의 식물에 집중하는 반면 후자는 '우주의 모든 것'으로 시야~~의 확대~~를 ~~이끌~~넓히기 때문이다. 그럼에도 과학서는 소위 인문학이라 불리는 '문사철(문학, 역사, 철학)'에 비해 상대적으로 독서층이 얇다.

문사철이나 예술은 우선 ~~취향이~~ 종류가 많고, 읽기도 재미있다. 삶에 에너지를 공급하거나 영혼을 살찌우는 양식이라는, '세뇌된' 믿음도 있다. 그러나 과학은 일반인이 자세히 탐구해본들 당장의 '먹고사니즘'에 도움이 될 것 같지 않고, 내용 또한 쉬울 것 같지 않다는 선입견이 크다. '신이 인류에게 보낸 선물' 뉴턴이 '만유인력의 법칙'을 어떻게 알아냈는지, '$E=MC^2$'이라는 아이슈타인의 상대성 이론이 얼마나 유쾌한 이론인지 알아본들 당장의 삶에 무슨 의미가 있겠는가, 머리만 아프지 않겠는가.

그러나 ~~강혜순의~~ 《꽃의 제국》을 정독한 독자라면 저런 생각이 잘못된 것~~이란 걸~~임을 이미 깨달았을 터다. 자연과 우주의 내밀한 질서 속에 내가 있어, 그 질서를 아는 것이 현명한 인간의 삶을 사는 이정표란 것도 절감했을 터다. 인간과 세계, 우주를 바라보는 인식의 지평이 넓어지는 것에 전율했을 것이다. 그러한 전율은 특히 ~~빌 브라이슨의~~ 《거의 모든 것의 역사》 안에서 차고 넘친다. '1+1=중노동'이라는 인문학적 상상력은 '1+1=2'라는 과학적 지식이 바탕이 되었을 때 그 가치가 빛나는 법, 인식의 지평은 인문학과 과학의 두 바퀴로 확장돼 ~~가는 것이다~~. 간다.

《거의 모든 것의 역사》는 제목 그대로 '우주, 지구, 인간, 생명체'들의 출생의 비밀과 역사, 그것들을 밝혀냈던 숱한 과학자들의 분

투과정들이 담겼다. 무엇보다 흥미진진함이 압권이다. 빌 브라이슨은 ~~우리에게~~ '하루살이도 오장육부가 있고, 작은 이슬 한 방울에도 우주가 들어있다'는 인문학적 깨달음을 주기 위해 46억 년 전 지구가 생겼을 때부터 지금까지 '모든 것의 사실과 발견 과정'을 장대한 발걸음으로 종횡무진 한다. ~~그의 발걸음은 가히 우주천재적이다~~. 그는 가히 '우주 천재'다.

지구의 지름은 대략 1만 3000km, 둘레는 약 4만km다. 서울-부산(400km)보다 지름 33배, 둘레 100배 정도다. 시속 10만km로 태양 주위를 공전하면서 동시에 자체적으로 적도지역은 시속 1666km, 회전축인 양 극지방 꼭지점 부근은 시속 1m로 자전한다. 이 말이 이해가 잘 안 되거든 집에 있는 공을 시계방향으로 회전시키면서 지구의 적도에 해당되는 둘레 부분과 극지방에 해당되는 위아래 꼭지점 부근에 점을 ~~하나를~~ 찍어 회전 속도를 ~~곰곰이~~ 비교해 보면 쉽게 이해가 될 것이다.

만약 이렇게 엄청난 속도의 회전 마찰음이 우리 귀에 들린다면 고막은 단 일 1초도 버티지 못할 것이며, 적도지역에 사는 사람들은 벌써 저 우주 속으로 튕겨져 나갔어야 한다. '인간의 귀는 너무 큰 소리도, 너무 작은 소리도 듣지 못한다. 인간의 눈 또한 거대한 것과 미세한 것을 보지 못한다. 원자原子와 신神이 안 보이는 이유'라는 인문학적 성찰이 여기서 근원했다. 사과가 저 우주로 튕겨나가는 대신 땅으로 떨어지는, 만유인력의 법칙이 또한 고속회전하는 지구에서 우리를 살려 붙잡아주고 있다.

이것들은 겨우 땅 위의 일들, 우리는 깊고 깊은 바다 밑과 땅속을 1km 남짓도 제대로 못 들어가 봤다. 그곳은 여전히 수수께끼다. 지구가 양파라면 우리는 아직 껍질도 제대로 못 벗겨본 상태인 것이다. 우주에서 바라보면 지구의 산소를 포함한 대기권은 양파 껍질의 표피에 함께 '묻어'있다. 우주인들의 눈에 지구가 한없이 가냘프게 보이는 이유다. 그 안에 70억 인류가 '내 몫, 네 몫'을 다투며 살고 있다.

압권은 70억 명이 모두 '기적적 존재'라는 사실이다. 당신의 아주 먼먼 인류로부터 지금의 부모까지 셀 수 없는 직계 조상들 중 누구도 전쟁, 질병, 기아, 사고 등으로 결혼 전에 죽지 않았다. 그들은 예외 없이 사랑할 짝을 찾아 아이를 낳는 데 성공했다. 그 아이 또한 잘 컸고, 결혼을 했고, 또 아이를 낳는 데 성공했다. 그 어마어마한 행운으로 지금의 당신이 존재하고 있다. '나'를 그 자체로 존중하고 사랑하지 않을 이유가 있는가?

'거의 모든 것의 역사'는 빌 브라이슨이 한순간 깨달은 것이 아니라 수많은 과학자들이 투쟁한 결과다. 여기 4km 인도 도로 양쪽에 1500개의 식탁을 늘여 놓고, 그 위에 소금을 뿌려 놓았다 치자. 그중 한 개의 식탁 위에 한 개의 소금 알갱이가 사라졌다 치자. 바로 그 소금의 향방을 알아채는 것이 혜성 한 개를 발견해 내는 일이다. 지금과 같은 고품질 천체망원경도 없던 시절에 '핼리혜성'을 발견했던 핼리가 그래서 위대한 사람이다. 어둠 속에서 5km 밖 사람에게 등불을 검은 천으로 가리는 동작을 반복시키면서 초속 30만

km인 빛의 속도를 재려고 덤볐던 갈릴레이의 투지(?)가 그래서 빛난다.

참고로 지금 우리에게 사물을 인식하게 하는 태양빛은 약 7분 전에 태양을 출발했던 빛이다. 그러므로 지금 우리 눈에 보이는 태양은 7분 전의 태양인 것이다. 오늘 밤 당신이 보는 북극성은 약 680년 전 북극성이다. 그때 출발했던 빛이 이제야 지구에 도달한 까닭이다. 만약 그때로부터 일 년 후 북극성이 없어졌다면 일 년 후 우리는 북극성을 볼 수 없게 된다. 이래도 과학 분야 책은 재미없고 머리 아프다고 오해를 계속할 것인가?

초등학생 아이가 있는 부모라면 《2030년에는 투명망토가 나올까》(다른 출판)를 함께 읽길 권한다. 《정재승의 과학 콘서트》(어크로스), 《뉴턴과 아인슈타인-우리가 몰랐던 천재들의 창조성》(창비)을 곁들여 읽는 것도 《거의 모든 것의 역사》를 재미있게 읽는 한 방법이다.

- 청탁으로 쓰는 글의 원고 양이 장문일수록 느슨해지는 경향이 있다. 원고 양을 채우기 위해 일부러 그러기도 한다. 그런 글일수록 불필요한 단어가 많이 섞인다.
- 각 문단을 경계로 키워드를 연결해보면 '얼개'가 눈에 보인다. 장문은 특히 '얼개'를 미리 짜놓고 쓰지 않으면 시간이 오래 걸리고, 흐름도 잘 생기지 않는다. '민주주의-《꽃의 제국》-먹고사니즘-1+1=중노동-지구자전-양파-기적-핼리해성(소금)/갈릴레이(등불)-태양/북극성-권장서적'

이 얼개의 축을 이룬다.

- 제목과 첫 문장을 굳이 '민주주의'로 잡은 것은 대통령 선거가 있은 지 얼마 안 된, 지방자치단체 선거를 코앞에 둔 시대상황과 연관이 있다. 교양과학서를 빙자해 '인식의 지평을 넓혀 보고 싶은 한쪽만 보지 말고, 양쪽을 다 보는 교양시민이 되자'는 메시지를 전파하려는 저자 의도가 반영됐다.
- 둘째 문단에 '적·의·것·들·~대해' 등 조사, 어미, 의존명사 등이 없으면 어색한 문장을 구별하는 방법은 직접 읽어보는 것이다. 읽었을 때 부자연스러우면 조사, 어미를 써줘야 한다.
- '취향이 많다'는 비문非文이다. '종류'가 적확한 단어다. (양식이라는, '세뇌된' 믿음) 한 단어를 두 개의 수식어가 꾸미는 경우 수식어 사이에 쉼표를 찍어야 한다. '세뇌된'은 주관적 의견이라는 취지로, '먹고사니즘'은 사전에 없는 조어라 작은따옴표를 찍었다.
- '잘못된 것이란 것을', '확장돼 가는 것이다'의 '것'이 습관적으로 쓰는, 불필요한 '것'~~인 것~~이다.
- '지구가 양파라면…… '묻어'있다.'는 유사한 표현의 문장을 만들 때 '지붕 위 페인트칠 두께, 책상 위 광택제 두께' 등으로 다양하게 변용하고 있다.
- '그 아이 또한 잘 컸고, 결혼을 했고, 또 아이를 낳는 데 성공했다.'는 앞의 문장이 담고 있는 뜻을 다시 반복한다.

08

진정한 자기계발의 연금술

(출판문화산업진흥원 2018. 08.)

《연금술사》는 ~~브라질 출신~~ 파울로 코엘료를 세계적인 작가의 반열에 올린 소설이다. 그의 또 다른 스테디셀러 소설 《베로니카, 죽기로 결심하다》와 산문집 《흐르는 강물처럼》까지 국내에도 파울로 코엘료의 독자층은 뚜렷하게 형성돼 있다. 《연금술사》를 소개할 때는 《흐르는 강물처럼》이 아쉽고, 《흐르는 강물처럼》을 소개할 때는 《연금술사》가 늘 아쉬울 만큼 필자 또한 그의 팬이다.

파울로 코엘료 《연금술사》

독서의 궁극적인 목적이 작가나 주인공의 이야기에 공감하면서 자신을 성찰, 개선하는 것이라면 모든 책의 본질에는 자기계발서의 요소가 포함돼 있다고 비약해도 무리가 없겠다. 세계적 위인이나 명사들의 경우 대부분 인생의 반환점이 된 '한 권의 책'이 있는 것도 같은 맥락이다. 그러므로 ~~픽션이든 논픽션이든~~ 책을 읽은 후 자기반

성이나 개선의 의지를 다지거나 겨울 아침 찬물 한 바가지를 뒤집어쓰는 듯 깨달음을 얻는다면 훨씬 성공한 독서가 아닐까 ~~생각하는 것이다.~~ 싶다.

소설 《연금술사》는 미지의 세상을 동경하는 양치기 소년이 '보물'을 찾아 이집트의 피라미드에 이르는 동안 만나게 되는 갖은 사건과 사람~~에 대한~~ 이 얽힌 '기행문'이다. 언뜻 생텍쥐페리의 ~~불후의 명작~~ 《어린왕자》가 연상되는 《연금술사》에 '진정한 자기계발의 연금술'이란 부제를 붙이게 되는 것은 구약성서 창세기의 제사장이기도 한 '살렘 왕 멜키세덱'이 방황하는 산티아고에게 속삭이는 ~~바로 다음의~~ 이 한마디 때문이다.

> "자아의 신화를 이루어내는 것이야말로 이 세상 모든 사람들에게 부과된 유일한 의무지. 세상만물은 모두 한가지라네. 자네가 무언가를 간절히 원할 때 온 우주는 자네의 소망이 실현되도록 도와준다네."

물론, 자신의 보물을 찾아 이집트 '죽음의 사막'을 건너 피라미드까지 간 소년이 결국은 자신이 양들과 함께 잠을 자던 초원의 부서진 교회, 무화과 나무 밑에서 보물을 발견하게 되는 결말에서 '행복의 파랑새는 내 안에 있다'는 작가의 메시지를 읽어낸다면 더할 나위 없는 ~~자기계발의 완성인~~ 것이다.

이집트와 지중해를 사이에 둔 스페인 시골 가난한 집 아들 산티아고, 그의 부모는 그가 가문을 빛내는 신부가 되기를 바라며 라틴어, 스페인어, 신학 공부를 시켰다. 그러나 16살 소년이 된 산티아고는 세상을 두루 여행하고 싶은 소망을 담아 양치기가 되겠다고 나선다. 부모로서는 무척 실망스런 일이겠지만 산티아고에게는 비범하신 '아버지'가 있었다. 그는 조용히 금화 세 닢을 내놓으며 '지금 네가 있는 이곳이 가장 아름답고 가치 있는 곳이라는 것을 깨달을 때까지 돌아다녀 보라'고 한다. 아버지다운 선견지명이자 응원이다. (이 대목에서 필자는 '아들이 혹 무모한 도전에 나설 때 꼭 이런 아버지가 돼야지' 다짐을 하는 것이다.)

소설에는 산티아고가 그의 보물을 발견하기까지, '자아의 신화'라 불리는 삶의 진리를 깨닫기까지 집시 점쟁이, 살렘 왕 멜키세덱, 연금술을 익히려는 영국 신사, '사막의 연금술사', 그리고 마지막 군인 강도까지 수많은 조력자들이 등장한다. 그들을 통해 '간절히 원하면 온 우주가 돕는 섭리'를 입증하는 것이다. '우주'는 삶의 중간중간에 그 사람이 모르게 개입하는데 이것이 '표지'이다. 우리가 '우연'이라 부르는 고래古來의 많은 사연들이 사실은 이 표지였을 가능성이 농후하다.

《연금술사》에서 대표적인 표지는 이렇다. 어떤 사내가 에메랄드를 캐기 위해 5년 동안 99만 9999개의 돌을 깨뜨렸지만 허사였다. 그러나 이제 포기하지 않고 돌 한 개만 더 깨뜨리면 에메랄드는 나오게 되어 있었다. 신이 그의 삶을 그렇게 기록해 놓았기 때문이다. 그러나 끝내 꿈을 포기한 사내, 5년 간 허망한 고생에 화가 나 돌

하나를 세차게 집어 던졌다. 그런데 어머나! 그 돌이 깨지면서 꿈에 그리던 에메랄드가 빛난다. 그가 직전에 포기하는 것이 안타까워 살렘 왕 멜키세덱이 '던져지는 돌'로 변해 그의 삶에 개입한 것이다.

자아의 신화와 표지, 그리고 또 하나 중요한 것은 '현재'다. 자신의 미래를 묻는 전사에게 점쟁이는 말한다. "자신이 언제 죽을지 알면서 전장에 나가야 한다면 얼마나 고통스러운 일이겠는가. 지나버린 과거에 연연하거나 미래를 알려하는 대신 오직 현재를 아름답게 하라. 그러면 다음에 오는 미래도 아름답게 이어지리라. 그것이 신의 섭리를 충실히 따르는 것"이라고.

연금술은 납이나 구리 같은 광물을 금으로 바꾸는, '불가능한' 기술이다. 그러나 깊이 들어가면 화학, 종교, 철학적으로 아주 심오하고 복잡하다. 산티아고가 만난 사막의 연금술사는 우주를 이루는 물·불·흙·공기의 근원 중 근원인 '만물의 정기'를 찾아냄으로써 연금술에 성공을 거둔다. '만물의 정기'의 핵은 다름 아닌 '사랑'이다. 사랑은 '대상을 알려고 노력하고, 배려하는 마음'이다. 누군가를, 무언가를 진실로 사랑하면 누구나 위대한 연금술사가 될 수 있다. 그런데 사막의 연금술사가 유일한 연금술사로 남을 수 있게 된 것은 끝내 사막에서 살기 때문이다. '모든 탐욕은 결코 사랑일 수 없다'는 강렬한 메시지가 읽히는 대목이다.

엊그제 TV에서 '댄싱퀸'이란 예전 영화를 보았다. 대학생 때 춤으로 신촌을 주름잡았던 여주인공 엄정화. 댄싱 가수가 꿈이었던 그녀가 변호사와 결혼, 아이 낳고, 살림하고, 돈 벌기 바쁜 중년 주부로 하루하루 살다가 문득 어느 날 자신의 잊힌 꿈에 당차게 도전하는 스토리였다. 그녀가 뒤늦게 꿈에 도전하게 되기까지는 스포츠 클럽 댄스 강사였던 그녀의 직업, 도전을 부추기는 단짝, 그녀를 기억하는 가요 기획사 실장, 그녀를 이해해준 시장 후보 남편과 유권자 등 많은 사람들의 직간접 응원이 있었다. 영화를 보면서 멜키세덱의 메시지가 떠올랐던 것이다.

파울로 코엘료의 '통찰과 격려'를 마지막에 남겨둔다. 마크툽! 모든 일은 신께서 기록해 놓으신 대로! 간절히 원하면 온 우주가 나서서 도우리라!

"《연금술사》는 진정한 삶의 가치와 꿈의 성취에 대한 성찰인데 그 종착지는 '사랑'이다. 책을 읽고 배우기보다 꿈을 위한 행동으로 배우기 바란다. 실수에 대한 두려움과 실패할지도 모른다는 불안이 꿈의 성취를 방해하는 가장 큰 적이다."

-파울로 코엘료-

- 판타지(가상)라서 서평으로 쉽게 설명하기 힘든 소설이다. 쉽게 설명하려면 작가의 문장(직역)을 벗어나 자유롭게 해석(의역)해야 하는데 그러다 자칫 책이 지닌 본질로부터 너무 멀어져버릴 위험이 크다. 작가의 문장을 벗어나지 않으면서 독자의 해석을 보태 최대한 쉽게 쓰려고 노력한 정도가 위 서평이다. 다시 읽어도 좀 어렵다.
- 반복적인 교정은 구체적인 설명을 생략하는 대신 '불필요한 내용 삭제'

에 집중했다.

- 생텍쥐페리의 ~~불후의 명작~~ 《어린왕자》 ……' → 굳이 '불후의 명작'이란 상투어 없어도 불후의 명작인 줄 다 알고 있다.
- '부서진 교회, 무화과 나무 밑에서', '가난한 집 아들 산티아고, 그의 부모는' → 쉼표가 긴 문장을 간결하게 읽도록 호흡조절을 해주는, 좋은 사례다.
- (이 대목에서 필자는 '아들이 혹 무모한 도전에 나설 때 꼭 이런 아버지가 돼야지' 다짐을 하는 것이다.) → 본문과 상관없는 저자 내심을 추가로 쓴 것이므로 괄호로 묶었다. 맥락상 '다짐을 한다.'보다 '다짐을 하는 것이다'는 웅변체가 더 어울린다.
- '어머나! …… 빛난다.' 등 표현은 독자에게 친근하게 다가가기 위함이다.
- '마크툽! 모든 일은 신께서 기록해 놓으신 대로! → 앞뒤 느낌표로 뒷문장이 '마크툽'의 번역임을 암시했다.
- 간절히 원하면 온 우주가 나서서 도우리라! → 독자에게 감정이입을 강제하는 느낌표(!) 사용은 글쓰기에서 가급적 절제하는 것이 좋다.
- 비록 서평은 공중에 떴지만 《연금술사》 일독을 강력 권장한다.

09

글은 어떻게 써야 하는가

(출판문화산업진흥원 2018. 10.)

이태준 《문장강화》

바야흐로 콘텐츠 시대다. 콘텐츠Contents는 어떤 형식 안에 채워지는 내용이다. 책과 글, 카메라와 사진, 캔버스와 그림, 무용가와 몸짓, 가수와 노래까지 전자가 형식이면 후자는 내용, 콘텐츠다. 일본과 중국, 동남아를 훌쩍 넘어 유럽, 미국까지 뒤흔드는 한류韓流가 바로 '한국'이란 형식에 채워진 한국적 콘텐츠다. 콘텐츠는 대부분 무에서 유를 창조하는 것이다. 아무것도 없던 것에서 읽고, 보고, 듣고, 만지고, 느끼게 해주는 그 무엇들이다.

지구를 꽉 채우고도 남을 무수한 콘텐츠 중에 명작으로 평가받는 문학, 예술 등의 작품은 짧게는 몇 년, 길게는 수십 년 갈고 익힌 거장들의 손에서 탄생한다. 톨스토이, 김소월, 베토벤, 판소리 명창 임방울, 비틀즈, 방탄소년단(BTS), 피카소, 이중섭, 피겨의 여왕

김연아에 이르기까지 명품 콘텐츠를 만들어 낸 사람들은 오랜 기간의 '지독한' 학습과 훈련을 거쳐 으로 완성된 명장들이다.

학습과 훈련은 대부분 말과 글로 시작된다. 둘 중에는 글이 말보다 보편적이고 전방위적이다. 21세기 들어 새삼스럽게 '글쓰기'가 중요한 이슈로 떠오른 이유다. 사회 각 분야에서 콘텐츠를 익히려는, 전하려는 사람에게 '글쓰기'가 필수가 된 것이다. 때문에 많은 사람들이 글을 잘 쓰고 싶어 하지만 잘 쓰기가 쉽지 않다. 이는 당연하다. 글쓰기 또한 오랜 학습과 훈련의 결과이기 때문이다. 그러므로 글을 못 쓰는 이유는 간단하다. '안 쓰기' 때문이다. 글은 부지런히 쓰면 반드시 실력이 는다. 다만, 어느 분야나 먼저 정상에 이른 거장이 쓴 입문서가 있다. 그것을 독파하면서 훈련하는 사람과 그냥 맨땅에 헤딩하는 사람, 누가 더 지름길을 달리게 될지는 뻔하다.

20세기 초반 상허 이태준이라는 대단한 소설가가 있었다. '시는 정지용, 산문은 이태준'이라 했을 정도로 대단했다. 그가 쓴 불후의 명작 중에 글쓰기 입문서 《문장강화》가 있다. 글을 쓰는 사람은 어떤 자세와 마음으로 써야 하는지, 글을 잘 쓰려면 어떻게 써야 하는지 가르치는 책이다. 우리나라에서 글깨나 쓰는 사람치고 이 책을 모르는 사람은 없을 것이다. 1946년에 초판이 나왔던 책인데 지금도 통할까 싶어 걱정할 필요 없다. 글을 쓰는 자세와 방법은 그때나 지금이나 같을 뿐만 아니라 출판사에서 지금의 언어에 맞게 손을 봐 다시 출판했다.

상허 이태준 선생은 '글을 아름답게 꾸미려는 태도를 버리고 마음속에 있는 것을 자연스럽게 드러내는 것이 가장 좋은 글쓰기 태도'임을 먼저 강조했다. 필자 역시 글을 자주 쓰다 보니 '정직한 글, 솔직한 글'이 '좋은 글, 잘 쓴 글'이라는 것을 몸으로 체득하게 됐는데 '솔직, 정직'이 바로 '마음속에 있는 것을 자연스럽게 드러내는 것'의 다른 표현이다. 또 그렇게 쓰인 글을 읽고 '어떤 사람은 웃고, 어떤 사람은 울고, 어떤 사람은 희망을 갖게 되고, 어떤 사람은 절망의 나락으로 떨어지게 된다. 그 글이 다른 사람에게는 새벽 같은 빛이거나 캄캄한 어둠이 될 수 있다.'고 했다. 그저 함부로 쓸 일이 아닌 것이다.

여전히 《문장강화》를 읽으며 글쓰기를 수련 중인 필자에게도 가끔 '어떻게 하면 글을 잘 쓸 수 있느냐?'는 질문이 들어온다. ~~그때마다~~ 대답은 "많이 써봐야 한다. 문장은 될수록 짧게 써야 한다." 등 몇 가지 경험을 이야기한다. 그런데 작고하신 문학평론가 고 황현산 님은 '나를 위한 열 개의 글쓰기 지침'에서 '긴 문장을 명료하게 쓰는 것이 더 내공이 깊다'고 했다. 생각해보니 그렇다. 비숙련가가 문장을 길게 쓰면 중언부언이기 십상이라 짧게 쓰라고 권고할 뿐 그것이 정답은 아니다. '많이 써보기, 솔직하기' 등이 포함된 열 개의 지침은 인터넷에서 검색하면 얼마든지 볼 수 있는데 너무 명쾌해 짧은 지침으로만 남은 것이 ~~아쉬울 정도다~~. 아쉽다. ~~참으로 다행인 것은~~ 다행히 《문장강화》가 그나마 우리 곁에 남아있어 저 열 개 지침을 토대로 글쓰기 수련을 할 수가 있다.

《문장강화》는 아래처럼 매우 ~~자세하고,~~ 구체적이고, 생생하다.

"평어, 경어와 문장 : '나는 세상을 비관하지 않을 수 없다.', '저는 세상을 비관하지 않을 수 없습니다.', '나는'이나 '없다'는 평범하게 나오는 말이다. '저는'과 '없습니다'는 상대자를 존칭하는 정적情的의식, 상대의식이 들어있다. '나'와 '없다'는 들띄워놓고 여러 사람에게 하는 말 같고, '저는'과 '없습니다'는 어떤 한 사람에게만 하는 말 같다. 평어平語는 공공연하고 경어敬語는 사적인 어감이다. 그래서 '습니다 문장'은 읽는 사람이 더 개인적인 호의와 친절을 느끼게 한다. 호의와 친절은 독자를 훨씬 빠르게 이해시키고 감동시킨다."

"'한 가지 생각을 표현하는 데는 오직 한 가지 말밖에는 없다'고 한 플로베르의 말은 너무나 유명하거니와 그에게서 배운 모빠쌍도 '우리가 말하려는 것은 무엇이든 그것을 표현하는 데는 한 말밖에 없다. 그것을 살리기 위해선 한 동사밖에 없고, 그것을 드러내기 위해선 한 형용사밖에 없다. 그러니까 그 한 동사, 그 한 형용사를 찾아내야 한다. 그 찾는 곤란을 피하고 아무런 말이나 갖다 대용함으로 만족하거나 비슷한 말로 맞추어 버린다든지, 그런 말의 요술을 부려서는 안 된다'라고 말했다. 그러므로 명사든 동사든 형용사든, 오직 한 가지 말, 유일한 말, 다시없는 말, 그 말은 그 뜻에 가장 적합한 말을 가리킴이다. 가령, 비가 온다는 뜻의 동사에도 비가 온다, 비가 뿌린다, 비가 내린다. 비가 쏟아진다, 비가 퍼붓는다가 모두 정도가 다른 것은 두말할 필요가 없다."

당대의 대가답게 '어떻게 써야 잘 쓴 글인가, 글은 어떤 자세로 써야 올바른 글이 되는가?'에 대한 '꼬장꼬장'한 가르침이 처음과 끝을 이루어 빽빽한 책 《문장강화》는 글쓰기 초보를 넘어 중급자까지도 글쓰기 기초와 소양을 닦는 데 도움이 ~~크게 될~~ 클 책이다. 다음은 인터넷에 전해지는, 어느 세계적인 문호가 남긴 글쓰기 명언이라고 한다.

"아마추어들이 무엇을 쓸지 고민하는 사이 프로들은 쓰러 간다."

- 이태준의 《문장강화》는 글쓰기 전문 교과서다. 《공무원 글쓰기》를 넘어 더 깊은 글을 써보고 싶은 사람이라면 소장할 가치가 충분하다.
- '콘텐츠'가 어려운 말이므로 설명을 붙여줘야 한다.
- 임방울, 김연아는 설명을 붙이지 않으면 누구인지 모를 사람을 배려했다. 필자가 안다고 독자도 당연히 아는 것은 아니다. '독자도 이 정도는 알겠지' 싶어 생략을 자주 하다 보면 지방 사투리나 지금은 죽어버린 순우리말 많이 쓰는 것처럼 오히려 어렵고, 짜증나는 글이 될 수 있다.

10

글쓰기 훈련의 지름길, 필사筆寫를 위한 교과서

(법무사협회 2016. 10.)

흔히들 버킷리스트나 로망을 말하라면 세계 일주나 전국 도보 등 여행이 빠지지 않는다. 같은 로망일지라도 여행에는 몽블랑 만년필, 로렉스 시계와 다르게 '밥벌이의 지겨움'에서 탈출하고 싶다는 의식이 깔려있다. 심지어 날이면 날마다 먹고 뒹구는 한량을 꿈꾸는 사람 역시 명백히 그런 연유다.

김훈 《자전거 여행 1.2》

그렇다. 여행은 일단 돈을 버는 일이 아니라 쓰는 일이다. 을의 인생이 아니라 갑의 인생이다. 시간에 쫓기는 다급함도 없고, 반드시 해내야 할 과제도 없다. 이전에 겪지 못했던 풍경과 사람들을 내 마음 속의 화롯불에 끌어와 성찰의 탕국을 끓여내는 일이다. 이전과는 다른 각도로 사물과 인생을 바라보는 깨달음을 얻는다. 나와는 다른 삶을 사는 사람으로부터 나의 삶을 긍정, 부정, 교정한다. 그래서 여행은 치유이자 수행이다. 물론, 이때의 여행이란 짙은 커튼에 노래방 기계와 조명이 반짝이는 대형 버스 타고 우르르 몰려다니는 관광이 아니다.

그러나 로망이 로망인 것은 로망이기 때문이다. 그런 여행을 우리는 쉽게 떠날 수가 없다. 먹이고 가르쳐야 할 처자식들 때문이다. 인생 3대 재난 중 마지막인 '노년가난'을 면하려 한 푼이라도 더 벌어둬야 하기 때문이다. (참고로 나머지 두 재난은 소년등과, 중년상처(부)다.) 그러므로 잘 ~~쓰여진~~ 쓰인 '여행기'라도 읽어둬야 한다. 마치 여행을 하는 듯 간접 체험, 나중에 여행을 하게 될 때 ~~효과적으로 하기 위한~~ 보다 효과를 내기 위한 사전 공부, 소설가 김훈 같은 글쟁이들의 수려한 문장을 맛보는 일석삼조~~의 효과~~를 위해서다.

제목이 암시하듯 김훈~~의~~ 산문집《밥벌이의 지겨움》, 소설《칼의 노래》,《흑산》,《남한산성》을 베껴 쓰는 사람들이 많다는 것은 그만큼 그의 문체가 뛰어나다는 ~~것의~~ 방증이다. 탱크처럼 육중하게, 제비처럼 날렵하게, 장미 줄기의 숨은 가시처럼 날카롭게, 할머니의 엉덩이 모양 납작 퍼져 흐름을 멈춘 하류의 강물처럼 호흡이 멋게, 자유자재로 펼쳐지는 김훈의 글은 '베껴 쓰기'의 대상으로 안성맞춤이다. 그의 문장들을 꼼꼼히 읽다 보면 글을 잘 쓰는 조건이 보인다. '관찰, 생각, 공부'다.

그의 《자전거 여행1. 2》도 예외가 아니다. ~~쓰고자 하는~~ 쓰려는 대상을 ~~오랫동안~~ 오래 관찰하고, 말도 나누고, 이미 알고 있는 지식을 덧붙이고, 미처 몰랐던 것을 공부해서 한 줄 한 줄 문장~~이 만들어졌다~~. 을 만들었다. 태백산의 험준한 고갯길, 바닷가 갯벌, 부석사

무량수전, 산골 마을을 떠나지 못하는 맹인에 대해 쓴 그의 글들이 다 그런 식이다. 김훈과 고창 선운사 해우소(화장실)에서 잠깐 일 좀 보고 가자.

"술을 억수로 마신 다음날 아침에 누는 똥은 불우하다. 똥이 항문을 가득히 밀고 내려가지 못하고, 가락국수처럼 비실비실 새어나온다. 똥이 똥다운 활력을 잃고 기신거리면서 툭툭 끊긴다. 이것은 똥도 아니다. 삶의 비애는 창자 속에 있었다. 이런 똥은 단말마적인 악취를 풍긴다. 똥의 그 풍요한 넉넉함이 없이, 이 덜 썩은 똥냄새는 비수처럼 날카롭게 주인을 찌른다.
간밤의 그 미칠 듯한 슬픔과 미움과 무질서와 악다구니 속에서, 그래도 배가 고파서 집어먹은 두부김치며 낙지국수며 곱창구이가 똥의 원만한 조화에 도달하지 못한 채, 반쯤 삭아서 가늘게 새어나오고 있다. 이런 똥의 냄새는 통합성이 없다……. 이것은 날똥이다. 날똥을 들여다 보면 눈물이 난다. 이 눈물은 미칠 듯한 비애의 눈물이다. 날똥 새어나오는 아침의 화장실에서 나는 때때로 처자식 몰래 울었다. 날똥이여, 우리는 어디로 가고 있는가. 세월이여 청춘이여 조국이여, 모든 것은 결국 날똥이 되어 가락국수처럼 비실비실 새어나가는 것인가. 쉰 살 넘어서 누는 날똥은 눈물보다 서럽다……. 이럴 수만, 이럴 수만 있다면 얼마나 좋으랴. 대소변을 누듯 망집의 욕망도 훌훌 우리 몸 밖으로 내던질 수 있다면. 아, 인간이여. 헛된 욕심의 총화여, 슬픔이여."

내친 김에 광릉수목원 연못가에 앉아 수련이 피는 ~~지경도~~ 과정도 함께 지켜보자.

'수련은 물 위에 떠서 피지만, 한자어로는 물 수水가 아니라 잠들 수睡를 골라서 수련睡蓮이라고 쓴다. 아마도 햇살이 물위에 퍼져서 수련의 꽃잎이 벌어지기 전인 아침나절에 지어진 이름인 듯싶지만, 꽃잎이 빛을 향해 활짝 벌어지는 대낮에도 물과 빛 사이에서 피는 그 꽃의 중심부는 늘 고요해서 수련의 잠과 수련의 깸은 구분되는 것이 아닌데, 이 혼곤한 이름을 지은 사람은 수련이 꽃잎을 오므린 아침나절의 봉우리 속에 자신의 잠을 포갤 수 있었던 놀라운 몽상가였을 것이다……. 수련은 빛의 세기와 각도에 정확히 반응한다. 그래서 수련을 들여다보는 일에는 이른 아침부터 저녁까지, 하루 종일의 숨 막히는 허송세월이 필요하다."

바로 저 '숨 막히는 허송세월'이야말로 여행이 우리 모두의 로망인 치명적 이유가 아닐 수 없다. 김훈이 프로 사진가 이강빈과 자전거를 타고 전국을 돈 후 펴낸 《자전거 여행 1, 2》 권은 이미 오래 전에 나왔던 기행문인데 얼마 전 '문학동네'에서 리모델링 판으로 새롭게 출판했다.

- '버킷리스트, 로망'은 비슷한 뜻이다. 버킷리스트를 별도로 설명하지 않기 위해 좀 더 쉬운 단어 로망을 연이어 썼다.

- '같은 로망일지라도 여행에는 몽블랑 만년필, 로렉스 시계와 다르게 '밥벌이의 지겨움'에서 탈출하고 싶다는 의식이 깔려있다.' → 원문은 '같은 로망일지라도 몽블랑 만년필이나 로렉스 시계와 여행이 다른 것은 '밥벌이의 지겨움'에서 탈출하고 싶다는 의식이 깔려있다는 것이다.' 였다. '것'을 쓰지 않는 문장으로 교정했다. '밥벌이의 지겨움'은 차후 문단에 나오는 단행본 제목을 미리 차용한 것이라 작은따옴표로 묶었다.
- '이때의 ~이란'은 상투적이긴 하나 '이때 ~이란'보다 시적인 맛이 있어 즐겨 쓰는 편이다.
- '그러나 로망이 로망인 것은 로망이기 때문이다.'에서 접속사 '그러나'는 필요하다. '그러나'를 빼고 읽어보면 바로 판단이 된다.
- '할머니의 엉덩이 모양 납작 퍼져 흐름을 멈춘 하류의 강물처럼'은 어느 산문에서 한강 하류를 묘사한 김훈의 문장을 빌려왔다.
- 고갯길, 갯벌, 무량수전, 맹인이 서로 다른 글 소재이므로 복수 '글들이'로 써야 맞다.
- '화장실'에 관한 글이라 '인용' 대신 '일 좀 보고 가자'는 표현으로 익살을 부렸다.
- '지경' 단어가 어려워 쉬운 '과정'으로 바꿨다.
- 바로 저 '숨 막히는 허송세월'이야말로 여행이 우리 모두의 로망인 치명적 이유가 아닐 수 없다. → 강조가 필요한 문장은 길어지더라도 확실하게 강조법을 써줘야 한다. '숨 막히는 허송세월'은 저자가 글쓰기 삼도三道 중 공부(관찰)를 이야기 할 때 약방에 감초처럼 인용하고 있다.

11

읽다가 졸리면 베개 삼다가

(조폐공사 2016. 02.)

베르나르 베르베르는 일본의 무라카미 하루키처럼 국내에 고정 팬 층이 ~~두꺼운~~ 두터운 프랑스 소설가다. 스스로 "프랑스보다 한국에서 더 사랑 받는 것 같다."고 ~~말 할 정도인 말하는~~ 베르베르는 특히 이공계 출신이라서 과학적 상상력이 뛰어난데 《아버지의 아버지》, 《뇌》, 《개미》 같은 소설이 모두 ~~동물학을 포함한 과학~~에 해박한 그의 특기가 유감없이 발휘된 것들이다.

베르나르 베르베르
《상상력 사전》

~~그가 쓴~~ 《상상력 사전》은 소설이 아니다. 말 그대로 그의 온갖 지식을 집대성(?)해 상상력을 자극하는 사전식 산문집이다. 아마도 그가 문학의 여정을 걷는 과정에서 알게 되었거나, 실생활에서 알게 됐을 수백 가지의 재미있고 기발한 '잡학'들과 '근거 있는 과학적 상상'들을 간단간단하게 정리했기에 읽기도 참 편하다.

육체와 정신은 같이 노는 물이다. 건강한 육신에 도움이 되는 것은 치열한 '고민과, 고뇌'가 아닌 '휴식, 릴렉스'다. 한번에 다 읽기보다 옆에 두고서 잠깐잠깐 아무 페이지나 펼쳐서 읽으면 딱 좋을 책이 바로 《상상력 사전》이다. 두께가 무려 630페이지, 읽다가 졸리면 베개를 삼거나 호신용 무기, 스트레스 주는 동료의 뒤통수에 집어 던지기도 안성맞춤이다.

버터 바른 빵이 땅바닥으로 떨어질 때 하필이면 버터를 바른 면이 땅바닥에 닿는 것은 머피의 법칙이 아닌 과학적 이유가 있다. '인류 초기의 남성들이 팬티부터 입어 성기를 가려야 했던 진짜 이유, 초콜렛 케이크를 맛있게 만드는 법, 만약 우주에 우리밖에 없다면 무슨 일이 일어날지, 인류의 자존심을 여지없이 긁어버린 세 가지 사건' 등이 궁금하다면 이 책을 읽어 볼 것을 강권한다. 다음은 《상상력 사전》에 나오는 '고양이와 개' 이야기다.

> 개는 이렇게 생각한다. "인간은 나를 먹여 줘. 그러니까 그는 나의 신이야."
> 고양이는 이렇게 생각한다. "인간은 나를 먹여 줘. 그러니까 나는 그의 신이야."

참으로 간명하게 고양이와 개의 특성을 정리했다. 우석훈의 저서 《1인분 인생》에 따르면 실제로 개는 주인을 알아보고 주인에게 충성을 다하지만, 고양이는 자기에게 밥을 주는 사람을 알아볼 뿐이라고 한다. 믿거나 말거나지만.

이처럼 문화, 역사, 생활, 지리, 철학, 인류, 우주 등 온갖 분야에 걸쳐 이 천재적인 작가가 ~~톺아낸~~ 꿰뚫은 통찰력과 유머감각, 위트가 보통이 아니다. 비워야 비로소 채울 수 있다~~고 한다~~. 더구나 창의력, 창의력…… 요즘 대학교는 물론 기업들까지 '창의력 있는 인재'가 화두다. 그 창의력의 개발을 위해서라도 이 책은 충분히, 두고두고 펼쳐 볼만한 가치가 있다. 오만 가지 분야 383편의 '사실과 상상'에 시간 가는 줄 모르고 낄낄거~~리게 될~~릴 것이다.

- '두껍다'는 부피를 표현하지만 '두텁다'는 '신뢰, 정이 굳고 깊다'는 의미를 포함한다.
- '노는 물이 다르다.'는 흔한 말에서 '육체와 정신은 같이 노는 물'을 끌어내니 표현이 근사하다.
- '고민, 고뇌'가 아닌 '휴식, 릴렉스' 또는 '고민과 고뇌'가 아닌 '휴식과 릴렉스'처럼 등가로 배치되는 전후 문구는 균형, 통일성을 주어야 한다.
- '읽다가 졸리면…… 안성맞춤이다.'는 두꺼운 책을 소재로 대화할 때 흔히 쓰는 표현이다. 흔하다고 나쁜 것은 아니며, 오히려 이해하기도 쉽다. '~하거나 ~하기도'는 균형을 갖추는 글쓰기이므로 '베개 삼거나 집어던지기도 안성맞춤이다.'가 '베개 삼거나 집어던지기 안성맞춤이다.'보다 읽을 때 자연스럽다.
- '땅바닥'에 '땅'이 굳이 붙을 이유가 없다. 빵은 주로 실내에서 먹으므로 엄밀히 따지면 '땅바닥'은 맞지 않는 단어다.

- '톺아내다'처럼 대중적이지 않아 어렵거나 생소한 낱말은 안 쓰는 것이 좋다. 독자에게 검색의 불편함을 안긴다. 검색이 잦다보면 짜증이 나고, 짜증이 나다보면 책을 집어던진다.
- '~한다고 한다.'는 자신 없을 때 많이 쓰는 표현이다. 자신 있게 써야 문장에 힘이 밴다.
- '낄낄거리게 될 것'은 피동형 문장이다. 능동형 '낄낄거릴 것'이 나은 표현이다.

12

책에서 밥이 나왔다, 그것도 아주 듬뿍

(아시아경제신문 2015. 06.)

윤승용《리더의 서재에서》

메르스 제압을 위해 최전방에서 사투를 벌이고 있는 의료인들과 가족들이 따돌림의 ~~대상이 되고~~ 당하고 있다. 변괴 중의 변괴다. 누구보다 격려 받고, 위로 받아야 할 사람들이 그들이다. 헤밍웨이《노인과 바다》와 폰 예링《권리를 위한 투쟁》이 우리에게 말하려는 존엄과 지성을 갖추지 못한 민낯이 사회적 위기를 맞아 그대로 드러난 것이다. 이게 다 책에서 밥 나오냐며 책을 멀리한 결과다.

읽어야 할 책들이 너무 많아, 읽지 못하는 책들이 너무 많다. 《그리스인 조르바》, 《안나 카레리나》, 《까라마조프 가의 형제들》도 그렇다. 한국인도 다 읽지 못하는 판에 언제 그리스인까지, 하동 평사리 최 참판 댁 사연(박경리《토지》)도 벅찬데 저 멀리 러시아 지주 가문의 내력까지 신경 쓸 시간이 있겠는가?

그런데 "20대에 읽었던 최고의 책으로서 자유로운 인간으로 산다는 것의 의미를 일깨워주었다. 책을 읽다가 숨이 가쁠 정도로 가슴이 벅차올라, 연세대학교 야구장에 가서 무작정 뛰었던 기억이 난다"고 말하는 김상근 교수의 인터뷰를 읽는 순간 《그리스인 조르바》~~(이윤기 옮김, 열린책들)~~를 읽지 않고는 더 이상 버틸 재간이 없어 당장 뛰쳐나가 책을 사오고야 말았다. 이게 다 언론인 윤승용의 신간 《리더의 서재에서》 탓이다.

여전히 '책에서 밥 나오냐' 묻는 사람이 종종 있다. "어디 밥만 나온다뿐이겠는가? 책에는 희망, 꿈, 지혜, 미래까지 모든 것이 들어 있다."고 《리더의 서재에서》~~(에서)~~ 대신 답하는 이는 김윤주 군포시장이다. 가난으로 중학교에 진학하지 못했던 그에게 다행히 외삼촌의 책방이 있었다. 닥치는 대로 책을 읽으며 아픈 마음을 달랬던 것이 나중에 네 번이나 시장에 당선돼 '책 읽는 군포'부터 이룬 힘이 됐다. '책심이 밥심이다'의 산 증거다.

'사람은 책을 만들고, 책은 사람을 만든다. 책 한 권이 한 사람의 인생을 바꾸고, 나아가 세상을 바꾼다'는 말은 백 퍼센트 맞는 말이라서 외려 진부하다. 그럼에도 34명 리더들의 독서 편력을 듣자면 나와 내 자식들이 더욱 책과 친하게 지냈으면 좋겠다는 생각이 절실해진다. 더구나 이 책은 여러 방향으로 읽혀서 더 좋다.

첫째, 인간의 존엄성을 최고로 여기는 34명 리더들의 삶의 궤적을 읽는다. 리더의 과거와 현재를 참고해 리더의 조건과 자세 등 지름길을 찾아가는 것이다. 둘째, 인문학자·과학자·의학자·법조인·서평가·대학총장·정치인·행정가·경영인·외교관·야구해설가 등 각 분야에서 일가를 이룬 사람들의 인생철학과 전문지식을 엿볼 수 있다. 셋째, 리더들이 직접 추천하거나 본문에서 언급되는 200여 권의 명저가 있다. 직업이 다양한 만큼 책의 범주도 다양하다. 독자가 누구든 그중에 당장 읽고 싶은 욕구가 돋는 책이 몇 권 있을 것임은 분명하다.

34명 리더들은 '한결같이 책과 인문학을 생활의 일부로 반려하면서도 세상에 대한 관심과 애정을 동시에 아우르는 열정과 부지런함을 겸비'하고 있다. 그들은 오늘도 책으로 인해 '무럭무럭 늙어가는 중'이다. 마지막 문장은 이재무 시인의 표현을 표절했다.

- 제목을 매우 잘 뽑았다. 본문이 전하려는 메시지를 충분히 대변하면서 광고 카피처럼 간결하다.
- '이게 다 책에서 밥 나오냐며 책을 멀리한 결과다.'가 제목과 호응하며 서론의 긴장을 높이는 역할을 하고 있다.
- 원문에는 '최 참판댁', '벅차 올라'로 써서 띄어쓰기가 틀렸다. '가정, 집의 높임말 댁은 띄어쓰고, 백두댁, 지리댁처럼 출신지를 말하는 접미사 댁은 붙여 쓴다. 띄어쓰기는 너무 복잡하고 용례가 많아 외우기도 어려우므로 워드 프로그램(MS Word, HWP)이 맞춤법 검사기능으로 밑줄 쳐 경고해주는 것만 유념해도 큰 실수는 면할 수 있다.
- '이게 다 언론인 윤승용의 신간 《리더의 서재에서》 탓이다.'는 '이제 책 소개를 시작하겠다'는 뜻을 담는 동시에 앞에 있는 '이게 다 책에서 밥

나오냐며 책을 멀리한 결과다.'와 호응해 맥락을 이어나가는 역할을 한다.

- 《리더의 서재에서》~~(에서)~~ → 책 제목을 자연스럽게 연결어로 활용하는 아이디어 문장이다.
- '책심이 밥심이다' → 앞 문장의 '힘'을 받으면서 '밥힘 → 밥심'으로 사투리를 써 맛깔을 더했다.
- '사람은 책을 만들고, 책은 사람을 만든다.'는 독서와 관련돼 가장 유명한 금언이고, 진짜로 맞는 말이다.
- 〈SNS 글쓰기〉에서 말한 대로 '무럭무럭 늙어가는 중'은 남의 좋은 표현을 메모해두었다 활용하는 것이라 작은따옴표로 묶었고, 연이어 '마지막 문장은…… 표절했다.'를 일부러 씀으로써 독자가 웃으며 읽기를 마치도록 했다. 글을 재미있게 써서 손해될 일은 없다.

제8장

산문 쓰기

산문 역시 '얼개 짜기'는 〈제7장 칼럼 쓰기〉의 얼개 짜기가 동일하게 적용된다. 이 장은 저자가 아주경제신문에 연재했던 산문 〈최보기의 그래그래〉를 중심 교본으로 의도적으로 적용한 글쓰기 '삼도(三道)·사기(四基)·육법(六法)'을 해설한다. 칼럼이든 산문이든 긴 글을 쓸 때는 독자의 몰입도를 생각하며 써야 한다. 독자는 글이 맥락을 잃거나 재미없어 지루함을 느끼면 읽기를 중단한다. 장문은 적당한 긴장과 재미로 독자가 글 마지막 문장까지 빠져들 수 있도록 호흡을 놓치지 않는 것이 중요하다. 교본으로 추린 산문들은 독자들 반응이 좋았던 것들이므로 '책 속의 책'으로 가볍게 읽어도 좋을 것이다. 글쓰기 훈련 중 첫째가 '다독(多讀)'이니까!

01

오늘도 안녕! 달래 씨

(아주경제신문 2017. 07.)

'달래 씨'와의 첫 만남은 1963년 음력 8월 12일 해거름에 이뤄졌다. 그러나 달래 씨와의 구체적인 기억은 6살 이후부터 시작될 터라 저 날은 달래 씨의 기록이 아닌 기억에 의해 추정됐을 뿐이다. 그때만 해도 남해안 섬에서는 대부분 아이들 출생신고를 아이가 태어난 이듬해 동네 이장이 단체로 했기에 국가 공식 기록은 '640606'이다. 하여간 달래 씨의 저 기억이 정확한지, 해거름은 도대체 몇 시인지 아리송해 평생 사주팔자를 못 본다. '교회 종 칠 때, 토끼 밥 줄 때' 엄마를 처음 만난 동네 또래 아이들 역시 그렇다.

아직 달래 씨 탯줄에 의지해 숨을 쉬던 때 군청 소재지에 산부인과 병원이 있었다. 이미 6명의 자식을 낳아 그중 한 명을 어려서 저 세상에 보낸 달래 씨는 더는 아이를 낳고 싶지 않아 한 날 굳게 마음을 먹고 멀리 그 병원을 찾아갔다. 그런데 가는 날이 장날이라고 마침 그날 의사가 출타 중이었다. '에고, 이놈을 낳아서 키우라는 소린갑다'며 집으로 돌아오는 통에 구사일생으로 달래 씨와 만

날 수 있었다.

달래 씨는 1929년에 태어났다. 물론 이 역시 국가 공식 기록일 뿐, 텔레비전에 고 김대중 대통령이 나오기라도 하면 '저이와 내가 동갑'이란 말씀을 자주 하셨다. 그러나 김 대통령의 출생 연도와 5년의 차이가 있으니 달래 씨의 실제 연세는 아마도 아흔 살 언저리로 보면 비교적 정확할 것으로 추정된다. 지금에야 확인할 길도 없지만 굳이 그리할 이유도 없겠다.

올해 (아마도) 아흔 살의 달래 씨는 완전문맹이다. 1930년대의 일제시대 남해안 섬에서 태어났던 많은 딸들이 그러했다. 열여덟 살에 옆 마을의 두 살 위 총각과 결혼 해 서른여섯 즈음에 생존한 4남 2녀의 막둥이 아들을 낳으셨다. 그토록 가난했던 섬마을에서 쉴 틈 없는 농사일, 갯일 사이 모두 8명 가족의 삼시세끼 밥상을 꼬박꼬박 차리고, 빨래와 청소 등 가사 일체를 돌보며, 젖먹이 어린 자식까지 양육했다는 것은 지금으로 치면 실로 상상할 수 없는 대역사다. 어쨌든 달래 씨는 그 일을 모두 해냈다. 그것도 '흰 건 종이요, 검은 건 글자'라는 까막눈으로.

성장한 자식들이 하나 둘 대도시로 떠나간 쉰 살 즈음의 달래 씨는 무슨 수를 써서라도 막내아들만큼은 가르치겠다는 결의를 다졌다. 그래서 섬마을의 재산을 총정리 해 한 푼이라도 현금을 벌기 쉬운 가까운 육지 항구 읍내의 완전 빈민가로 이사를 결행했다. 그때부터 까막눈 달래 씨의 행상은 시작됐다. 읍내 재래시장 노점에 함지박 두어 개를 놓을 떳떳한 자기 자리가 생길 때까지 3년을 달래 씨는 주변 가게 건물 귀퉁이를 떠돌며 눈치 장사를 해야 했다. 달래 씨의 상품은 멸치, 도라지, 조개 등등. 낮에는 종일 장사하고 밤에는 도라지를 까거나 조개를 다듬는 일과를 반복했다.

어느 날, 중학교 2학년이던 막내아들은 친구들과 거리를 걷다가 어판장에서 리어카에 조개를 가득 싣고 시장으로 향하던 달래 씨를 먼발치에서 봤다. 작은 내리막길에 들어서자 힘에 부친 달래 씨가 리어카를 제어하려고 핸들을 꼭 잡은 채 바닥에 엉덩이를 대고 리어카 받침대를 브레이크 삼아 땅바닥에 긁히며 엉금엉금 기어 내려갔다. 막내아들은 얼른 뛰어가 돕는 대신 그런 달래 씨가 엄마라는 것이 창피해 애써 외면한 채 제 길을 가고 말았다. 또 어느 날 저녁엔 무슨 돈 8천 원을 안 준다고 단칸방 부엌의 펄펄 끓는 연탄불에 찬물 한 바가지를 퍼부어 부엌을 난장판으로 만듦으로써 달래 씨가 방파제에 나가 대성통곡을 하게 하기도 했다.

그토록 철없던 아들의 학교와 학년이 높아질수록 달래 씨의 머리 위 함지박도 비례해 무거워졌고, 달래 씨의 목은 반비례로 짧아졌다. 도시로 유학 간 아들의 학비와 생활비를 위해 붕어빵 몇 개를 사먹을까 말까 고민고민하다 집에 들어와 찬물 한 바가지로 점심을 때우고 다시 시장으로 나가기도 했다. 그 와중에도 달래 씨는 신체 작은 아들이 도시에서 날마다 얻어맞지나 않을까 걱정이 돼 이불을 둘러쓰고 울기도 했다.

그렇게, 그렇게, 그렇게, 막내아들은 무사히 대학까지 마칠 수 있었다. 취직하고 결혼도 했다. 1남 1녀의 가정도 이루었다. 대도시에 집칸도 마련했고 신문에 대문짝만 한 칼럼도 쓴다. 그 사이에 제 새끼 키운다고 제대로 돌아보지 못했던 아흔의 달래 씨가 사는 집은 그 항구 인근의 요양원으로 바뀌었다. 언제든 맨발로 반기던 막둥이 아들이 가뭄에 콩 나듯 찾아가 '엄마!' 하고 불러도 침묵으로 일관하신다. 벌써 나이 오십을 넘겼음에도 막둥이에게는 어머니보다 엄마가 더 익숙하다. 달래 씨는 그 막둥이 아들인 나의 엄마다.

나는 왜소하다. '노가다'라도 할 수 있을까 싶게 왜소하다. 하여 달래 씨가 죽을힘으로 나를 가르치지 않았다면 그때의 내 인생이 어떠했을지는 상상하기조차 싫다. 그 달래 씨가 이제 시나브로 멀어져 간다. 따라 가려야 갈 수 없는 곳으로 멀어져 간다. '막둥아! 새끼들 잘 키우고 각시랑 잘 살아야 한다'는 게 역력한 오매불망을 내 가슴에 수북이 내려놓고 휘적휘적 멀어져 간다. 바닥까지 타 들어간 촛불처럼 위태위태 출렁이며 아득해져 간다.

나는 그런 달래 씨, 나의 엄마에게 '미안해요. 사랑해요. 고마웠어요.'란 말밖에 할 수 있는 게 없다. 내가 이제껏 겪은 인생으로는 '아부지'란 단어가 '엄마'보다 결코 가볍지는 않으나 내겐 그 아부지로 인해 엄마가 더욱 숭고하디 숭고하시다. 오늘도 안녕! 달래 씨.

- 호칭 '씨'(홍길동 씨, 김 모 씨, 영자 씨…)는 띄어 쓰고, 신분 뒤에 존대의미로 쓰는 '씨'(제수씨, 형수씨)는 붙여 쓴다. 성에 연관된 '씨'(안동 김씨, 박씨, 최씨…)도 붙여 쓴다. 계속 하는 말이지만 우리말 띄어쓰기 법칙이 너무 복잡하다. 주무관 스스로 읽었을 때 자신의 뜻이 표현됐다고 판단하면

법칙에 지나치게 얽매이지 말고 편하게 써도 무방하다. (솔직히 보고 받는 사람도 띄어쓰기 법칙에 둔하지 않은가 말이다.)

- 첫 문장 "'달래 씨'와의 첫 만남은 1963년 음력 8월 12일 해거름에 이뤄졌다."는 '달래 씨가 누구지? 첫사랑인가?' 같은 호기심을 불러일으키려는 의도로 썼다. 사람에 따라 별 감흥이 없을 수도 있지만 모든 독자를 만족시키는 글은 세상에 없다. 평소 자기 글에 자신감을 가져야 한다. '달래 씨'를 작은따옴표로 묶은 이유는 '그 이름에 뭔가 사연이 있다'는 암시와 호기심을 위해서다. 글 뒷부분 '달래 씨는 그 막둥이 아들인 나의 엄마다' 문장에서 암시가 풀린다.
- '대부분 아이들의 출생신고를 태어난 이듬해'가 칼럼으로 출고된 원문인데 《공무원 글쓰기》에서 '출생신고를 아이가 태어난 이듬해'로 다시 교정했다. '퇴고'는 이렇게 끝이 없다.
- '교회 종 칠 때, 토끼 밥 줄 때'는 유머 코드다. 실제로 그런 친구들이 있다. 앞 문장에서 '태어난 시時를 정확히 몰라 사주팔자를 볼 수 없다'고 했으므로 '교회 종과 토끼 밥을 수시로 줬기에 시를 알 수 없다'는 설명을 덧붙이는 것은 '지나친 친절'에 해당된다.
- 무대가 1960년대 남해안 섬이다. 이쯤에서 '에고, 이놈을 낳아서 키우라는 소린갑다' 정도 약한 구어체나 사투리가 글을 맛깔스럽게 한다. 과유불급, 사투리가 너무 잦으면 타 지역 출신 독자들에게 글이 어려워지면서 짜증을 유발한다.
- '올해 (아마도) 아흔 살의 달래 씨는 완전문맹이다.'는 첫 문장의 호기심을 연장시키는 역할을 한다. 그리고 '달래 씨'에게는 안된 이야기나 글

은 솔직해야 독자도 공감한다.

- 글은 '서론-본론-결론, 발단-전개-위기-절정-결말, 기-승-전-결' 같은 흐름을 가져야 독자가 몰입한다. '달래 씨가 엄마라는 것이 창피해 애써 외면한 채 제 길을 가고 말았다.' 이하는 결말의 반전을 예비하는 '위기-절정'에 해당된다.
- '나는 왜소하다. '노가다'라도 할 수 있을까 싶게 왜소하다.' 이하는 어머니의 숭고함을 극적으로 드러나게 하는, 솔직한 고백이다. 독자들의 공감도 최고조에 이른다.
- '죽을힘'은 독립단어로 붙여 써야 한다. '쓸데없이, 난데없이, 사정없이, 띄어쓰기, 못돼먹은, 막돼먹은, 뒤따르다' 등도 마찬가지다. 반면 '띄어 쓰다, 붙여 쓰다, 붙여 쓰기'는 띄어 써야 한다. 다시 말하지만 이렇게 난이도 높은 문법, 띄어쓰기 등은 '해당 표현이 법, 규정 상 문제를 일으키지 않을 경우' 주무관이 읽어 의사 소통에 문제가 없으면 그대로 써도 무방하다. '문법'과는 비교불가 중요한 일이 '보고'이기 때문에 그렇다.
- '따라 가려야 갈 수 없는 곳으로 멀어져 간다.'는 이 글을 쓰게 된 동기(모티브)가 돼준 문장이다. 치매에 걸린 어머니에 대한 글을 쓴 중국 어느 작가의 산문을 읽으며 '달래 씨' 글을 쓰기로 했고, 저 문장을 빌려왔다. 표절은 나쁘지만 잘 빌려 쓰는 것은 재주다.
- "'아부지'란 단어가 '엄마'보다……"는 '아버지'보다 '아부지'가 글의 맥락상 느낌이 더 좋아 썼고, 뒤따르는 '엄마'를 '어무니'로 맞춰 쓰면 왠지 작위적인 느낌이 들 것 같아 쓰지 않았다.

02

엄마를 부탁합니다

(아주경제신문 2018. 03.)

지난해 7월 4일, '달래 씨와 나의 첫 만남은 1963년 음력 8월 12일 해거름에 이뤄졌다'로 시작하는 '오늘도 안녕! 달래 씨'를 여기에 썼었다. 저 아랫녘 섬에서 일평생 까막눈 진달래 씨가 4남 2녀 중 막내아들인 나를 키우고 가르친 사연이었다. 나는 왜소하다. 노가다라도 할 수 있을까 싶게 왜소하다. 하여 달래 씨가 죽을힘으로 나를 가르치지 않았다면 그때의 내 인생이 어떠했을지 상상하기조차 싫다. 그 달래 씨가 이제 시나브로 멀어져 간다. 따라가려야 갈 수 없는 곳으로 멀어져 간다. '막둥아! 새끼들 잘 키우고 각시랑 잘 살아야 한다'는 게 역력한 오매불망을 내 가슴에 수북이 내려놓고 휘적휘적 멀어져 간다. 바닥까지 타들어간 촛불처럼 위태위태 출렁이며 아득해져 간다. 나는 그런 달래 씨, 나의 엄마에게 '미안해요. 사랑해요. 고마웠어요.'란 말밖에 할 수 있는 게 없다고 했었다. 그러나 고백하건대 나는 그때까지도 나의 엄마 달래 씨에게 "사랑해요. 고마웠어요."란 말을 하지 않고 있었다. 차마 할 수 없었는지도 모르겠고, 새삼스러운 것이 쑥스러웠는지도 모르겠다.

그렇게 엄마가 요양원에 희미하게 누워있는 사이 젊은 오촌 조카가 먼저 병원에서 세상을 떠났다. 오랫동안 간병을 했던 조카의 엄마이자 나의 형수는 오열했다. '아들에게 하고 싶은 마지막 말을 하지 못해, 아들로부터 듣고 싶은 마지막 말을 듣지 못해 더 가슴이 미어진다'고 했다.

자신의 삶이 막바지에 이르렀음을 안 조카는 친구들에게 '내 생이 끝나는 것 같다. 다음 생에서 다시 만나자'는 문자 메시지를 보냈다. 그러나 옆에 있는 엄마에게는 차마 '나 이제 죽을 것 같다'는 포기 의사를 내비칠 수 없었다. 그런 말을 하면 엄마가 너무 슬플 것 같아서, 너무 미안해서.

형수 역시 아들의 운명을 예감했다. '너 때문에 행복했다. 편히 잘 가라. 엄마에게 마지막으로 하고 싶은 말 없니?'란 말이 불쑥불쑥 치밀었지만 끝내 묻지 못했다. 미안해서 차마 그럴 수 없었다. 형수는 조카로부터 '엄마, 사랑해요'란 마지막 말을 듣고 싶었건만 그러지 못한 채 영원한 이별을 하고야 말았다.

3주 전 고향에 있는 형이 전화를 했다. 엄마 때문이었다. 일주일이 흘렀다. 새벽에 아파트 베란다에서 별을 보자니 '엄마가 지금 나를 기다리시는구나' 생각이 불쑥 들었다. 날이 밝자 고향에 내려갔다. 병원 침대에 누운 엄마는 물도 삼키지 못해 주사기로 연명하고 있었고, 죽은 듯이 잠들어 있었다. 어쩌다 가끔 눈을 힘들게 뜰 뿐 말도 하지 못했다. '그래도 귀는 열려있을 것'이라고 의사는 말했다.

"엄마, 막내아들 왔소. 엄마가 사랑하는 보기 왔소."

나는 가녀린 노인의 손을 꼭 잡고 귀에다 속삭였다. 그렇게 몇 번을 했을까, 엄마가 희미하게 눈을 떴다. 그리고 몇 초 동안 나를 응시하다 다시 눈을 감았다. 엄마는 나를 기다리고 있었고, 내 말도 들렸던 것이다. 나는 오랫동안 엄마 귀에 여러 번 속삭였다.

"엄마, 사랑해요. 나에게 엄마가 돼준 것 고마워요. 엄마 은혜로 가족들 행복하게 잘 살고 있어요. 엄마 은혜 끝까지 잊지 않을게요. 엄마, 나 걱정하지 말고 잘 가요. 가서 그렇게 보고싶어 했던 큰형이랑 만나세요. 엄마, 사랑해. 엄마, 고마웠어. 엄마, 잊지 않을게……."

그 순간 엄마 눈가에 눈물이 맺혀있는 것을 나는 똑똑히 보았다. 눈을 감고 힘들게 숨을 끌어 쉬는 엄마가 무슨 말을 하려고 입술을 달싹이는 것도 나는 분명히 보았다. 그리고 짧은 외마디가 숨소리에 섞여 새어 나왔다. 두 번이었던 것 같다. '사랑해'였다. 분명 세 글자의 말이었고, 첫마디가 '사'였고. 입술 모양이 '사랑해'였다. 나는 엄마가 '사랑해'라고 마지막 말을 한 것으로 믿어 버리기로 했다.

그로부터 얼마 후 엄마는 떠났다. 엄마를 묻을 때 형이 '닭띠 출생자는 안 좋으니 하관을 보지 말고 등을 돌리라' 했다. 나는 그 새 아들에게 '등을 돌리라' 말을 하고 있었다. 순정한 사랑은 그렇게 아래로 흘러내렸다. 엄마가 그렇게 떠났던 날은 오래 전 큰형이 떠났던 바로 다음 날이다. 제삿밥 드시러 온 큰형이 "엄마, 이제 나랑 갑시다." 했던 것일까. 형님, 엄마를 부탁합니다.

- 제목 '엄마를 부탁합니다'는 신경숙 장편소설 《엄마를 부탁해》에서 빌려왔다. 언론이나 블로그 등을 통해 포털에 노출되는 글은 '클릭 수'를 높이기 위해 '최신 인기 검색어'를 의도적으로 몇 개씩 끼워 넣는다.
- '아들에게 하고 싶은 마지막 말을 하지 못해…' 이하는 같은 일을 겪게 될 독자들에게 '말을 해야 후회가 남지 않는다.'는 사실을 알려줘 공감을 높이려고 쓴 것이다.
- "엄마, 이제 나랑 갑시다."처럼 큰따옴표나 작은따옴표 안에 인용된 문장의 마침표는 찍는 것을 원칙으로 하되, 안 찍는 것도 허용한다.
- '엄마가 그렇게 떠났던 날은……' 이하 마지막 종료 문장 '형님, 엄마를 부탁합니다.'는 이 글의 얼개를 만들 때 이미 계획돼 있었다.
- 아주경제 연재 '최보기의 그래그래' 산문 중 독자 반응이 가장 뜨거웠던 글이다. 정직하게 쓴 글이라서 그랬을 것이다.

03

혹시 이순신을 아십니까?

(아주경제신문 2017. 10.)

10일 간의 황금연휴 동안 뭘 하며 지낼까 생각하는 동안은 그렇게 행복할 수가 없었다. 하고 싶은, 해야 할, 할 수 있는 일이 너무 많았기 때문이다. 나는 읽고 싶었으나 못 읽은 책, 읽긴 했으나 정리돼 있지 않은 책들을 제대로 읽자고 작심했다. 먼저 고른 책이 '이순신'이었다. 여기저기서 장군을 대할 때마다 '내가 이순신 장군에 대해 모르는 것이 참 많다'는 생각이 든 게 한두 번이 아니어서다. 그래서 장군이 쓴《난중일기》와 장계, 선조실록 등을 종합해 정리한《삼가 적을 무찌른 일로 아뢰나이다》 등 이순신 장군과 관련된 책 네 권을 준비했다.

거기다 동서양 막론 '나 그 소설에 감동 받았다'고 해야 대우받을 것 같은 톨스토이의《안나 카레니나》, 국내에서도 어마어마한 물량으로 읽혔던 시오노 나나미의《로마인 이야기》 중 클라이막스라 할 수 있는 율리우스 카이사르 편 등을 포함해 10권이 훌쩍 넘었다. 특히 카이사르를 고른 이유는 서양인들이 그들 역사의 최고로 치는 영웅과 이순신 장군을 수평 비교해 보고 싶은 의도 때문이었다. 뭐, 그래도 10일이라면 추석 행사 좀 치르더라도 시간은 충분할 것 같았다.

연휴 첫날 설레는 마음으로 저자 이순신의 《난중일기》를 잡았다. 물론 이번이 처음 읽는 것은 아니다. 그러나 '이순신 장군을 제대로 알아보자. 카이사르라는 로마영웅과 비교해보자'는 내심의 목표를 가지고 책을 폈더니 이전의 독서행태와는 다르게 사뭇 진지했다.

임진왜란이 발발했던 1592년 1월 1일의 '맑다. 새벽에 아우 우신과 조카 봉과 아들 회가 와서 같이 이야기를 나누었다. 다만 어머니 곁을 떠나서 두 해째 남쪽에서 설을 쇠자니 슬픔이 복받쳐 온다. 전라 병사의 군관 이경신이 병사의 편지와 설 선물과 장편전(긴 화살), 그리고 여러 가지 물건을 가져왔다'는 첫 일기부터 노량에서 적탄에 숨지기 전날인 1598년 11월 16일 '어제 복병장인 발포 만호 소계남과 당진포 만호 조효열 등이 왜의 중간 배 한 척이 군량을 가득 싣고 남해에서 바다를 건너는 것을 한산도 앞바다까지 쫓아 나갔던 일을 보고하였다……. 잡은 왜선과 군량은 명나라 군사에게 빼앗기고 빈손이었다'는 마지막 일기까지 어느 한 날의 일기도 소홀히 읽혀지지 않았다.

정유재란 직전 이중 정보를 흘려 장군을 부산 앞바다로 유인해 격파하려 했던 고니시 유키나가(소서행장)의 간계에 맞서 선조의 부산 출격명령을 목숨을 걸고 거부했다가 한양으로 끌려왔던 장군은

1597년 4월 1일 '맑다. 옥문을 나왔다. 남대문 밖에 있는 윤간의 종의 집에 이르렀다……. 윤기헌도 왔다. 정으로 권하며 위로하니 사양하지 못하고 억지로 술을 마셨더니 취하여…… 땀으로 몸이 흠뻑 젖'으며 석방됐다.

다음 날인 2일 장군은 '저물녘에 성 안으로 들어가 정승(유성룡)과 이야기를 하다 닭이 울어서야 헤어져 나왔'고, 3일 백의종군을 위해 '일찍 남으로 길을 떠'났다. 그날부터 합천에 있던 도원수 권율의 진영에 이르기까지, 이순신을 대신한 삼도수군통제사 원균의 칠천량 해전 참패 후 12척의 배로 다시 조선 수군을 복구하기까지, 와중에 13척 대 133척이 벌이는 '명량 해협의 결투'를 벌이기까지, 최후의 노량해전을 준비하기까지, 짧게 써내려간 일기들의 문장마다 당시의 역사적 배경에 숨은 안타까움, 애처로움, 분노, 슬픔, 탄식과 감동, 감탄이 새나오지 않는 것이 없었다.

명량에서 '천운'으로 사선을 넘었지만 '곽란으로 인사불성이 되었다. 대변도 보지 못했다', '병세가 몹시 위험해져서 배에서 머무르기가 불편하였다', '가는 곳마다 마을이 텅텅 비어있었다. 바다 가운데서 잤다'. '코피가 터져 한 되 넘게 흘렀다', '생원 최집이 보러 왔는데 군량으로 벼 40섬과 쌀 8섬을 가져왔다. 며칠간 양식으로 도움이 크겠다', '북풍이 크게 불어 배에 탄 군사들이 추위를 견디기 어려웠다. 나도 웅크리고 배 밑창 방에 앉아 있었다. 하루를 지내는 것이 한 해를 지내는 듯 마음이 편치 않았다. 저녁에 북풍이 더 크게 불어 배가 몹시 흔들렸다. 밤새 땀으로 온몸을 적'시는 장군 앞에서는 마침내 목울대까지 차있던 울음이 펑펑 터져 나오고야 말았다.

그날이 황금연휴의 마지막 날이었다. 그러니까 나는 10열 권이 넘는 책을 쌓아놓고 연휴 첫 날을 맞이했지만 《난중일기》 한 권으로 10일을 지샌 것이었다. 책이 두꺼워서가 아니었다. 일기마다 인터넷의 자료들을 탐색하지 않을 수 없어서 속도가 더디었다. 그러니까 나는 이순신 장군을 완벽히 오판했던 것이다. 그는 하루 이틀, 서너 권의 책으로 알 수 있는 그런 인물이 아니었다. 10일을 이순신에 묻혀있었지만 이제 겨우 장군에 대해 문턱 정도 넘은 것 같다. 그것만으로도 앞으로 남은 내 인생을 '잘' 살아야겠다는 지평이 더 넓게 열린 것으로 나는 지난 10일에 무한 감사한다.

장군의 일기가 남아있지 않고, 다른 기록도 빈약하지만 장군의 대첩에는 '한산, 명량, 노량' 말고도 노량 직전의 7월 19일, 왜선 100척 중 50척을 수장시켰던 '절이도 대첩'이 있었다. 3전 23승의 기록 중 제21전이었다. 난중일기의 '절갑도'로 추정되는 그 섬이 지금은 거금도로 이름이 바뀌었다. 기회가 된다면, 꼭 기회가 된다면 그날 그 섬 바닷가에서 '진짜 사나이 이순신'과 마주해 마음껏 '개겨보고' 싶다. 그 섬은 나의 고향이다.

- '나는'이란 주어는 꼭 필요한 때가 아니면 생략해야 문장이 더 간결해진다.
- '정으로 권하며 위로하니 사양하지 못하고 억지로 술을 마셨더니 취하

여…… 땀으로 몸이 흠뻑 젖'으며 석방됐다. → 일기 본문은 '흠뻑 젖었다'로 끝난다. 남의 글을 인용할 때는 원문과 달라지는 글자 앞에다 따옴표를 찍어 원문과 필자 글을 구별해줘야 한다.

- '명량 해협의 결투'는 독자에 따라 오래된 서부영화 'OK목장의 결투'를 떠올릴 수도 있다.
- '책 열 권'이라고 말하지 '책 십 권'이라고 말하지 않는다. 《대통령의 글쓰기》 저자 강원국도 '말하듯 글을 쓰라'고 했다. 마찬가지로 '십 일'이라고 하지 '열 일'이라고 하지 않는다.
- '지평'을 '지평선'으로 쓰는 실수를 삼가야 한다. '삼가다'를 '삼가하다'로 틀리게 쓰는 것도 삼가야 한다. 한 단어를 쓸 때마다 제대로 쓰는지 생각하면서 써야 한다.
- 글맛을 위해 '개기다'는 비속어를 일부러 썼다. 비속어라 작은따옴표로 묶었다.
- 마지막 문단 '그 섬은 나의 고향'인 사연을 두괄식으로 먼저 이야기했다면 반전의 묘미가 덜할 것이다.
- 이 글에 인용된 《난중일기》 본문은 기승전결 구조를 갖추는 얼개를 짜면서 어느 날, 어떤 내용의 일기를 어디쯤에서 인용할지 미리 결정했다. '얼개 짜기'를 자주 강조하고 있다.
- '마침내 목울대까지 차있던 울음이 펑펑 터져 나오고야 말았다.'는 문장은 이 글을 다시 읽을 때마다 오글거린다. 진짜 펑펑 울었겠는가? 울지 않았다. 독자의 감정이입을 최대한 끌어올리려고 과장해 쓴 것이다. 거짓말 문장이라 다시 읽을 때마다 스스로 쑥스러운 것이다. '정말 존

경스럽지 않을 수 없었다, 정말 마음이 숙연해졌다' 정도로 솔직하게 쓰는 것이 더 좋았을 것이다.

04

600g, +α가 창의력이다

(**공단 사보 2011. 09.)

때는 서기 378년 8월, 터키 북서쪽의 아드리아노플. 소아시아와 발칸반도로 통하는 교통 요충지였던 이곳에서 동로마 제국 발렌스 황제가 직접 이끄는 7개 로마군단 4만 명의 병력과 고트족 병력 5만 명이 한판 전투를 치른다. 고트족은 한족에게 밀린 훈족에게 밀려 서쪽으로 쫓기는 ~~처량한~~ 신세였고, 로마제국의 입장에서 보면 고트족은 라인강 너머 게르만족보다 못한 야만인이었기에 수적으로 좀 부족하긴 해도 승리는 ~~엄연히~~ 당연히 로마의 것이었다. 그러나 결과는 발렌스 황제까지 목숨을 잃었을 만큼 로마의 대 참패. 이 전투의 패배로 ~~결국~~ 로마는 고트족의 자치권을 넘어 로마 영내로 밀려드는 게르만의 대이동으로 망했고, 유럽은 보병 중심에서 중무장 기병과 기사계급이 받치는 봉건왕조 시대가 ~~열리는 역사적 대전환의 계기를 맞는다~~. 열렸다.

팍스 로마나가 한낱 야만족에게 참패한 이유는 그러나 너무 단순했다. 등자였다. 등자는 말안장에 묶어 양쪽으로 늘어뜨린 줄의

끝에 매단, 기병이 발을 거는 ~~동그란~~ 쇠고리다. 별다른 디자인이나 기술~~도 필요 없을 만큼~~ 이 필요 없는 단순한 모양으로 무게는 약 600g. 당시 로마의 기병은 이 등자가 없었~~다. 때문에~~ 어 두 발을 말의 배에 꽉 붙여 균형을 유지하면서 한 손으로는 고삐를 움켜쥔 채 전투를 벌여야 했기에 중무장도 어려울뿐더러 ~~전투도 불편하기 짝이 없었다~~. 전투력도 떨어졌다. 그러나 등자에 발을 건 고트족 기병들은 양발로 균형을 유지하면서 중무장 무기를 자유자재로 휘둘러 로마~~의 기병대와 보병대를~~ 군을 농락~~할 수 있었던 것이다~~ 했다. 영국에서 시작된 산업혁명 못지않게 세계사의 대변혁을 몰고 온 것치고는 참으로 보잘 것 없는 물건이 바로 등자였~~던 것~~이다.

최근 우리나라 환경이 글로벌경제에 진입하면서 창의적 인재에 ~~유독~~ 관심이 많아졌다. 사원 채용에 창의력을 중시하겠다는 기업들도 늘고 있다. 그런데 ~~말이~~ 창의력~~이지 이것~~의 실체가 추상적이라 계측하기도 모호하다. 창의력의 아이콘 스티브 잡스는 '희망, 그것을 이루기 위해 현재 하고 있는 나의 일이 가치 있다고 믿는 신념, 일 속에서 행복을 찾으려는 열정'에서 창의력이 나온다고 했다. 바로 그 열정이 등자 600g이다. 김 과장이 하는 일은 최 과장도 한다. 현재보다 딱 600g만 더 얹을 '무엇은 무엇인가'를 고민하는 그것이 열정이자 플러스 알파의 진원이다. 남들이 하는 것만큼, 지금까지 생각해오던 대로 하면 딱 그만큼 성과를 거둔다. 남들보다 앞서기 위해서는 1g이 달라도 달라야 ~~하는 것이다~~ 한다. 그것을 식상한 전문용어로 '고정관념 탈피, 크로스 싱킹'이라고 ~~하는 것이다~~ 한다.

여기 ~~아홉 개의 점이 있다~~ 점 아홉 개가 있다. 끊기지 않고, 한 점에 한 번만 지나는 직선으로 점을 모두 연결해보기 바란다. 직선은 최대 세 번까지 꺾을 수 있다.

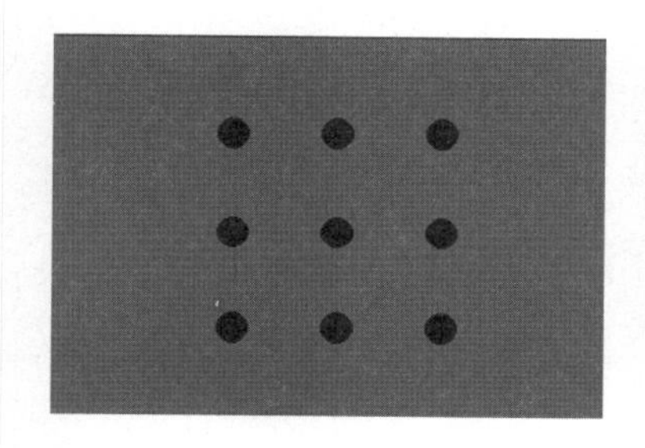

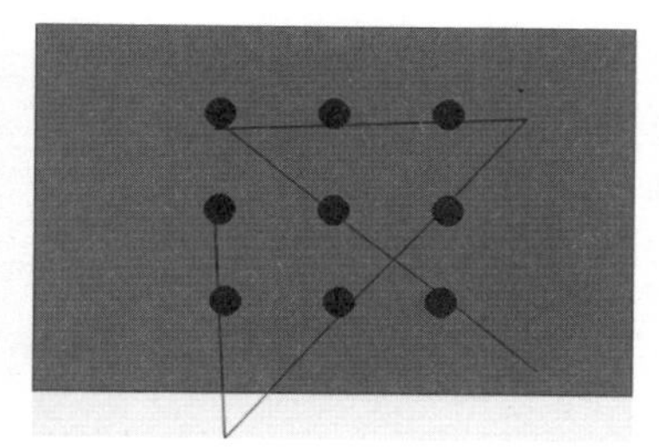

다른 페이지에 발표한 정답

- '주제 : 창의력'으로 청탁 받은 글을 쓰기 위해 글감으로 등자를 선택한 것이 신선했다. 《징기즈칸》에서 읽은 내용을 메모해 둔 덕분이다. 동로마 제국과 고트족 결전은 시오노 나나미 《로마인 이야기》에서, 마지막 넌센스 퀴즈도 어떤 책에서 보고 메모해 둔 것이다. '창의력의 아이콘 스티브 잡스는……'은 《스티브 잡스》 평전에 나온다. 이 글은 글쓰기에 평소 '독서와 메모'가 유용함을 알리기 위해 선정했다.
- 첫 문장 시작이 '때는 서기 378년 8월'과 '서기 378년 8월' 중 어느 것이 효과(임팩트)가 있는지 판단이 안 선다. 장차 말하려고 하는 내용을 먼저 강조하기 위해 상투적으로 앞에 '때는'을 쓰는데, 상투적이라서 퇴고 대상이다. 필자가 읽어보며 결정할 일이다.
- 황제가 간접으로 이끄는 게 없으니 '직접'은 사족이고, '쫓기는 신세'는 당연히 '처량한 신세'므로 '처량한'도 사족이며, 대패보다 큰 패배가 참

패라 '대'도 사족이다.

- 엄연하다 : 어떠한 사실이나 현상이 부인할 수 없을 만큼 뚜렷하다.
  당연하다 : 일의 앞뒤 사정을 놓고 볼 때 마땅히 그러하다.
- '그러나 너무 단순했다.' → '그러나 너무'는 '단순하다'를 강조한다.
- 등자 생김새는 동그랗지도 않고, 모양새를 구체적으로 써야할 문맥도 아니다.
- 10년 전에 쓴 글인데 다시 보니 쓸데없는 '~하는 것이다'는 표현을 쓸데없이 많이 썼다. '쓸데없다'처럼 한 단어로 취급되는 '한판, 띄어쓰기, 난데없이, 큰아버지, 지난해(작년), 보잘것없는, 머지않아' 같은 단어의 띄어쓰기는 항상 헷갈린다.

05

꿈꾸는 나그네는 쉬지 않는다

(**공단 사보 2011. 01.)

Boys, be ambitious! 도시에서 온 젊은 영어 선생이 칠판에 휘갈겨 쓴 문구에 섬 소년은 살짝 흥분했다. 크게 되려면 '앰비셔스' 하나는 갖춰야 기본이겠다는 마음에 '정신일도 하사불성精神一到 何事不成, 정신을 집중하면 못 할 일이 없다'나 '고진감래苦盡甘來, 인내는 쓰다. 그러나 그 열매는 달다'는 표어를 보물단지처럼 여겼던 시절, '불가능은 없다'는 글 위로 빨간 망토 입고 백마 위에서 알프스를 가리키는 나폴레옹 그림 하나 책상 앞에 안 붙였던 사람이 있을까. 그때부터 그만 한 자식들을 키우는 지금까지 꿈꾸고 다짐하는 일은 반복된다. 단지 그때 꿈이 '대통령'이었다면 지금은 발을 땅에 딛고 하늘의 별을 본다.

사람은 세 부류로 나뉜다. 일을 일으키는 사람, 구경하는 사람, 도대체 무슨 일이 일어나는지 모르는 사람. 소망했던 꿈을 이룬 사람은 '일을 일으켰던 사람'이다. 비결도 뜯어보면 단순하다. 구체적인 계획, 반드시 될 것이라는 믿음, 행동개시다. 그들은 '행동개시'가 중요하다고 이구동성으로 말한다. 행동이 다음 행동을 불렀다고 한다. 행동 없는 계획은 공염불, 일단 달리면서 생각하고, 생각하면서 달려야 꿈을 이룬다.

아이들 키우며 그만그만하게 살아온 오십대 중반, 전업주부 김갑분 여사는 2년 전 일본에 여행을 갔다. 유창한 한국말로 일본의 문화와 역사를 깊이 있게 해설하는 초로의 관광안내사가 인상적이었다. 김 여사는 귀국하자마자 방송통신대 일어과에 진학했다. 목표는 한국에 관광 오는 일본인들에게 가장 멋진 관광안내사가 되는 것. 김 여사, 요즘 너무 바쁘시다. 고품질 관광안내인이 되려니 역사, 고문화, 인문지리까지 공부할 것이 너무 많아졌다. 내친 김에 내년 봄에는 아예 일본으로 짧은 어학연수에 나선다.

꿈을 이룬다는 것은 이런 것이다. 늘어난 평균수명 때문에 '인생 이모작' 준비가 필수인 시대라 꿈도 필수가 되었다. 은퇴하면 도시생활을 청산하고 귀농이나 전원생활을 꿈꾸는 사람이 많다. 슬로우한 생활에 자급자족을 더한 '럭셔리 전원'이다. 저 푸른 초원 위에 그림 같은 한옥 짓고 돌담 두른 잔디밭에 4열 횡대로 늘어선 항아리의 낭만과 품격을 살고 싶은 것이다.

그러나 거기까지다. 도시농이라도 공부하고 체험해볼 틈은 없다. 모종하고, 거름 주고, 북돋아주는 시기를 하루만 놓쳐도 망치는 농사를 그저 아무나 짓는 줄 안다. 주말농장은 고사하고 아파트 베란다에 상추, 콩나물 길러보는 것도 하지 않는다. 이 사람 은퇴하면 필시 도시에서 그대로 살면서 TV에 나오는 남의 전원생활을 부러워

만하다 말 것이다.

옆집 담벼락 장미꽃 넝쿨이 아름답기까지는 날마다 물 뿌리고, 거름 주고, 가지 치는 수고를 게을리 하지 않는 집주인의 땀이 스며 있다. 꿈은 '그래도 나에게는 로또가 있다'가 아니라 작더라도 행동으로 나서는 것, 그것으로 이룬다. 떨어지는 감도 먼저 달려가 감나무 밑에 입 벌리고 누운 사람 것이고, 마침내 불어오는 바람도 언덕 위에 미리 올라 기다렸던 독수리 몫이다. 백사장에 누운 배는 물이 들기를 기다리며 작열하는 태양을 인내하고 있다.

A DREAM written down with a data becomes a GOAL
A GOAL broken down becomes a PLAN
A PLAN backed by ACTION makes your dream come true

꿈을 구체적으로 적으면 목표가 되고
목표를 잘게 쪼개면 계획이 되고
'행동'에 나서면 꿈은 이루어진다

- '꿈꾸는 나그네는 쉬지 않는다' 제목은 영화제목 '나그네는 길에서도 쉬지 않는다'에서, '저 푸른 초원 위에……', '그래도 나에게는……'은 대중가요 가사에서 가져왔다.
- 이 글은 '꿈의 실현'을 주제로 써달라는 청탁에 응해 쓴 글이다. 얼개를 짤 때 공감을 높이도록 독자들에게도 친근할 것 같은 과거 회상을 도입

부에 배치하기로 했다.

- 사람을 세 부류로 나누는 것은 소자본 창업 전문가 강연 때 듣고 남겼던 메모를, 전업주부 김갑분 씨는 지인의 아내 이야기를 기억해 글감으로 동원했다.
- 농사의 어려움은 책에서, 옆집 장미의 비결은 신문 칼럼에서 읽었던 내용이다.
- 마지막 '꿈을 구체적으로 적으면……' 금언은 언젠가 꿈을 주제로 글을 쓰면 꼭 써먹겠다며 메모해 둔 것이다.
- 청탁에 응한 후 며칠 동안 이런 내용들을 기억하고, 찾아내 얼개를 짜는 일이 머릿속에서 진행됐다. 글 쓰는 사람들이 컴퓨터 앞에 앉으면 그때부터 일필휘지로 글을 쓰는 것으로 알면 오산이다. 컴퓨터 앞에 앉을 때는 머릿속에서 얼개를 짜고, 제목과 문장을 고민하고, 필요한 내용이 무엇인지 판단하는 사전작업이 대략 이루어진 다음임을 유념하자.
- 'A DREAM written down……'과 비슷하게 유명해 글감으로 자주 쓰이는 어록이 있다. 영국 처칠 수상이 옥스퍼드대학 졸업연설에서 'You, never give up(포기하지 마라)'을 13번 외쳐 환호를 받았다는 이야기다. 스티브 잡스가 스탠포드대학 졸업식에서 했다는 연설도 동급이다. '도그마(독단, 남의 생각)에 갇히지 말아라, 때론 인생이 벽돌로 당신의 뒤통수를 칠 때도 있다.'는 어록과 함께 마지막 'Stay Hungry. Stay Foolish.'가 아주 유명하다. 무슨 의미인지는 확실히 알겠는데 우리말로 번역하기가 여간 어렵지 않다. 이런 좋은 금언들은 메모해 두면 반

드시 글감으로 쓰는 날이 오고야 만다.

06

내 유년이 찍힌 도장

(팁리치, 천자 에세이 2020. 03.)

베이비 부머 끝자락인 1963년 생 토끼띠인 내가 어려서 자란 곳은 남해안의 작은 섬 거금도였다. 섬에는 바다 위에 솟은 해발 600m 적대봉을 중심으로 해변가를 돌며 형성된 33개의 마을이 있었다. 우리 마을에는 60가구 정도가 살았는데 우리 집에서 50보 거리에 동춘이 형네 집이 있었다. 동춘이 형은 나보다 한 살 위였는데 같이 초등학교 다닐 때까지는 그냥 '동춘아', '보기야' 했던 친구였다.

동춘이 형은 덩치가 중간 정도로 그리 큰 편은 아니었는데 기억에 재주가 참 남달랐다. 동네 아이들끼리 씨름을 붙이면 동춘이 형은 늘 결승까지 진출할 만큼 스포츠에 능했다. 형은 또 오래달리기도 잘해서 초등학교 대표 선수로 육지에 나가기도 했다. 신기하게도 이 형은 그림이나 조각 같은 예술적 소질도 뛰어났다. 내게는 하나같이 없는 것들이라 나는 동춘이 형과 형제처럼 졸졸 붙어다녔다.

섬에 처음으로 동방버스 한 대가 들어왔다. 그전까지는 학교 선생님이나 면사무소 다니는 아저씨들 몇이 타고 다니던 자전거가 유일하게 바퀴 달린 이동수단이었다. 아마도 그 버스는 육지에서 폐차 직전이 된 고물이었을 것이다. 가끔 섬에 왔던 트럭의 시동을 걸려면 조수가 트럭 앞의 구멍에 긴 쇠자루를 넣어 엔진을 마구 돌리던 시절이었다. 버스 의자에는 이전에 보지 못했던 화려한 색깔의 비닐 커버가 씌워있었다. 초등학생들 이름표 파기 딱 좋은 소재였기에 아이들은 운전수 몰래 연필칼로 그 비닐을 잘라왔다. 그 비닐로 내 이름표를 예쁘게 파준 사람이 바로 동춘이 형이었다.

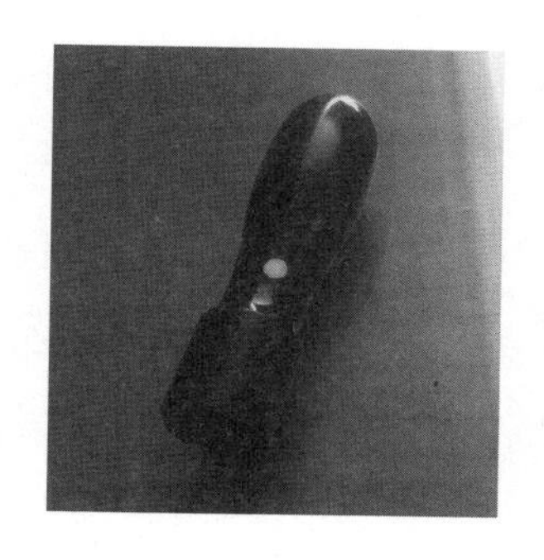

동춘이 형이 나보다 1년 먼저 초등학교를 졸업하고 중학생이 되기를 기다리던 때였다. 손재주가 뛰어났던 형은 대나무를 일일이 쪼개 구멍을 뚫어 서로 연결해 만든 다보탑 모형을 나에게 선물했다. 어린 눈에도 그 다보탑은 정말 훌륭한 작품이었다. 그리고 1년 후 내가 중학생이 되기를 기다리던 동춘이 형은 처음으로 내 도장을 갖게 해줬다. 당시 아이들에게 아버지의 육중한 도장은 '나도 이제 컸다'고 우쭐대는 것의 상징물이었다.

목도장보다 훨씬 귀했던 검은 플라스틱 도장의 소재를 어떻게 구했는지는 기억이 안 난다. 아마도 집에 있던 누군가 어른의 도장을 훔쳐서 시멘트 바닥이나 사포로 표면을 밀어내고 '최보기' 석 자를 팠을 것이다. 이게 쉽지 않은 것이 판화처럼 글자를 거꾸로 새겨야 했기 때문인데 그건 동춘이 형에게나 가능한 일이었다.

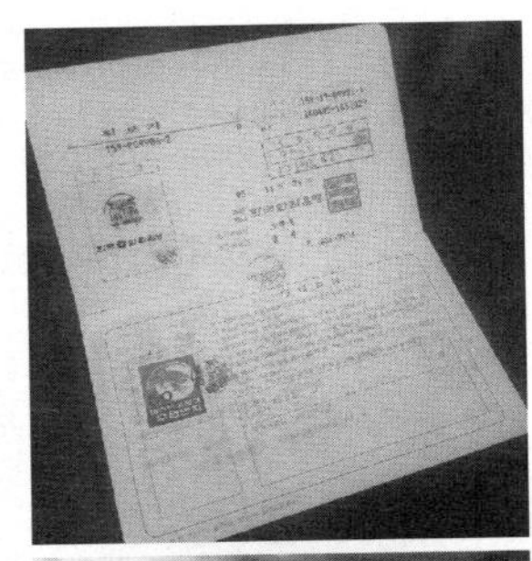

동춘이 형이 오직 연필칼로만 파준 도장은 전문 도장방에서 판 것처럼 훌륭했다. 나는 중학생이 되면서 자랑스럽게 쓰기 시작한 그 도장을 대학을 넘어 첫 직장에 취직했을 때까지 아끼면서 썼는데 얼마나 찍어댔던지 결국 도장의 테두리가 여기저기 깨지는 바람에 인감용 도장을 하나 새로 파면서 동춘이 형의 도장은 나의 손때 묻은 애장품으로 서랍에 보존, 오늘에 이르렀다.

가끔 고향이 생각날 때 서랍을 열어 그 도장을 보고 있노라면 어려서 자랐던 섬의 기억들이 주마등처럼 스친다. 내가 중학생이 되면서 곧바로 육지로 이사를 했기에 이제는 소식이 끊긴 동춘이 형이 어디서 어떻게 잘 살고 있는지 마음이 아련해진다. 재주도 많고, 성격도 좋은 형이었으니까 틀림없이 나보다 더 잘 먹고 잘 살고 있을 것이라 믿는다. 다행히 형이 죽었다는 소식은 아직 들리지 않는 바, 지금보다 더 늙어서 하릴없이 고향이나 서로 찾을 때 '동춘이 영감'을 다시 만나 그 밭길, 그 논가, 그 바닷가에서 '동춘아', '보기야' 하면서 소주 한잔 서로 칠 날이 있을라나 모르겠다. 그리운 동춘이 형…… ㅠ.ㅠ

- 고향은 늘 아련해서 반추하는 글을 잘만 쓰면 감성을 불러일으키기 좋은 소재다.
- 등장인물에게 사전 양해를 구하지 않은 글이라 '동춘'은 실명 아닌 가명이다. '동춘 형'으로 쓰는 것보다 구어체 그대로 '동춘이 형'으로 쓰는 것이 더 살갑게 느껴진다.
- 동시대를 살아온 독자라면 '동방버스' 브랜드가 무척 반갑고 아련할 것이다. 그냥 '버스'라고 쓰지 않은 이유다. '문장표 검정 고무신'이나 '제비표 화승 성냥, 에스키모 담요'처럼.
- 사진으로 보듯 이 글은 사실(팩트)에 근거해 쓴 것이다. 그러나 마지막 문단은 사실과 다르다. 동춘이 형은 잘 살고 있고, 연락도 가능하다. 연락이 되지 않아 서로 소식을 모르고 살아야 글맛이 더 살기 때문에 그렇게 쓴 것이다.

일본 동화 《우동 한 그릇》, 피천득 수필 〈인연〉, 물이 새는 방죽을 팔뚝으로 막아 마을을 구한 네덜란드 소년 영웅 '한스 브링크' 이야기도 사실이 아니라 창작이다. '뼛속까지 내려가 쓰라'는 글쓰기 원칙도 적용해야 할 글과 적용할 필요가 없는 글이 따로 있다. 문학 창작에 적용할 수 있는 말은 아니다.

참고로 '독수리(또는 솔개)가 늙으면 높은 돌산에 올라가 부리와 발톱을 스스로 뽑아내는 고통을 딛고 새 부리와 발톱을 얻는다는 말, 냄비 속 찬물에 개구리를 담그고 불을 지그시 때면 온도변화를 감지하지 못한 개구리가 삶겨 죽는다는 말도 과학적으로 거짓이다.

07

대인춘풍 지기춘풍

(아주경제신문 2017. 07.)

대인춘풍 지기추상待人春風 指己秋霜은 '남은 봄바람처럼 부드럽게 대하고, 자신에게는 가을서리처럼 엄격하라'는 뜻이다. 요즘 말로 치면 '내로남불(내가 하면 로맨스 남이 하면 불륜)의 반대인 '내불남로'다. '네 탓이오'가 아닌 '내 탓이오'다. 말이야 좋은 말이요, 주변에 사람이 모이는 처세 또한 저게 기본이지 싶다. 그러나 '원수를 사랑하라'처럼 대개 좋은 ~~말 처고~~ 말치고 실천하기 쉬운 말이 드물다.

신혼 때 ~~첫 아들~~ 첫아들이 걸음마를 시작했을 즈음, 어디 ~~산사~~ 절에 ~~관광~~ 놀러 갔다가 ~~문 앞에서~~ 대나무를 쪼개 만든 '사랑의 매'를 사왔다. '오냐 자식 호로 자식 된다. 미운 놈 떡 하나 더 주고 예쁜 놈 매 하나 더 주라'는 속담도 있는데다 "아이들이 잘못을 하면 회초리로 내 종아리를 때리며 가르쳐 효과를 봤다."는 직장 상사의 조언을 좇아 올바른 인성교육을 위해 필요할 거란 생각에서였다. 물론 그럴 일이 없다 해도 벽에 걸어두는 것만으로 아들에게 겁을 주는 효과가 있을 것이라 생각했다.

생각과 달리 내 천성이 유약해 누구를 때리지 못하는데다(믿거나 말거나) 큰 말썽 없이 커주는 아들 덕에 굳이 회초리까지 들어 아들을 꾸짖을 일은 없었다. 그런데 초등학교 1학년이던 아들이 회초리를 피할 수 없는 일을 저질렀다. 몇 년 전 상사의 조언이 생각났다. 어린 아들을 불러 무릎 꿇리고서 근엄한 표정을 지으며 "너의 잘못은 아빠가 너를 잘못 키운 탓이다. 회초리 열 대로 아빠를 징벌한다."고 판결했다.

아뿔싸! 바지를 걷어 올리고 회초리 한 대를 나의 종아리에 휘둘렀을 때 나는 그 판결이 심히 잘못된 것임을 직감했다. 아파도 너무 아팠다. 그러나 어쩔 것인가! 사나이 '가오'가 있지 중단할 수는 없는 노릇. 눈을 질끈 감고 한두 대를 더 휘둘렀다. 눈에서 눈물이 핑 돌 정도로 정말 아팠다. 그때쯤 '여보, 그만 하세요!'라며 말려주지 않을까 기대했던 아내는 야속하게도 뻔히 쳐다보고만 있었고, 그 못돼먹은 ~~직장~~ 상사의 농간에 당했다는 울분마저 솟았다.

결국 나는 잔꾀를 부렸다. 남은 매는 스윙은 힘껏 하는 척하면서 타격 시점엔 힘을 슬쩍 뺐다. 매와 매 사이의 간격도 빠르게 이어갔다. 아이가 눈치를 채 다소 쪽 팔리더라도 어쩔 수 없다고 생각했다. ~~물론~~ 마음속에선 그런 ~~과정의 나에 대해~~ 나에게 ~~실소를 금할 수 없었다웃음~~이 나왔다. 그 며칠 후 나는 슬그머니 그 ~~대나무~~ 회초리를 없애버렸다. ~~그건~~ 혹시 참사가 반복될까 싶은 데다 아이를 체벌하게 될지라도 군밤이나 몇 대 먹이고 말지 대나무 회초리는 너무 아파 잔혹한 벌이라 판단해서다. 역시 경험을 이길 선생은 없는 법, 나는 그때 이미 '지기추상'을 포기했었다.

대신 '세상일에 함부로 미혹되지 않는다.'는 불혹不惑의 40대까지도 한 다혈질했다. '대인추상'이었다. 좋게 보자면 불의를 못 참는 성격이라 하겠지만 안 좋게 보자면 박쥐 같은 이중 인격자였다. 자신은 정의롭게만 사는 것처럼 했다는 것인데 돌아보면 갑님과 클라이언트에게 거짓말을 밥 먹듯이 했다. 남의 눈에 가시만 봤지 내 눈에 들보는 보지 않았던 것. 사람들과 불화가 잦은 것에 비례해 삶도 피곤했다. 멀리 보며 부드럽게 관리하지 못하고 순간 욱해 뒤틀린 인간관계를 원상복구하는 것은 불가능하거나 오랜 시간이 걸렸다. '비 온 뒤에 땅이 더 굳어진다.'는 속담은 확실히 어폐가 있었다.

그렇게 저렇게 회초리 사건으로부터 십 수 년을 지나 이제 지천명知天命의 50대 중반에 이르렀다. '하늘의 순리를 알고 따른다. 하늘의 뜻을 거슬러 무리하지 않는다.'는 나이다. 누가 세월이 약이라 했던가! 지천명을 지나자니 세상사, 인간사를 대하는 자세가 확실히 달라짐을 피부로 실감하겠다. 지난 봄날 벗꽃이 바람에 펄펄 날리는 것을 오랫동안 지그시 바라보았다. 가만 보자니 꽃이 지는 것은 바람 때문이 아니었다. 같은 바람에도 굳이 떨어지는 꽃은 바람 아닌 꽃 저 때문이었다. 낙화마다 날리는 길과 닿는 바닥도 달랐다. 허공 중에 이미 꽃마다의 길이 각자 정해져 있었다. 하늘의 뜻에 따르는 지천명의 깨달음이 그날의 꽃비로부터 왔다. 비로소 '남이 나를 알아주지 않으면 화를 내지 말고 나의 부족함을 먼저 생각하라'던 공자의 가르침이 살갗을 파고들었다. 심연의 불화, 욕심, 원망, 분노, 질투, 시기, 미움 같은 '하찮은' 것들을 꽃잎에 실어 날려보냈다. 옹졸한 이유로 관계가 불편했던 친구에게 내가 먼저 전화를 걸었다. 마음이 참 편해졌다. 대인춘풍이 찾아왔던 것이다.

그러나 그렇다고 새삼스럽게 지기추상할 생각은 추호도 없다. 이제껏 살아온 내력이 있는데 지금에야 내가 무슨 죄라고 나에게만 지기추상을 결심하고 또 작심삼일에 낙담할 일이 뭐 있겠는가? 그저 추상은 화가들에게나 열심히 그리라 하고 나는 살던 대로 그리 살련다. 흠도 있고 결도 있는 채로, 좀 부족한 채로, 이어령비어령 술덤벙물덤벙으로 모진 세월의 담벼락을 새털처럼 가볍게 넘어야겠다. '대인춘풍 지기춘풍'으로나 살아야겠다. 적당히 실수하고, 적당히 용서하며, 적당히 후회하면서, 바위를 만나면 옆으로 돌아 앞으로 가는 물처럼 그리 바다로 가야겠다. 말처럼 쉬울지는 모르겠지만.

그러니 대한민국 정치인 님아! 님도 이제 곧 연세 칠십이신데 주구장창 '내로남불' 좀 그만 하시고 진심으로 나라와 국민 걱정 좀 하시면 안 되겠습니까? 요즘 엄동설한에 촛불 들었던 국민들이 속타 죽을 지경이랍니다. 아무래도 그 촛불이 밤손님들 길만 밝혀 준 것 같다고.

- '주말에 아이들 데리고 절에 놀러갔다'고 하지 '관광 갔다'고 하면 단어가 너무 거창하다. 절보다 '산사山寺'라고 하면 격조 있게 보일지 모르나 산사가 절인지 모르는 사람도 있다. 절에 가서 회초리를 샀으면 됐지

문 앞에서 샀는지 문 안에서 샀는지 독자는 하나도 궁금하지 않다.

- '좇아, 쫓아'는 항상 헷갈리는 단어다. 받침은 무조건 ㅊ이고, 연음으로 '조차'는 정신적 숭배, '쪼차'는 물리적 거리임을 외워두자.
- '내 천성이 유약해'에서 주어 '내'를 생략하면 자칫 뒤따르는 아들의 천성이 유약한 것으로 오독할 수 있다.
- '회초리를 피할 수 없는 일'을 구체적으로 쓸지 말지 판단해야 한다. 아들의 프라이버시와 관련이 깊고, 말하려는 주제가 '아들이 저지른 잘못이 무엇이냐'에 있지 않다.
- '판결'은 법원에서 판사가 하는 것이지만 차용해서 재미있으면 독자를 위해서도 좋다. 글쓰기를 잘 하면 차용도 멋지게 잘 한다.
- '우리가 돈이 없지 가오가 없냐'란 영화 대사(〈베테랑〉, 황정민)가 유행하던 시기였다.
- '그 못돼먹은 직장 상사의 농간에 당했다는 울분마저 솟았다.' 문장은 문해력이 낮은 독자일 경우 필자가 상사에게 울분을 진짜 느낀 것으로 오독하는 경우가 있다. 그렇게 해독하지 않도록, 농담으로 알도록 앞뒤 문장이 맥락을 유지해줘야 한다. 어떻게 써 봐도 오독 가능성이 높으면 그 문장은 포기하는 것이 맞다. 앞에서 '직장 상사'가 한 번 나왔으므로 '직장'은 불필요하다.
- 아래 두 문장으로 간결하게 쓰기를 비교해보자.
  물론 마음속에선 그런 과정의 나에 대해 실소를 금할 수 없었다.
  마음속에선 그런 나에게 웃음이 나왔다.
- '대나무 회초리' → 앞에 '대나무'는 지시대명사 '그'가 있으므로 생략해

도 뜻이 통한다. 뒤에 '대나무'는 '대나무로 만든 회초리기 때문에 더 아프다'는 뜻이므로 생략하면 안 된다.

- '꽃이 지는 것은 바람 때문이 아니었다.' → '꽃이 지기로소니 바람을 탓하랴'는 시구가 있다. (조지훈, '낙화')
- '그러나 그렇다고'는 접속사에 앞서 강조법이다.
- '그저 추상은 화가들에게나 열심히 그리라 하고'는 뒤따르는 '이어령비어령 술덤벙물덤벙'과 서로 호응이 되므로 허용되는 유머다. 유머가 재미있으면 글도 재미있다.
- '모진 세월의 담벼락을 새털처럼 가볍게 넘어야겠다.' → 저자 메모장에 '모진 세월의 담벼락을 구름처럼 가배얍게 넘어간다'는 문장이 메모돼 있다. 어디선가 읽고 마음에 들었나보다.
- '바위를 만나면 옆으로 돌아 앞으로 가는 물처럼' → 노자의《도덕경》에 나오는 상선약수上善若水(가장 좋은 삶은 물처럼 사는 것)를 풀어 쓴 것이다.

08

자취自炊의 추억

(아주경제신문 2018. 02.)

역대급 한파가 연일 기승이다. 날씨가 몹시 추운 날이면 늘 생각나는 추억이 있다. 자취自炊란 '가족을 떠나 혼자 지내는 사람이 손수 밥을 지어 먹으면서 생활함'을 뜻한다. 기술이 발전하고 경제가 부흥하면 사람들의 생활 행태Life Style도 그에 따라 바뀐다. 요즘 역시 집을 떠나 혼자 살며 자취를 하는 사람이 많겠지만 그 방식은 40대 이상 세대들이 경험한 그것과 많이 다를 것이다.

요즘은 어지간하면 전기밥솥이 밥을 짓는다. 그조차 싫으면 전자레인지에 2~3분 데우거나 냄비에 끓이면 되는 즉석 쌀밥이 있다. 냉장고에는 가게에서 파는 갖은 반찬과 인스턴트식품들이 가득하다. 전화 한 통이면 어떤 요리든 24시간 배달된다. 빨래는 세탁기가, 방은 보일러가 알아서 책임진다. 말이 자취지 예전 부잣집 자제의 하숙생활과 다를 것이 거의 없다. 그만큼 비용도 예전의 자취보다 훨씬 많이 든다.

내가 처음 자취생을 본 것은 1976년, 13살 어린 나이의 중학생 때였다. 조그만 포구였는데 중학교가 없는 섬의 아이들이 읍내에 방을 얻어 같이 살고 있었다. 일주일에 한 번 섬에 다녀오는 아이들은 그 어린 손으로 밥이며 간단한 빨래, 청소를 스스로 감당해야 했다. 요즘의 아이들을 키워본 부모라면 중학교 1학년 자녀가 얼마나 어린 아이인지 알 것이다. 그 아이가 멀리 도시의 단칸방에서 직접 식사와 가사를 해결하며 학교에 다닌다는 것이 젊은 부모에게는 상상조차 어려운 일이다.

포구의 중학교를 졸업하고 고등학교 입시가 막 평준화 됐던 K시 연합고사를 통과해 일명 '뺑뺑이 세대' 고등학생이 됐다. 어머니의 노점상에 기대던 나의 학업 역시 하숙은 꿈도 꿀 처지가 못 됐다. 변두리의 가장 싼 연탄아궁이 단칸방에서 상고 3학년 생으로 자취를 하던 사촌형 방에 더부살이로 들어갔다. 1년 사는 사글세 방값이 14만원이었으니 내가 낼 방값은 한 달 6천 원이었다.

물론 전기밥솥은 없었다. 새벽이면 일어나 연탄불이나 석유곤로에 밥을 지었다. 쌀 씻고, 물 조절해 연탄불에 밥 짓는 법은 고향을 떠나기 전 어머니로부터 여러 번 실습을 받았던 터라 그리 어렵지 않았다. 사촌형과 번갈아 아침 식사와 도시락, 연탄불 갈기를 책임지기로 했지만 '계급이 깡패'라 내가 빨래, 청소까지 등 ~~이런 저런~~ 가사를 담당하는 날이 훨씬 더 많았다. ~~같이 방값과 생활비를 내면서도 나는 식모살이로 1년 간 학교를 다녔다.~~ 2학년부터 혼자 자취를 했다. 어쨌거나 고등학교 2학년 나이 때 객지에서 혼자 방을 쓰며 자취를 했다는 사실에는 아무 곳에나 함부로 기술할 수 없는

'비사秘史'가 혼재한다.

3학년이 됐다. 그때나 지금이나 '고삼'은 인삼, 산삼보다 더 대우를 받았지만 당시의 나는 재래시장에서 파는 김치와 어묵, 단무지, 간장, 참기름 정도의 반찬으로 연명했다. 찌개나 국을 끓일 요리 실력도, 돈도, 시간도 없었다. 지금처럼 춥고 눈이 무릎까지 쌓였던 2월 어느 날, 학교에 나가 공부를 하고 해 진 저녁에 돌아왔는데 자취방에 갓 지은 밥과 소고기국 밥상이 차려져 있었다. 수돗가에는 장년의 사내가 냄새에 찌든 자취방의 수건, 양말, 속옷, 체육복 등을 몽땅 꺼내다 얼음물에 빨고 있었다. 아버지였다.

우리는 누구라도 그런 아버지가 있었고, 우리 또한 그런 아버지로 살고 있다. 날씨가 이리 추운 겨울이면 객지의 어린 아들을 위해 손수 밥상을 차려놓고, 수돗가에서 등을 구부린 채 언 손으로 빨래를 하고 있던 장년의 사내가 늘 생각난다. 인생은 나에게 그 사내의 양말과 속옷을 손수 빨아드리고, 따듯한 밥상 차려 술 한잔 ~~쳐드릴~~ 따라 드릴 기회조차 주지 않았다.

- '예전의 자취'는 '의'가 없어도 되지만 '당시의(그때의) 나는'을 '당시(그때) 나는'으로 쓰면 의미가 달라진다. '당시의'는 시점과 상황을 같이 포괄하지만 '당시'는 시점만 나타난다. '자취방의 수건'도 '의'가 있어야 자연스럽다. '적·의·것·들·~에 대해'를 써서 좋으면 쓰는 것이다.
- '같이 방값과 생활비를 내면서도 나는 식모살이로 1년 간 학교를 다녔다.'는 표현은 재미를 위해 과장해 쓴 것인데 지나친 면이 있다. 사촌형

의 프라이버시를 위해 삭제해야 옳다.

- '아무 곳에나 함부로 기술할 수 없는 '비사秘史'가 혼재한다.'는 문장은 고등학생 때 자취를 해본 사람이라면 각자 수많은 '사건사고(에피소드)'가 있었을 것임을 암시하면서 '원고량 때문에 생략함'을 말하려는 의도를 ~~가지고 있다~~ 가졌다. ('~하고 있다'는 습관적으로 '있다'를 쓰는 경우가 많다. '밥을 먹고 있는데 → 밥을 먹는데, 가고 있는데 → 가는데'……)
- '고삼'은 인삼, 산삼보다 더 → 흔하게 알려진 유머다.
- '인생은 나에게 …… 술 한잔 쳐드릴 기회조차 주지 않았다.' → 《인생은 나에게 술 한잔 사주지 않았다》는 시집(정호승 시인)에서 빌려 왔다. '치다'에는 '술을 잔에 따라 붓다'는 뜻이 있는데 요즘은 거의 쓰지 않는 단어라 '치다' 뜻을 오해할 수 있으므로 안 쓰는 것이 좋겠다.
- '자취自炊의 추억'은 표절은 아니지만 모티브 차용이 포함돼 있다. 과거 어떤 책에서 다른 사람이 아버지와 얽힌 추억을 쓴 글을 감동 깊게 읽었다. 그 글이 기억나 '자취의 추억'을 쓰기로 하고 얼개를 짰다. 물론 내용은 전혀 다르다. 남의 좋은 글을 읽고 같은 주제로 자기 글을 써보는 것은 훌륭한 글쓰기 훈련법이다.

09

삼식이의 노름학

(산문집 《거금도 연가》 중에서)

노름을 좋아하는 시골 친구 삼식이의 노름에 대한 논리는 상당히 명쾌하다. 하수는 자기 패만 보는 사람, 자기 패와 상대방 패를 보면 중수, 거기에 바닥 패까지 보면 상수, 뒤집는 패까지 보면 고수. 노름신, 진정한 타짜는 남이 뒤집을 패까지 보면서, 판이 시작되었을 때 대충 누가 그 판을 먹을 것인지 어렴풋이 느끼는 사람이란다.

스스로 고수라 하는 삼식이가 가장 껄끄러운 상대는 하수. 하수가 끼는 판은 꾼들의 상식적 룰이나 예측마저 깨버리는 통에 노름판이 럭비공처럼 튀기 때문이다. 그런데 사업도, 가정도, 직장까지 대부분 일상사가 사실은 노름판 원리를 크게 벗어나지 않는 것 같다는 게 삼식이의 주장인데 맞는 말이다.

- 이 글은 산문집에 실린 한 편의 전문全文이다. 200자 원고지로 2매, 400자가 채 안 된다. 글은 양이 아니라 질이다. 길게 써야 한다는 강박관념을 버려야 한다. 짧으면서 공감(임팩트)까지 부르면 더할 나위 없다.

- '삼식이'는 익명이다. 남해안에서 잡히는 못 생긴 생선 이름이기도 한데 '모지리'처럼 '뭔가 야무지지 못한 행위를 한 사람'을 놀리는 호칭으로도 많이 쓰인다. 이런 글에 실명을 썼다가는 '허위사실 유포'나 '사실적시 명예훼손'에 걸린다.
- 〈개론〉에서 '단어를 정확히 선택하라'고 했다. 시골 죽마고우에 대한 글이므로 어감상 '도박'보다 '노름'이 더 어울린다. '도박을 좋아하는 시골 친구 삼식이'는 시작부터 매우 심각한 글이 된다.
- 문장을 직접 읽어보면서 '보면서, 판이'처럼 쉼표를 찍는 게 읽는 호흡에 좋으면 찍어준다. 쉼표가 쓸데없이 너무 많아도 문제지만, 너무 아껴도 문제다. 쉼표 아낀다고 재산 안 늘고, 자칫 독자가 타이밍을 놓쳐 숨막혀 죽을 수가 있다.

10

유머는 각본 없는 성공의 비결

(아주경제신문 2018. 03.)

'열 길 물속은 알아도 한 길 사람 속은 모를 일'이다. ~~그래서~~ '사람은 겪어봐야 안다'지만 막상 겪어보고도 알기 힘들다. 다 안다고 생각했다가 날벼락 같은 뒤통수를 맞기도 한다. 그것이 인생이다. ~~그러므로~~ 살면서 어떤 사람을 만난다는 것은 그저 팔자소관이요, 운명이다. 고로 그가 '날벼락을 때리기 전에 29번의 뒤통수치기와 300번의 딴지걸기로 보내는 신호'를 포착할 줄 알아야 한다. 하인리히 법칙이다.

누군가를 처음 만나게 될 때, 특히 젊은 남녀가 ~~결혼을 위해~~ 맞선을 볼 때나 입사면접 때 '처음 30초'가 중요하다고 한다. 그 짧은 시간의 첫인상이 그 사람에 대한 평가를 좌우한다는 것이다. 30초에 한 사람을 평가한다는 것이 말도 안 되게 불합리하다. 큰 키, 잘생긴 얼굴, 보기 좋은 몸매, 잘 입은 옷 등 외모가 판단 요소의 전부일 수밖에 없다. 남녀불문 눈트임, 쌍커풀, 코높이를 위해 귀한 얼굴에 '칼'을 대는 이유 아니겠는가.

그러나 실제 사람을 겪어보면 30초는 아무 의미가 없다. 처음에야 외모가 전부겠지만 시간이 흐르면서 성격 등 다른 요소가 얼마든지 매력의 포인트로 작동한다. ~~그중 중요한 포인트 하나가 재치와 유머감각이다~~ 재치와 유머감각이 그렇다. 옛날 우리 부모님들은 사윗감을 고를 때 술버릇이 어떤지 술부터 마시게 했다는데 서양에서는 '유머감각'을 봤다고 한다. 감각은 '어떤 자극에 대해 인식하고 반응하는 능력'이다. ~~그러므로~~ 마음먹는다고 당장 갖춰지는 것이 아니라 평소 개발이 필요한 실물이다.

~~그런데~~ 우리는 흔히 유머감각이 뛰어나다는 것과 잘 웃기는 것을 동일하게 생각한다. 개그맨처럼 주위를 웃기는 사람, 속된 말로 '구라'가 좋은 사람이 유머가 풍부한 사람이라고 생각한다. 평소 무뚝뚝하던 사람이 유머가 있는 사람으로 변하기 위해 수첩에 소재를 적어 다니다 '웃긴 이야기 하나 하겠다.'며 그걸 풀어놓는다. 지금이라면 성희롱에 걸려 곤욕을 치르겠지만 ~~아주아주 예전인~~ 20세기 후반 어엿한 남녀들~~의~~ 모임에서 좌장 격 인사가 분위기를 띄운다며 음담패설에 가까운 'Y담'을 시작하는 문화도 있었다.

~~그러나~~ 그런 코미디 각본은 진정한 유머가 아니다. 유머는 그 사람의 평소 인품과 사태를 통찰하는 안목에서 순간적 반응으로 나오는 인성의 일부다. 유머감각을 이야기할 때 모르면 간첩 되는 세 사람이 있다. 처칠 수상, 링컨 대통령, 발명가 에디슨이다. 이 세 사람은 예기치 못한 불쾌한 상황이나 곤혹스런 상황 앞에서 화를 내거나 쩔쩔매지 않고 유머로 가볍게 상황을 역전시켰다.

잦은 지각을 꾸짖자 '예쁜 아내와 살다 보니 어쩔 수 없다'고 응수했다는 처칠, 의회에서 라이벌이 '두 얼굴을 가진 이중인격자'라 비난하자 '내 얼굴이 두 개라면 하필 이 얼굴을 가지고 왔겠느냐'며 간단히 물리쳐버린 링컨, 전등 발명을 위해 2천 번이나 실험에 실패를 거듭한 것을 묻는 기자 질문에 '나는 실패한 적이 없다. 불이 안 켜지는 2천 가지 방법을 알아냈을 뿐'이라 했다던 에디슨.

이들의 전기를 뜯어보면 자신이 추진하는 과업에 대한 강한 신념과 자신감이 유머의 원천이 아니었을까 싶다. 자신감이 넘치니 성격 또한 매사 긍정적이고 낙천적이었을 터, 유머감각이 뛰어난 사람은 성공 스토리Success Story와 무관치 않다. 신념과 긍정적 자신감이 몸에 밴 유머가 성공을 부른다. 유머감각은 공부로 느는 게 아니라 내가 하는 일에 대해 갖는 자신감에서 나오는 현상이다.

그러니까 평소에 좀 '웃기는 짬뽕' 같은 사람으로 느긋하게 살고자 노력할 일이다. 100개의 걱정 중 96개 걱정은 이미 지나버린 과거의 일이거나 닥쳐도 인간의 힘으로는 대응할 수 없는 천재지변, 나머지 4개도 막상 닥치면 그때 헤쳐 나가면 될 일이다. 걱정으로 걱정이 해결되면 걱정도 없겠지만 걱정은 걱정을 해결해주지 못한다. 죽마고우들과 산에 오르며 내일 걱정 없이 희희낙락거리는 정도 여유로만 살아보자. 누군가가 "지구가 왜 기울어 있느냐?" 물으면 지구과학 모른다고 기죽지 말고 "내가 안 그랬거든?"이라 맞받으며 살아 보자.

- 이 글의 퇴고 핵심은 접속사다. 원문에 쓰인 '그러나, 그런데, 그러므로, 고로, 그러니까' 등 접속사를 삭제했는데 소통에 아무 변화가 없다. 소통에 문제만 없으면 접속사는 쓰지 않는 것이 좋다.
- '100개의 걱정 중 96개 걱정……' 이하는 심리학자 어니 젤린스키 《느리게 사는 즐거움》의 유명한 실험결과로서 필자의 '지식'에 해당된다. 글쓰기에 '독서, 공부'가 중요하다.
- '지구가 왜 기울어 있느냐?……' 이하는 많이 알려진 유머 '영구 시리즈' 중 하나다. 글쓰기는 얼개를 짤 때부터 탈고하는 순간까지 머릿속 기억장치를 샅샅이 더듬는 과정이다.

부록

- 어려운 외국어 대체 쉬운 우리말
- 서울시 행정용어 순화어

〈(사)한글문화연대 제공〉

부록 1

어려운 외국어 대체 쉬운 우리말

외국어	최종 대체어
ABC	
ASF	아프리카돼지열병
BIM	건축정보모델링, 건축정보모형
BRT	간선급행버스, 간선급행버스체계
CPR	심폐소생술
DIY	손수 제작
DTI	총부채 상환 비율
ESS	에너지 저장 장치
FTA	자유 무역 협정
GIS	지리 정보 시스템, 지리 정보 체계
GMP	제조 및 품질관리 기준
GVC	국제 가치 사슬, 국제 공급 체계, 국제 공급망
Hub	중심, 중심지
IAEA	국제원자력기구
IoT	사물 인터넷
IP	지식 재산, 지식 재산권
IPTV	인터넷 티브이, 인터넷 텔레비전
IR	기업 투자 설명회
ISO	국제표준화기구
LNG	액화천연가스
LPG	액화석유가스
LTV	주택 담보 대출 비율
M&A	기업 인수·합병, 인수·합병
MOU	업무 협정, 업무 협약, 양해 각서
ODA	공적 개발 원조
OTT	인터넷 동영상 서비스
PM	1인 전동차, 1인 교통수단, 개인형 이동장치, 개인형 이동수단
POST	이후
QR 코드	정보무늬
SOC	사회 기반 시설, 사회 간접 자본
SOFA	한미주둔군지위협정, 주한미군지위협정
SPV	특수목적기구, 기업유동성지원기구
TF	특별팀, 전담팀, 전담반, 전담 조직, 특별 전담 조직

TLO	기술이전 전담조직
VC	벤처 투자사, 벤처 기업 자본, 벤처 투자 자본
WFP	세계식량계획
WHO	세계보건기구

ㄱ

가드레일	보호 난간
가이드라인	지침, 기준, 방침
가이드북	길잡이, 길잡이 책, 안내서, 지침서
거버넌스	민관 협력, 협치, 행정
게이트	대형 비리 사건, 의혹 사건, 문
게이트 키퍼	생명 지킴이, 자살 방지 도우미
규제 샌드박스	규제 유예, 규제 유예 제도
그린	녹색, 친환경
그린 바이오	친환경 생명공학
그린 시티	친환경 도시
그린 인프라	친환경 기반 시설, 녹색 기반 시설
그린 푸드 존	어린이 식품 안전 구역
글로벌	세계, 세계적, 국제, 국제적, 지구촌
글로벌 네트워크	국제 협력망
글로컬	세방화(세계화+지방화), 세방화, 세계화지방화

ㄴ

네이밍	이름 짓기
네티즌	누리꾼
노마드	유목민
노하우	비법, 기술, 비결, 방법, 요령
뉴 노멀	새 기준, 새 일상
뉴스레터	소식지
니즈	바람, 수요

ㄷ

다운로드	내려받기
데모데이	시연회
도슨트	해설사, 전시물 해설사, 전문 안내원
드라이브스루	승차 진료, 승차 진료소, 승차 검진, 승차 검진소, 승차 구매, 승차 구매점, 차량 이동형 진료, 차량 이동형 진료소, 차량 이동형 검진, 차량 이동형 검진소, 차량 이동형 구매, 차량 이동형 구매점
디바이스	기기, 장치
디지털 사이니지	디지털 맞춤형 광고, 전자 광고판
디지털 트윈	디지털 복제, 디지털 복제물
디지털 포렌식	디지털 증거 수집, 디지털 자료 복원, 디지털 과학 수사, 전자 법의학, 전자 법의학 수사

ㄹ

라이브	실시간, 실시간 방송
라이브 커머스	실시간 방송 판매
라이프 스타일	생활 양식
랜덤	무작위
랜덤 채팅	무작위 채팅
램프2	① 등, 표시등 ② 연결로
랭킹	순위, 등수

레벨	수준, 단계
레시피	조리법
레일	철길, 궤도
레트로	복고풍
렉처	강연, 강의
로고젝터	알림 조명
로드 맵	이행안, 단계별 이행안, 일정 계획
로드 쇼	순회 설명회, 순회 행사, 순회 상영, 길거리 쇼, 거리 공연, 특별 공연, 특별 상영
로컬	지역, 지방, 현지
로터리	회전형, 회전 교차로
로펌	법률 회사, 법률 사무소
루키	신인, 신인 선수
루트	통로, 경로
리뉴얼	새 단장, 재구성
리베이트	대가성 불법 사례금, 사례비, 뒷돈
리빙	생활, 살아 있는
리빙 랩	생활 실험실, 살아 있는 실험실, 우리 마을 실험실
리사이클링	재활용
리소스	자원
리쇼어링	국내 복귀
리스크	위험, 손해 위험, 손실
리스트	명단, 목록
리워드	보상, 보상금, 적립금
리콜	결함 보상, 결함 보상제, 결함 고침
리터러시	문해력, 글 이해력, 이해력
리포트	보도, 보고서
리플릿	광고지, 홍보지, 홍보물, 홍보 책자, 홍보 전단

ㅁ	
마스터플랜	기본 계획, 종합 계획, 기본 설계
마이크로그리드	소규모 독립형 전력망
마인드	이해도, 자세, 태도, 개념, 인식, 사고 체계, 마음가짐, 정신
매뉴얼	설명서, 안내서, 지침, 지침서
매칭	맞춤, 연결, 연계, 대응
매칭 데이	이음의 날, 연결의 날
멀티	다중
메가	초대형
메가 시티	특화 도시, 거대 도시
메디컬	의료
메세나	문예 후원, 예술 후원
메이저	주류, 주요한, 대형
메인	주, 주요
메커니즘	구조, 체제, 체계, 기제, 작동 원리
멘트	말, 발언, 대사
모니터링	점검, 조사, 검토, 감시, 관찰
모델링	모형화
모멘텀	탄력, 전환 국면
모빌리티	탈 것, 이동 수단
미션	임무, 중요 임무
밋 업	설명회, 만남

ㅂ	
바우처	이용권
바이 소셜	상생 소비
바이럴	입소문
바이어	구매자, 수입상
바이오시밀러	동등 생물 의약품, 생명 의약품 복제약
밸류 체인	가치 사슬, 공급망, 공급 체계

밸리	지구
버추얼	가상
벤더	중간 유통업자, 판매사, 판매 회사, 매도인
보이스피싱	전화 (금융) 사기
뷰티	미용, 화장품
브라운 백 미팅	도시락 토론회, 도시락 모임, 도시락 회의
브레인	핵심, 두뇌
브로슈어	안내서, 소책자
브로커	중개인, 협잡꾼
브리핑 룸	기자 회견실
브이로그	영상 일기
블랙아이스	도로 살얼음
블루 오션	대안 시장, 뜨는 시장
블루 이코노미	청색 경제
비즈니스 모델	사업 모형
빅 테크	거대 기술, 거대 정보 기술, 정보 통신 대기업
빌리지	마을
빌트인	붙박이, 설치형

ㅅ	
서밋	회담, 정상 회담
세션	분과, 부, 시간
섹션	분야, 부문
셀러	판매자
셰어 하우스	공유 주택
소비 트렌드	소비 흐름, 소비 경향
소셜 네트워크 서비스	누리 소통망, 누리 소통망 서비스, 사회 관계망, 사회 관계망 서비스
소셜 커머스	온라인 상거래, 공동 할인 구매
솔루션	해결책, 해법
쇼케이스	선보임 공연, 시범 전시
슈퍼바이저	감독자, 관리자, 감시자
스마트 워크	원격 근무
스미싱	문자 사기, 문자 결제 사기
스케일업	규모 확장, 확장, 확대
스쿨 존	어린이 보호 구역
스킬	기술
스타트업	새싹 기업, 신생 기업, 창업 초기 기업
스토리지	저장 장치, 기억 장치, 저장소
스트리밍	바로 재생, 실시간 재생
스페이스	① 공간 ② 여백, 빈 곳, 사이 ③ 우주
스프링클러	자동 물뿌리개
스피드 팩토어	잰맞춤 생산, 잰맞춤 생산 체계
시그널	신호
시너지	상승, 상승 효과, 동반 상승, 동반 상승 효과
시뮬레이션	모의실험, 현상 실험
시티 투어	도시 관광, 시내 관광
싱크홀	땅꺼짐, 꺼진 구멍

ㅇ	
아웃리치	현장 봉사, 현장 지원 활동
아카이브	자료 보관소, 자료 저장소, 기록 보관소, 기록 보관
아카이빙	자료 보관, 자료 전산화, 기록 보관, 자료 저장
안테나숍	전략 점포, 시장 조사 점포
안티에이징	노화 방지

액셀러레이터	새싹 기업 육성 기관, 창업 초기 기업 육성 기관, 창업 기획자
액셀러레이팅	육성, 창업 기획
액션 플랜	실행 계획, 세부 계획
어워드	상, 시상식
언박싱	개봉, 개봉기
언택트	비대면
업로드	올리기, 게시
업사이클	새 활용
에너지 바우처	에너지 상품권, 에너지 사용권
에어 커튼	공기 커튼, 공기 조절 장치
에코	친환경, 환경 친화
에코 마일리지	친환경 적립금
에피소드	일화, 이야기
엔터테인먼트	연예, 오락
엠바고	보도 유예
엠블럼	상징, 상징표
오리엔테이션	예비 교육, 안내 교육
오프닝	개회식, 개막, 개관, 개통
오픈 뱅킹	공동망 금융 거래, 은행 통합 거래
오픈 소스	무료 자원, 자원 개방, 공개 자료
오픈 이노베이션	개방형 혁신 전략, 개방형 혁신
오피니언 리더	여론 주도자, 여론 주도층
오피스	사무실
온택트	영상 대면, 화상 대면
옵서버	참관인, 참관자
워라밸	일과 삶의 균형, 일삶균형
워크북	익힘책
워킹 그룹	실무단, 실무 협의단
워터 스크린	수막 영상
워터 프런트	물가, 수변
원 스트라이크 아웃	즉시 퇴출, 즉시 퇴출제
원데이 클래스	일일 강좌
원스톱	일괄, 통합, 한자리
웨비나	화상 토론회
웨어러블	착용 가능
위드 코로나 시대	코로나 일상
위크	주, 주간
유니버설 디자인	범용 디자인
유니콘 기업	거대 신생 기업
유저	사용자
유턴 기업	선회 기업
이 러닝	인터넷 학습, 온라인 학습
이 커머스	전자 상거래
이노베이션	혁신, 기술 혁신
이니셔티브	주도권, 구상, 발의
이슈	논점, 쟁점, 현안
인력 풀	후보군, 인력 은행, 인력 자원
인센티브	성과급, 유인책, 특전, 혜택
인증 샷	인증 사진
인큐베이팅	육성, 보육, 창업 보육
인포그래픽	정보 그림
인프라	기반, 기반 시설
임베디드	붙박이, 내장형
임팩트	영향, 충격
임팩트 투자	사회 가치 투자

ㅈ	
장르	갈래, 분야
제네릭	복제약

제로 에너지	에너지 자급, 에너지 자급 자족, 에너지 절감
젠더	성, 성 인지, 성평등, 성별
조인트 벤처	합작 투자
주니어 보드	청년 중역 회의

ㅊ	
챌린지	참여 잇기, 도전 잇기
체크 포인트	점검 사항
체크리스트	점검표
체험 존	체험 구역, 체험 공간, 체험관

ㅋ	
카 셰어링	자동차 공유, 자동차 공유 서비스
카탈로그	목록, 일람표, 상품 안내서
카테고리	범주, 갈래
캘리그래피	멋 글씨, 멋 글씨 예술
커넥티드	연결, 통신 연결
커리어	경력
커리큘럼	교육 과정, 교과 과정
커머스	상거래
커뮤니케이션	소통, 의사소통
커뮤니티 케어	지역 사회 돌봄, 지역 사회 통합 돌봄, 더불어 돌봄, 공동체 돌봄
커버리지	범위, 맡은 범위, 대역, 수신 가능 지역
컨벤션	대회, 행사, 전시
컨트롤 타워	지휘 본부, 사령탑, 통제탑
컬래버레이션	협력, 협업, 합작, 공동 작업
케어	돌봄, 관리
코디네이터	상담사, 관리자
코로나 블루	코로나 우울
코워킹	협업, 공동 작업
코호트 격리	동일 집단 격리
콘퍼런스	대규모 회의, 학술회의, 학술 대회
콘퍼런스 콜	전화 회의
콜드 체인	냉장 운반 보관, 저온 유통
쿼터	한도량, 배당량, 할당
크라우드 소싱	대중 참여 제작, 대중 참여 생산
크라우드 펀딩	대중 투자
크리에이티브	창조적, 독창적
클래스	등급
클리닝	빨래, 세탁, 청소
클린	깨끗한, 투명한, 안전, 청정
클린 존	안전 지역, 청정 지역, 선도 지역, 선도 대상 지역, 모범 지역
키오스크	무인 안내기, 무인 단말기, 무인 주문기, 간이 판매대, 간이 매장
키워드	핵심어, 열쇳말
키즈	어린이

ㅌ	
타깃	목표, 표적, 과녁
타운	단지
타입	모양, 유형, 성향
태스크 포스	전담반, 전담 조직, 특별 전담 조직, 특별팀, 전담팀
테라피	치유, 치료

테스트 베드	가늠터, 시험대, 성능 시험장
테이크아웃	포장, 포장 판매, 포장 구매, 사 가기
테크	기술
테크놀로지	과학 기술
투 트랙	두 갈래, 이원화, 양면
투어	관광, 탐방, 여행
트랙	경주로, 테, 분야, 갈래
트렌드	흐름, 경향, 유행
트윈데믹	감염병 동시 유행

ㅍ	
파일럿	조종사, 맛보기 프로그램, 시험 프로그램
파트너사	협력사
파트너십	동반 관계, 협력 관계
팝업	알림 창
팝업 스토어	반짝 매장
패널	응답자, 토론자, 참석자, 판
패러다임	사고 틀, 구도, 체계
패스트 트랙	신속 처리제, 신속 처리 안건
패턴	무늬, 유형
패트롤	안전 요원
팬데믹	세계적 유행, 감염병 세계적 유행
팸 투어	사전 답사 여행, 홍보 여행, 초청 홍보 여행
퍼스널 모빌리티	1인 전동차
펀딩	투자 유치, 투자
페어	박람회
페이백	환급, 보상 환급
페이퍼 컴퍼니	서류상 회사, 유령 회사
펜스	울타리
포스트	이후
포트 홀	바닥 홈
푸드 테크	식품 기술
푸드 플랜	먹거리 순환 종합 계획
프랜차이즈	가맹점, 연쇄점
프레임	①틀, 구도 ②테두리
프레임워크	틀, 체제, 체계
프로모션	판촉
프로세스	공정, 절차
프로젝트	계획, 사업, 연구 과제, 일감
프롭테크	부동산 정보 기술
프린팅	인쇄, 출력
플래그십	대표 상품, 주력 상품
플랜	계획
플리 마켓	벼룩시장
피싱	사기 , 금융 사기, 전자 금융 사기
피크	절정, 최고조
핀테크	금융 기술, 금융 기술 서비스
필터링	여과

ㅎ	
핫라인	비상 직통 전화, 직통 전화, 직통 회선
해시태그	핵심어 표시, 꼬리별
해커톤	끝장 토론
핸드메이드	수제, 수제품
핸드북	안내서, 편람
허브	거점, 중심, 중심지
헬프 데스크	도움 창구
홈 케어	가정 방문 관리, 방문 관리, 재택 관리
홈스쿨링	재택 교육

부록 2

〈2022. 01. 03 기준〉

서울시 행정용어 순화어

바꿔야 할 말 (순화대상어)	권하는 말 (행정순화어)
소정양식(所定樣式)	정한 서식
게첨(揭添)	게시의 의미 : 게시, 내붙임, 부착의 의미 : 걸음, 내걸음
연면적(延面積)	총면적
시방서(示方書)	지침서, 세부지침서
시운전(試運轉)	시험운전
시건장치(施鍵裝置)	잠금장치
뉴스레터	소식지
가드레일	보호난간
시너지효과	상승효과
체크리스트(checklist)	점검표
과년도(過年度)	지난해
익년도(翌年度)	이듬해
파고라	그늘막
징구(徵求)(하다)	요청(하다)
징구하다	요청하다
개찰구(改札口)	표 내는 곳
매표소(買票所)	표 사는 곳
고수부지(高水敷地)	둔치
독거노인(獨居老人)	홀몸노인(홀로 사는 노인)
복토(覆土)	흙덮기, 흙을 덮음(동사형활용)
법면(法面)	비탈면
적의조치(適宜措置)	알맞게 처리
하절기(夏節期)	여름철
동절기(冬節期)	겨울철
행락철(行樂철)	나들이철
잔존기간	남은기간
구비서류	갖춤서류
증빙서류	증거서류
첨부서류	붙임서류
환승역	갈아타는 곳
승강장	타는곳
파킹(parking)	주차, 주차장
이면도로	뒷길
간선도로	주요도로
경정(更正)	변경
계류의안(繫留議案)	검토안건
에어라이트(airlight)	풍선광고
계도(啓導)	알림, 일깨움, 홍보
귀속(歸屬)	갖음/갖습니다, 있음/있습니다
등재(登載)	목록에 있음/있는

은폐(隱蔽)	감춤/감추는, 숨김/숨기는(고), 덮음/덮는
태스크포스팀 (task force team)	(특별)전담 조직
가이드라인(guideline)	지침
수리(受理)	처리
영위(營爲)	하는
하중(荷重)	짐무게, 부담
노유자	노약자
환가(換價)	가치 환산, 값어치
집진시설(集塵施設)	먼지제거장치
적요(摘要)	내용
템플릿(template)	서식
개토(開土)	흙갈이, 땅파기
추후통보함	다음에 알려드림
투기하는(投棄하는)	내버리는
수탁자(受託者)	(계약)대상자
무위하다(無違하다)	틀림없다/ 틀림없이, 어김없다/ 어김없이
제연경계벽	연기차단벽
직진후 직좌신호	직진신호후 동시신호
통로암거(通路暗去)	도로밑통로
유어행위금지	낚시금지
공항 하이웨이	공항고속도로
횡풍(橫風)주의	옆바람주의
적치(敵治)	쌓아둠
매설(埋設)	땅속설치
구경(口徑)	지름
대조공부(對照公簿)	장부확인
수전(水栓)	물마개
정수(停水)처분	급수정지처분
몽리(蒙利)면적	수혜지역

익일(翌日)	그 다음날
지장물	장애물
상당액(相當額)	해당금액
무인(拇印)	손도장
인우(隣佑)	지인
가각(街角)	(길)모퉁이
제척	제외, 뺌
관유물(官有物)	공공기관의 물건
폭원(幅員)	너비
정주(定住)	거주
대하(貸下)	빌려줌
이격(離隔)	어긋남, 벌림
관정(管井)	대롱우물
관거(管渠)	관도랑
나지(裸地)	맨땅
차폐(遮蔽)	가림
단차(段差)	높낮이
도과(徒過)	넘김, 지남
잡상인	이동상인
시민고객	시민, 시민님
쿨비즈	시원차림
가격투찰	가격제시
감안하다	고려하다
개산계약	어림셈계약
개산급	어림셈지급
객토	흙갈이
거래실례가격	시장거래가격
계류중	처리중
공기	공사기간
공사공정예정표	공사일정표
공사현장대리인	공사현장책임자
공유재산	지방자치단체 재산
과오지급	잘못지급
관급자재	관공급자재
관용차	공무차량

관재업무	재산관리업무
교부하다	내어주다
교환차금	교환차액
권면금액	표기금액
그라우팅	메우기
기동차	기관차
기성금	중간정산금
기속	얽매임
기장하다	장부에 적다
기채지	채권발행처
누락	빠짐
대부계약 대부료	임대료
대체수지	대체수입지출
도말	삭제
리스	임대
메쉬	그물망
물품수불부	물품출납부
미션	임무
배포하다	나누어주다
백호	굴착기
벨트	지대
별단예금	별도예금
복명서	결과보고서
비품	비소모품
산화경방	산불조심
선하지	전선통과토지
설계경기	설계공모
송부하다	보내다
수수하다	주고받다
수신처	받는 곳
수인	여러 명
승률비용	유사원가비용
시담	가격협상
실례가격	시장가격
압입	밀어넣기
액션미팅	활성화모임

양도양수	주고받기
요정비품	수리필요품
용지대	토지사용료
우수받이	빗물받이
우수트랜치	빗물도랑
은닉된 재산	숨긴 재산
이식	옮겨심기
이첩하다	넘기다
인터넷빌링제도	전자결제제도
일람표	명세표
일위대가	품셈단가
작업설	폐물판매수익
잔품	남은 물품
절개지	잘린땅
제방	둑
제세공과금	각종공과금
조림	숲 가꾸기
조립말비계	조립발판
조서	조사서
조서	확인서
지관	지하관
지급미필금	미지급금
지체상금	지연부과금
차수벽	물막이벽
차입금	빌린돈
채주	지급대상자
체비지	비용충당용 토지
추계	어림셈
출납폐쇄	출납마감
토류벽	흙막이벽
토류판	흙막이판
투입공수	투입인원, 참여인원
편무계약	일방채무계약
평잔	평균잔액

행정재산의 관리위탁	행정재산의 민간위탁
형틀	거푸집
호혜의원칙	상호혜택의 원칙
환부금	반환금
환지	교환토지, 보상토지
스크린도어	승강장 안전문
노약자(老弱者)석	배려석
인력시장(人力市場)	일자리마당
(집행)전말(顚末)	과정, 경위
기강(紀綱)	근무자세, 근무태도
직접노무비(直接勞務費)	직접인건비
간접노무비(間接勞務費)	간접인건비
보직(補職)	담당업무, 맡은 일
부합(附合)하다	들어맞다
시달(示達)	알림, 전달
왕림(枉臨)	방문,(참석) 동사로 쓸 때는 "오시다"
요망(要望)	바람
전언통신문(傳言通信文)	알림글
(부정승차)적발(摘發)	(부정승차)찾아냄
(기동검수원)수배(手配)	(기동검수원) 찾아오다, 찾아보다, 찾아서 데려오다, 찾아냄
시찰(視察)	현장방문, 두루 살핌
영접迎接)	맞이함, 맞음, 맞다, 맞이
엄단(嚴斷), 엄단하다	무겁게 벌함, 무겁게 벌하다
우수관로(雨水管路)	빗물관
노점상(露店商)	거리가게
첨두시(尖頭時)	가장 붐빌 때
계도(啓導)	×

치하(致賀)	×
하사(下賜)	×
가산(加算)	더하기, 보탬
갈수기(渴水期)	가뭄 때, 물이 적은 시기
개문냉방(開門冷房)	문 연 채 냉방
개소(開所)하다	열다
기재하다(記載)	적다, 쓰다
운휴하다(運休)	운행을 쉬다
음용하다(飮用)	마시다
혹서기(酷暑期)	무더위 때
환아(患兒)	아픈 아이, 아픈 어린이
취합하다(聚合)	모으다
확행(確行)	반드시 하기
제반(諸般)	모든(사항)
착석(着席)하다	(자리에) 앉다
의거(依據)하다	따르다
맹지(盲地)	길 없는 땅
만전(萬全)을 기하다	빈틈없이 하다
창출(創出)하다	새로 마련하다, 새로 만들다
일환(一環)	의 하나
공실(空室)	빈방
동년(同年)	같은 해
소인(小人)	어린이
대인(大人)	어른
이면(裏面)	뒤쪽, 안쪽
필히(必-)	반드시, 꼭
금년(今年)	올해
별첨(別添)	붙임
첨부(添附)	붙임
익월(翌月)	다음달
타(他)	다른
토사(土砂)	흙모래
인센티브(incentive)	성과급, 보상

프로젝트(project)	사업
매뉴얼(manual)	안내서, 길잡이
주얼리(jewelry)	귀금속
거버넌스(governance)	민관협력
프레스 투어(press tour)	기자단 현장방문
가드닝(gardening)	정원 가꾸기
도슨트(docent)	전문안내원
프레임(frame)	틀
마스터플랜 (master plan)	종합계획
니즈(needs)	수요, 바람
앵커시설(anchor)	종합지원시설
커팅(cutting)	자르기
리어휠(rear wheel)	뒷바퀴
무버블 패널(movable panel)	이동식 칸막이
바이럴(viral)	입소문
바잉 파워 (buying power)	구매력
보타닉 공원(botanic park)	생태 공원
볼런티어(volunteer)	자원봉사자
업로드(upload)	올리기, 올려싣기
다운로드(download)	내려받기
케어(care)	돌봄, 관리
인프라((Infrastructure)	기반(시설)
스토리텔링(storytelling)	이야기(엮기)
페스티벌(festival)	잔치, 축제
윈윈(win-win)	상생
리스크(risk)	위험, 손실
로드맵(road map)	단계별 계획
콘퍼런스(conference)	대회, 회의
갤러리(gallery)	전시실
루트(route)	경로
그린벨트(green belt)	개발제한구역
힐링(healing)	치유

에스앤에스(SNS)	누리소통망 (서비스)
엠오유(MOU)	업무협약, 양해각서
네고하다(negotiation)	협상하다
볼라드(bollard)	길말뚝
커뮤니티 맵 (community map)	마을지도
아카이브(archive)	자료곳간 (資料庫間), 자료보관소
키오스크(kiosk)	무인안내기
밀웜(mealworm)	먹이용 애벌레
액티브에이징 (active aging)	활기찬 노년
턴키(turn key)계약	한목 계약, 일괄 계약
퍼실리테이터 (facilitator)	도우미
에코 그린 투어리즘 (eco green tourism)	친환경여행
북카페(bookstore café)	책찻집
콘택트 포인트 (contact point)	연락처
렌트푸어(rent poor)	세입빈곤층
AED (Automated External Defibrillator), 자동제세동기 (自動除細動器)	(자동)심장충격기
골든타임(golden time)	황금시간
고지(告知)	알림
요망(要望)	바람
이벤트(Event)	(기획) 행사
존(Zone)	구역
슬로건(Slogan)	구호, 표어
워크숍(Workshop)	공동수련, 공동연수

배너(banner)	띠광고(온라인), 알림막(오프라인)
셔틀 버스(Shuttle bus)	순환 버스
견출지(見出紙)	찾음표
절취선(切取線)	자르는 선
시말서(始末書)	경위서
가처분(假處分)	임시처분
견습(見習)	수습
거래선(去來先)	거래처
행선지(行先地)	목적지, 가는 곳
내구연한(耐久年限)	사용 가능 기간
음용수(飮用水)	마실 물, 먹는 물
잔반(殘飯)	음식 찌꺼기, 남은 음식
식비(食費)	밥값
식대(食代)	밥값
인수(引受)하다	넘겨받다
인계(引繼)하다	넘겨주다
차출(差出)하다	뽑다, 뽑아내다
호출(呼出)하다	부르다
회람(回覽)	돌려 보기
잔업(殘業)	시간 외 일
절수(節水)	물 절약, 물 아낌
납기(納期)	내는 날, 내는 기간
납부(納付)하다	내다
와쿠(와꾸)	틀
러시아워(rush hour)	혼잡 시간(대)
공람(供覽)	돌려봄
애매(曖昧)하다	모호하다
호우(豪雨)	큰비
쇼부	승부, 흥정, 결판
곤색	감색
분빠이	분배
기스	흠, 흠집, 상처
간지나다	멋지다

사라	접시
노가다	(공사판) 노동자, 막일꾼, 흙일꾼
땡땡이무늬	물방울무늬
땡깡	투정, 생떼, 떼
오케바리	좋다
쓰키다시	곁들이찬
가라	가짜
삐까삐까	번쩍번쩍
무대뽀	막무가내, 무모, 무대책, 대책없음
누수(漏水)	새는 물
우측보행 (右側步行)	오른쪽 걷기
차후(此後)	지금부터, 앞으로
배리어 프리 (barrier free)	무장애, 장벽없는
가건물(假建物)	임시 건물
수목(樹木)	나무
식재(植栽)	나무 심기, 나무 가꾸기
벌채(伐採)하다	나무를 베다
가주소(假住所)	거짓 주소, 임시 주소
염두(念頭)에 두어	생각하여, 고려하여
상기(上記)의	위의, 위
상신(上申)	올림, 보고
다이	대, 받침
사라	접시
해촉(解囑)	위촉 해제, 위촉을 끝냄(해촉)
병행하여	함께, 동시에(병행하여)
(기한이) 도래 (到來) 하다	(기한이) 이르다, 오다, 닥치다
(기한이) 미도래 (未到來) 하다	오지 않다

가급적(可及的)	되도록
대결(代決)	대리 결재
R&D	연구 개발
ICT	정보통신기술, 정보문화기술
OECD	경제협력개발기구, 경협기구
Day	날
NPO	비영리단체
멘토, 멘토링	(담당)지도자, 조언자, 상담
푸드트럭	음식차, 음식트럭, 먹거리트럭
위크	주간, 주
인큐베이팅	육성, 보육
코워킹	협업, 공동작업
멀티태스킹	다중작업
테스트베드	시험장, 시험(무)대, 가늠터
플랫폼	기반, 장
스크리닝	선별, 훑어보기, 점검
어워드	상
~풀(Pool)	"~후보군 (예: 인재풀 → 인재후보군/ 전문가풀 → 전문가후보군)"
오프닝	개관, 개통, 개막
스페이스	공간
서포터(즈)	응원단, 후원자
코디네이터 (코디)	조정자
플리마켓 (프리마켓)	벼룩시장
메이커	제작자, 제조업체
킬러 콘텐츠 (킬링 콘텐츠)	돌풍콘텐츠, 핵심콘텐츠
스트리트 마켓	거리가게

무빙스토어	이동가게
팩토리	공방
코칭(코치)	지도
팸투어	(초청)홍보여행, 사전답사여행
스타트업	새싹기업
트리팟 (트리포트)	화분
파빌리온	전시관, 가설건물
클러스터	연합지구, 협력지구
포트홀	도로파임, 노면구멍
젠더	성(인지, 평등)
이니셔티브	발의(권), 주도(권), 선제권, 구상
허브	중심, 중심지
해커톤	끝장/마라톤(찾기, 토론, 대회)
패밀리사이트	관련 누리집
스케줄링	일정짜기, 일정잡기
오픈소스	1. 공개소스 2. 공개자료
키플레이어	핵심인물, 핵심인사
팀빌딩	팀단합
아이스브레이킹	어색함 풀기, 서먹함 깨기(풀기)
서밋	(정상) 회담
브리프	요약보고, 요약서
주거복지센터	주거복지종합 (민원)시설, 주거복지지원시설, 주거복지 지원처
비즈링	홍보연결음, 통화연결음, 홍보용통화연결음

렌트푸어	임차빈곤층, 임차취약(계)층, 세입빈곤층
웹진	누리잡지
가이드북	안내서, 지침서, 길잡이
CS (Consumer Satisfaction)	고객 만족
갱의실(更衣室)	갈아입는 방, 탈의실
CSR (Corporate Social Responsibility)	기업의 사회적책임
RMS (Records Management System)	기록 관리 시스템
복싱데이 (Boxing Day)	자선의 날
그린푸드존 (GREEN FOOD ZONE)	어린이 식품 안전 구역
월류	물 넘침, 무넘이
폴딩도어	접이문
핸드레일	안전손잡이
EMS (emergency medical service)	응급 의료 서비스
헤드랜턴	이마등
비상콜	비상 호출
정류장 ID	정류장 (고유) 번호
정상인	비장애인
결손가족	한부모가족, 조손가족 등
미망인	고OOO(씨)의 부인
불우 이웃	어려운 이웃
편부(偏父), 편모(偏母)	한부모
조선족	중국 동포
포트폴리오	실적자료집

하우징 페어	주택(산업) 박람회
캠퍼스타운	대학촌, 대학거점도시
프로모터	행사 기획자(사)
RMS (Records ManagementSystem)	기록관리시스템
장애우	장애인
학부형 (學父兄)	학부모
녹색 어머니회	녹색 학부모회
유모차	유아차, 아기차
내조/외조	(배우자의) 도움
플래너	기획자, 설계사
인플루언서	영향력자
스몸비	스마트폰 몰입 보행자(이동자)
랜드마크	상징건물, 대표건물, 마루지
행려병자	무연고 병자, 떠돌이 병자
네이밍	이름/이름짓기
솔라스테이션	햇빛충전소
브로셔, 브로슈어	안내서, 소책자
GIS	지리 정보 시스템, 지리 정보 체계
세미나	발표회, 토론회, 연구회
PQ	사전심사
BL/블록	구역
"TF: 태스크포스(T/F, 티에프) / 태스크포스팀(T/F팀, TF팀, 티에프팀)"	"특별 전담 조직, 전담 조직, 특별팀, 전담팀, 전담반"
리더십	통솔력, 지도력, 영향력
마일리지	이용실적(점수), 참여실적(점수)
버스쉘터(Bus shelter)	버스 쉼터

인근역	이웃역, 인근역
질서 저해 행위자	질서를 어지럽히는 사람
사면(斜面)	비탈(면)
CSV (Creating Shared Value)	공유 가치 창출
웹하드	누리저장소
사이트맵	누리집 지도
수납	돈 내는 곳/ 계산 창구
배선하다 배선 배선실	배식하다 배식 공동주방, 간이주방
(병원 진료비) 하이패스	진료비 자동결제
펜스(fence)	울타리
중대재해(重大災害)	큰 재해/ 중대 재해
롤러(roller)	누름틀
전향적(前向的)	적극적/긍정적
DB(database)	디비/ 데이터베이스
커뮤니티 공간(community space)	소통 공간/공동체 공간
전도(前渡)	선지급
고소 작업대	높은 작업대
유보(留保)하다	미루다, 미루어 두다
해소(解消)하다	없애다, 풀다
금일(今日)	오늘
시민옴부즈만	시민감사관
미혼모	비혼모
급기휀	유입송풍기
배기휀	배출송풍기
수유실	아기쉼터
부녀회	주민회 ※ 남성도 참여하고 있는 현실 반영

맘스스테이션	어린이승하차장
마미캅	어린이안전지킴이
버진로드	꽃길
스포츠맨십	스포츠정신
효자상품	알짜상품
직장맘	여성직장인
편개형	외여닫이, 외미닫이* *외미닫이: 외짝으로 옆으로 밀어 여는 경우
양개형	쌍여닫이, 쌍미닫이* *쌍미닫이: 두 짝을 좌우로 밀어 여는 경우
비전	이상, 전망
바리캉	이발기, 머리깎개
텀블러	(휴대용) 통컵 ※ 휴대할 경우에는 "휴대용 통컵"으로 사용
티백	봉지차
패널티	벌칙, 제재
모니터링 시스템	점검체계, 감시체계
이커머스(E-commerce)	전자 상거래
이러닝(e-Learning)	온라인 학습, 온라인 교육
리빙랩(Living Lab)	생활실험실
레일 탐상기(rail探傷機)	(선로) 결함탐지기
마스킹(masking)	가림
포스트 코로나 (post corona)	코로나 이후
락다운(lockdown)	봉쇄
랜선 포럼(LAN線 forum)	온라인 토론회
워크 스루 검진 (walk-through 檢診)	걸어서 검진

드라이브 스루 검진 (drive-through 檢診)	차타고 검진
코로나 블루 (corona blue)	코로나 우울
엑스반도, 엑스밴드(X-band)	띠조끼, 안전띠조끼
체불 임금	밀린 임금
프롬프터(prompter)	자막기
픽토그램(pictogram)	그림 기호
캐노피(canopy)	뜬 지붕
스핀오프(spin-off)	분사, 파생품, 파생물
큐레이션(curation)	전시 기획
미숙아	조산아, 일찍 태어난 아기
자매결연	상호 결연
접견	만남
공람	돌려봄
시정조치	개선 조치
깜깜이 감염, 깜깜이 환자	감염 경로 불명
원격교육	먼거리교육
하청업체	협력업체
구루마	손수레
피복	단체복
인턴십	직무실습
수감	피감, 검사받기
페이지뷰	방문자수
클릭 수	조회 수, 누른 횟수
전(全)	모든, 전체
언택트	비대면
킥오프 미팅	첫 회의
그린카(green car)	친환경차
에코마일리지	친환경 이용실적
젠더거버넌스 (GenderGovernance)	성평등활동(단)

리플릿 (leaflet)	전단(지)
규제 샌드박스 (규제 sandbox)	규제 유예(제도), 규제 면제(제도)
의견 회신(의견 回信)	답변
리모델링(Remodeling)	새 단장, 재단장
비상 제동(非常 制動)	비상 멈춤
수범사례(垂範事例)	모범 사례, 잘된 사례
프로모션(promotion)	판촉
메디컬 번아웃	의료진 탈진 (현상)
마이크로 크레딧	소액창업대출
배달 라이더	배달 노동자